Grimpow

Le chemin invisible

Rafael Ábalos

Grimpow

Le chemin invisible

Traduit de l'espagnol
par Maryvonne Ssossé

wiz
Albin Michel

Du même auteur chez Albin Michel Wiz

Grimpow, l'élu des Templiers

Titre original :
GRIMPOW Y LA BRUJA DE LA ESTIRPE
(Première publication : Grupo Editorial Random House
Mondadori, Barcelone, 2009)

À ma mère,
in memoriam

.. Laissez l'imagination
Vous guider sans tromperie ni bassesse
Vers un château dans les étoiles...

Première partie

LA SORCIÈRE DE LA LIGNÉE

I

Le retour de l'inquisiteur

Dans la grande salle de son château du Louvre, le roi de France attendait avec anxiété l'arrivée d'un homme qui devait lui rendre compte d'une mission secrète. Nogaret, son fidèle conseiller, était également présent, debout à côté du trône environné de tapisseries, de lances, d'étendards et d'écus héraldiques. Philippe le Bel portait une cotte de mailles sur sa fine tunique de velours bleu, ornée de fleurs de lys brodées d'or. Coiffé d'une couronne dorée incrustée de joyaux, il se tenait sur son siège royal dans une posture pleine de majesté, prenant appui sur son épée dont la pointe effilée reposait contre le sol de pierre.

– Vous ne dites rien, Nogaret. Votre silence est de mauvais augure pour mes espoirs. Qu'en pensez-vous, donc ?

Le conseiller regarda le roi, essayant de cacher son embarras. N'ayant jamais cru au succès de l'inquisiteur, il ne savait que répondre au souverain.

– Cette incertitude n'est pas sans m'inquiéter, Sire.

– Mais donnez-moi votre avis, Boulvar de Goztell a-t-il découvert ce qu'il cherchait dans les châteaux du Cercle ?

– Prenez patience, Majesté, vos doutes seront bientôt levés.

– Vous ne lui avez jamais fait confiance, n'est-ce pas ?

– Ce moine dominicain sert le pape, Sire, et non votre couronne.

– Détrompez-vous, mon bon Nogaret. C'est à moi et non au pape que ce moine dominicain, comme vous l'appelez, a offert l'Essence du Mystère. Je vous rappelle que sans son aide irremplaçable, nous n'aurions jamais défait les Templiers. C'est lui qui nous a fourni les preuves pour les accuser d'hérésie.

– Vous et moi savons aussi que ces preuves étaient fausses. Les chevaliers du Temple n'ont jamais adoré le diable.

– C'est sans doute vrai, mais ils ont obtenu leurs richesses et leurs possessions grâce à des rites secrets et interdits. Leur excès de puissance représentait un danger pour notre foi et une menace constante pour mon royaume.

L'expression du conseiller se teinta de flatterie.

– Vous avez mille fois raison, monseigneur. Cependant, n'oubliez pas que Boulvar de Goztell ne nous a jamais remis le grand trésor du Temple qu'il nous avait promis. Les coffres de la tour n'étaient remplis que d'air.

Le roi eut un geste d'agacement, irrité par ce fâcheux souvenir.

– En effet, ces maudits Templiers étaient plus retors que nous l'avions imaginé. Ils ont déplacé le trésor avant notre arrivée dans la tour du Temple. Mais il nous reste encore une porte à ouvrir.

– Et qui vous assure qu'il ne s'est pas produit la même chose dans les châteaux du Cercle ?

Philippe le Bel médita quelques instants.

– Cette fois, ce sera différent, j'en suis convaincu, dit-il enfin. Boulvar de Goztell tiendra sa promesse et me remettra la pierre. Dès que je l'aurai en mon pouvoir, je serai immortel, à l'égal des dieux !

Un profond silence suivit cette déclaration exaltée. Le souverain se remémorait toutes les légendes des mages et des alchimistes qui parlaient de l'Essence du Mystère, la pierre philosophale, le *lapis philosophorum* que les neuf chevaliers fondateurs de l'ordre du Temple avaient transporté en secret de Jérusalem à Paris, plus de deux cents ans auparavant. Selon les anciennes histoires, ce mystérieux minerai pouvait transformer le plomb en or et accorder l'immortalité à son possesseur.

Boulvar de Goztell lui avait assuré qu'il connaissait le lieu où se trouvait la pierre légendaire. D'après le dominicain, une société secrète de sages appelée l'Ourobore la conservait dans les châteaux du Cercle, au nord de l'Alsace. L'inquisiteur avait promis que cet objet prodigieux serait très bientôt entre ses mains.

Il suffisait pour cela que la mission soit un succès. L'assaut des châteaux du Cercle avait abouti à la déroute des rebelles templiers qui s'y étaient réfugiés, sous la protection du duc Gulf d'Östemberg et de ses chevaliers. Maintenant, ils étaient tous morts et brûlaient en enfer. L'armée royale et ses alliés les avaient exterminés au cours d'une campagne sanglante. Les trouvères, qui avaient précédé le retour des troupes, régalaient déjà la cour de leurs chansons sur les récents combats. Grâce à cette victoire, personne ne pouvait plus s'opposer à son désir de s'approprier l'Essence du Mystère et d'atteindre l'immortalité. Ainsi, il pourrait conjurer à jamais la malédiction du grand maître de l'ordre du Temple. Au milieu des flammes qui le consumaient, le templier l'avait condamné à le suivre dans la mort, avant la fin de l'année.

Un héraut remonta la grande allée, tirant le roi de ses méditations. L'inquisiteur Boulvar de Goztell venait d'arriver et sollicitait une audience.

— Faites-le entrer ! Vite !

L'écho des pas pressés de l'officier s'éloigna, puis disparut. Quelques instants plus tard, il revint, escorté par quelqu'un à la démarche plus mesurée. Les deux hommes s'approchèrent du trône.

Un moine au visage dissimulé par sa capuche rabattue s'agenouilla devant le souverain.

— Levez-vous, levez-vous. Soyez de nouveau le bienvenu ! dit Philippe le Bel.

— Majesté, votre humble serviteur se prosterne à vos pieds.

Le roi fit un geste indolent de la main.

— Allons, allons ! Trêve de révérences. J'ai hâte de connaître les nouvelles que vous nous rapportez du Nord.

Boulvar de Goztell se releva et repoussa son capuchon, laissant visible sa figure couturée de cicatrices. Il portait un petit coffre doré.

— Elles ne sont pas bonnes, Majesté.

— Que voulez-vous dire ? Parlez !

— Après avoir donné l'assaut à la forteresse du duc Gulf d'Östemberg, je suis parvenu à découvrir la chambre secrète dont nous avions parlé...

— Mais... et ce coffret que vous avez rapporté ? demanda le roi, dérouté.

Le moine inclina la tête et souleva le couvercle de la cassette.

— Vide, Sire. La chambre secrète a été ouverte avant notre entrée dans le château.

— Est-ce à dire que quelqu'un a emporté la pierre pendant les combats ?

— C'est bien cela, Majesté.

— Morbleu ! Comment avez-vous pu laisser faire ça ? Vous aviez une nombreuse troupe à votre disposition pour l'éviter.

Le souverain ne cherchait pas à maîtriser sa colère. Tous les espoirs qu'il nourrissait depuis si longtemps venaient de s'évaporer comme l'éther des alchimistes. Sans la pierre, il était vulnérable, tout autant que le plus misérable des mortels. L'ombre de la peur ternit l'éclat de son regard.

— Une chose est certaine, dit le moine. Celui qui a pénétré dans la pièce scellée de la forteresse connaissait les codes secrets de l'Ourobore.

Jusque-là immobile et silencieux, Nogaret sortit de sa réserve.

— Était-ce Gulf d'Östemberg ?

— Non. Même si cette chambre secrète se trouvait dans son château, le duc n'aurait pas pu l'ouvrir.

— Pourquoi ne l'avez-vous pas fait prisonnier ? Si nous avions pu l'interroger, nous saurions au moins qui est parvenu à entrer dans cette salle et à quel moment l'événement s'est produit, insista le conseiller.

— Pendant l'assaut de la forteresse, il était impossible de distinguer le duc de ses chevaliers. Ils ont tous été tués. À la fin des combats, il ne restait plus âme qui vive dans les châteaux du Cercle.

— Devons-nous comprendre que l'Essence du Mystère est entre les mains d'un mort ? demanda Nogaret.

Le conseiller avait du mal à cacher sa satisfaction. Dans la lutte sourde qui l'opposait au dominicain pour obtenir et conserver la confiance du souverain, cet échec de l'inquisiteur lui accordait un avantage indiscutable.

Cependant, Boulvar de Goztell ne se laissa pas émouvoir par le persiflage de Nogaret. Maintenant que le premier choc était passé, l'irritation du roi semblait s'être apaisée. Le moine en fut tout réconforté, c'était là l'essentiel.

– Je sais qui a ouvert la chambre scellée, Majesté, déclara-t-il avec assurance.

Philippe le Bel releva la tête avec intérêt.

– Qui sont donc ces impudents ? Et pourquoi sont-ils encore en vie ?

Goztell ne se perdit pas en détails inutiles.

– Il s'agit de Salietti d'Estaglia, un chevalier italien, d'une jeune fille dont le nom est Weienell Labox et d'un gamin qu'ils appellent Grimpow.

– Nos ennemis ne semblent guère redoutables, murmura Nogaret avec ironie.

– J'ai donné les ordres nécessaires, on les recherche dans tout le royaume.

Le monarque se leva et posa le fil de son épée contre la gorge du dominicain.

– J'imagine que vous vous souvenez que la malédiction du templier pèse sur moi, dit-il d'un air menaçant.

– Oui, Majesté. Je ne l'ai pas oublié.

– Je veux cette pierre d'immortalité avant qu'il ne soit trop tard ! Vous comprenez ? hurla le roi Philippe.

Il observa un instant de silence ; l'écho de sa colère vibrait sous les voûtes. Puis il reprit d'une voix plus basse, mais pas moins implacable :

– Il vous reste une dernière chance de me la rapporter. Mais sachez que si vous échouez une fois encore, je vous trancherai moi-même la tête avec mon épée.

II

Un château dans les étoiles

Quelques soldats du roi s'approchèrent de l'homme qui haranguait la foule près du grand portique de la cathédrale de Chartres. Les passants s'étaient agglutinés, formant un demi-cercle, comme autour d'un prophète ou d'un visionnaire qui annoncerait l'imminence de la fin du monde. Au-dessus de sa longue barbe blanche, son regard gris était énigmatique. Il brandissait une crosse vers le ciel de l'aube, proclamant à grands cris l'existence d'un mystérieux château, qui dressait ses lointaines murailles au milieu des étoiles. Grimpow s'arrêta avec les autres pour l'écouter, se démanchant le cou pour mieux voir l'orateur à travers les têtes. Cette voix ne lui était pas inconnue.

Weienell, qui fermait la marche, le pressa de repartir.

— Avance, Grimpow, nous devons encore aller chercher les chevaux !

Salietti les devançait de peu. Il observait avec inquiétude les mouvements de foule. Le pauvre vieux continuait à clamer les prodiges de l'univers à tous les vents, sans se soucier de la présence des soldats du roi. Son exaltation lui vaudrait une condamnation pour hérésie et il finirait dans les flammes du bûcher.

— Attendez, je crois que j'ai déjà entendu cet homme, répondit Grimpow.

Le jeune garçon se fraya un passage vers les premiers rangs du rassemblement.

— Tu le connais ? demanda Weienell en lui emboîtant le pas.

— Non, je ne l'ai jamais vu, mais il s'est adressé à moi dans les ombres de la cathédrale de Strasbourg.

Salietti pensa qu'il se trompait. Strasbourg était bien loin de là, à plusieurs journées de cheval de Chartres. Cela ne pouvait être qu'une coïncidence.

— Tu es vraiment sûr de toi ?

— Cet homme parle de ce que j'ai vu hier soir dans le labyrinthe de la cathédrale !

— Baisse la voix ou tu attireras aussi l'attention des soldats, lui glissa Weienell.

— Mais vous ne vous rendez pas compte ? Moi aussi, j'ai vu ce château dans les étoiles ! insista Grimpow.

— Il vaudrait mieux poursuivre notre chemin, dit Salietti. Cela ne nous regarde pas.

Sous l'œil incrédule de la foule, les hommes d'armes se décidèrent brusquement à arrêter le vieillard.

— Nous ne pouvons pas le laisser entre les mains du roi et de ses inquisiteurs, répliqua Grimpow. C'est un des sages ! Il appartient à la société secrète de l'Ourobore.

— Mais qu'est-ce que tu racontes, Grimpow ? chuchota Salietti d'un ton pressant. Tu vois des fantômes partout, c'est ça ? Ce malheureux vieillard n'est qu'un beau parleur, un charlatan qui gagne sa vie en dupant les âmes crédules pour obtenir une aumône.

Deux des soldats saisirent chacun un bras du vieil homme, lui criant de se taire, tout en l'accusant d'être un mage adorateur des étoiles. La foule commença à s'agiter. Sans prêter attention aux paroles du chevalier italien, Grimpow continua à avancer vers le portique de la cathédrale, s'ouvrant un chemin à grands coups d'épaule. À cet instant, le vieillard se libéra de la poigne des gardes et, brandissant son bâton à deux mains, il le fit tournoyer au-dessus de sa tête. Les soldats réagirent en dégainant leurs armes ; un cercle prudent se forma aussitôt autour d'eux. À distance respectable, les assistants les accablèrent de lazzis et d'insultes. Cet homme vénérable qui ressemblait à un mage n'avait rien fait de mal, se répétaient-ils.

Weienell prit inopinément le parti de Grimpow.

— Empêchons-les de s'en emparer ! dit-elle.

Salietti saisit son épée, décidé à protéger l'inconnu. Grimpow sortit une flèche de son carquois, prêt à utiliser son arc de chasse. Cependant, ils se rendirent rapidement compte que le prédicateur était de taille à se défendre seul. En deux moulinets, il se défit d'un de ses adversaires, le frappant au visage. Puis, sans tarder, il désarma l'autre, qui vit son arme atterrir aux pieds d'une jeune femme habillée en homme, comme celle qu'ils avaient l'ordre de chercher aux quatre coins de France. D'autres soldats firent mine de s'attaquer au vieillard, mais Salietti dégaina son épée et s'interposa. Ses blessures au cou étaient encore cuisantes, mais il n'hésitait pas à risquer sa vie pour défendre cet intrépide adorateur des étoiles dont il ne connaissait même pas le nom. Lorsque les lames étincelèrent, le silence se fit. Weienell ramassa l'arme qui lui avait été si opportunément fournie, et la brandit d'un geste déterminé.

– Tu sais manier l'épée ? demanda le chevalier italien, surpris.

– J'espère que je n'aurai pas à le démontrer, répondit la jeune fille, sans dissimuler sa peur.

Profitant de la confusion, Grimpow se précipita près du sage et lui prit la main.

– Venez avec nous, votre vie est en danger, ici !

– Courez, courez ! cria Salietti.

D'autres soldats arrivaient de la cathédrale, alertés par les cris de la foule qui s'égaillait.

Grimpow et le vieil homme filèrent loin de la bousculade. Sur leurs talons, Weienell et Salietti protégeaient leur retraite. Ils s'engouffrèrent dans un labyrinthe de ruelles bordées de maisons à colombages. Peu après, ils atteignirent les écuries où les attendaient leurs montures. D'un air effaré, le gamin sourd-muet qui gardait les chevaux les regarda franchir le portail en courant, armes brandies. Salietti montra le vieil homme qui les accompagnait et imita le trot d'un cheval avec ses doigts.

– Tu as une monture pour lui ?

Le garçon se précipita vers une des stalles et ne tarda pas à revenir avec un beau coursier noir, sellé et bridé. Effrayé par la longue crosse du prédicateur, l'animal se cabra et poussa un hennissement sonore. Les rênes échappèrent au petit palefrenier, mais d'un simple geste de la main, le vieillard apaisa la bête, qui s'approcha docilement de lui. Sur leurs chevaux, Grimpow et Weienell observaient avec inquiétude le portail, mais pour l'instant, leurs poursuivants semblaient avoir perdu leur piste.

L'inconnu se mit souplement en selle.

— Partons vers le sud, il leur sera plus difficile de nous retrouver dans les forêts de la Loire ! dit-il.

— Vous connaissez cette région ? demanda Grimpow.

— J'ai exploré cette vallée dans ses moindres recoins.

Perplexes, Salietti et Weienell se consultèrent du regard. Ils avaient d'autres projets. Ils voulaient emmener Grimpow à Florence, en Toscane, hors de portée de l'emprise meurtrière de l'inquisiteur Boulvar de Goztell et du roi de France, mais de toute évidence, ils devaient ajourner leurs plans. De toute façon, il fallait d'abord résoudre le problème que présentait leur nouveau compagnon. Qu'il soit un vieux sage ou un bonimenteur retors.

Ils convinrent de suivre l'inconnu. Après tout, cet homme avait une bonne connaissance de la ville et des environs, ce qui était loin d'être leur cas. Sans tarder, le petit groupe parcourut un entrelacs de venelles puantes et quitta la cité par la porte sud, la plus éloignée de la cathédrale. Aucun soldat ne croisa son chemin. Puis, au cas où d'éventuels poursuivants disposeraient de chiens, les quatre compagnons galopèrent sous le vent sur une longue distance, traversant plusieurs fois le fleuve à gué pour effacer les traces de leurs chevaux. Le soleil brillait avec force, masqué de temps à autre par des nuées éparses, mais menaçantes.

La petite troupe chevaucha sans trêve jusqu'à l'épuisement de leurs montures. Les quatre cavaliers se rapprochèrent alors des berges et laissèrent leurs bêtes s'abreuver dans le courant. Les peupliers se balançaient à la brise dans un froissement de feuilles, l'eau s'écoulait paisiblement, un reflet de soleil étincelait, çà et là, accroché à un remous paresseux ; seul le pépiement des oiseaux rompait la densité du silence. Salietti jugea l'endroit propice à une halte. Ils y seraient en sécurité assez longtemps pour se reposer et prendre une décision à propos de l'inconnu qui avait si inopinément rejoint leur trio. Le chevalier italien laissa son cheval paître librement sur la berge et, d'assez mauvaise humeur, s'approcha du vieil homme.

— Maintenant que nous avons échappé aux soldats, pouvez-vous nous dire votre nom et nous donner quelques explications sur votre petit discours de tout à l'heure ? Seriez-vous un de ces maudits prêcheurs d'hérésie ? Savez-vous qu'à cause de votre folie, nous sommes aussi devenus des proscrits ?

Le vieil homme s'esclaffa.

— À d'autres, seigneur Salietti ! Auriez-vous la mémoire courte ? Vous étiez déjà des fugitifs avant d'entrer dans Chartres. Dois-je vous rappeler que l'inquisiteur Boulvar de Goztell a mis vos têtes à prix depuis que vous l'avez personnellement poussé dans le Rhin ? Oh, c'est un geste tout à fait compréhensible ! Il fallait favoriser votre fuite et celle de vos compagnons vers Strasbourg. Vous êtes très soucieux de la sécurité de Weienell et de Grimpow.

En entendant son nom, celui-ci ne se contint plus.

— Qu'est-ce que je vous disais ? Vous voyez bien que c'est lui qui m'a parlé dans la cathédrale de Strasbourg !

L'inconnu se rapprocha de Grimpow et lui ébouriffa les cheveux.

— C'est exact, mon garçon. Et je suis content de constater que tu as entrepris ton parcours sur le Chemin Invisible. Ainsi, tu as pu semer la graine et voir croître la fleur. Je n'aurais jamais pensé qu'un jeune homme de ton âge puisse parvenir à ce résultat.

— Rien n'aurait pu se faire sans l'aide de Weienell et de Salietti.

— C'est donc vous... commença Weienell.

— Je m'appelle Anatole Pempius.

Weienell eut la chair de poule.

— Vous connaissiez mon père ? demanda-t-elle d'une voix émue.

— En effet, nous étions très amis. Et j'étais aussi très proche du vôtre, Iacopo d'Estaglia, continua Pempius en se tournant vers Salietti. En réalité, c'était lui que j'attendais à Strasbourg. Et c'est Grimpow qui est arrivé, à la recherche du défunt Aidor Bilbicum. Ensuite, je vous ai suivis jusqu'à Chartres.

— Vous saviez que nous viendrions ici ? s'étonna Grimpow.

Le vieil homme sourit, puis dit :

— Votre confusion est tout à fait compréhensible. Installons-nous là, je vous expliquerai tout en détail.

Les trois amis firent cercle autour d'Anatole Pempius. Grimpow et Weienell prirent place sur un tronc brisé. Salietti préféra rester debout. Quelqu'un devait bien demeurer en alerte, les soldats du roi pouvaient surgir à tout moment.

Le vieil homme prit la parole, sous le regard attentif de son auditoire.

— L'hiver dernier, un des sages de l'Ourobore a été accusé d'hérésie par l'inquisiteur Goztell. Soumis à d'insupportables tortures, il a fini par avouer que la pierre philosophale dont parlaient les légendes existait dans la réalité et qu'elle était gardée en secret par ton père, continua-t-il en désignant Salietti du menton. Par bonheur, Iacopo d'Estaglia a pu fuir Lyon avant d'être capturé par Boulvar de Goztell. Il est parti vers l'abbaye de Brinkdum, au cœur des montagnes enneigées des Alpes, où des moines amis devaient lui offrir l'asile. Malheureusement, il s'est perdu dans la tempête et il est mort de froid dans les neiges, non loin de l'abbaye.

– J'ai découvert son corps ! signala Grimpow.

– Je sais. Tu as aussi trouvé la pierre et le message codé qu'il portait dans sa besace... C'est bien cela ?

– « L'ombre et la lumière sont dans le ciel. Aidor Bilbicum. Strasbourg », cita le garçon de mémoire.

– Exact, dit Anatole Pempius. Le père de Salietti devait me rejoindre là-bas, car nous devions convenir d'une autre cachette pour la pierre. Quant au message, il s'agissait d'un code secret qui fixait les modalités de notre rendez-vous en ville.

– Nous savons déjà tout cela, indiqua Weienell. C'est justement pour cette raison que nous avons fui Strasbourg avec Salietti. Grimpow était le nouveau porteur de la pierre.

– En effet, mais aucun d'entre vous ne connaissait mon existence. De mon côté, j'ignorais tout de vous, avant que vous ne commenciez à rechercher Aidor Bilbicum à Strasbourg, parce que ce nom apparaissait dans l'énigme.

– Alors, c'est vraiment avec vous que j'ai parlé dans la cathédrale ! s'exclama le garçon.

– C'est vraiment avec moi, confirma Anatole.

Grimpow jeta un regard d'orgueil à ses deux compagnons, puis se retourna vers Pempius.

– Mais je ne comprends pas pourquoi vous ne vous êtes pas montré, cette nuit-là, à Strasbourg.

– Je devais vous surveiller, à votre insu, puis attendre que tu sèmes la graine et voies grandir la fleur dans la cathédrale de Chartres. Ce que tu as accompli la nuit dernière...

Ensuite, Anatole Pempius avait perdu leur trace dans les châteaux du Cercle, en Alsace. Il avait redouté d'apprendre un jour ou l'autre qu'ils avaient été tués pendant la prise de la forteresse du duc d'Östemberg. Mais un message lui était parvenu de Metz, signalant qu'ils se rendaient à Paris, selon les indications de la carte du Chemin Invisible. Il avait patienté plusieurs jours à Notre-Dame, puis ils étaient enfin arrivés.

— Ensuite, je vous ai suivis jusqu'à Chartres. Je comptais me présenter de manière moins tapageuse ce matin, mais grâce à cette émeute, vous avez pu m'aider à m'échapper, conclut le vieux sage.

— Vous auriez dû être plus discret, lui reprocha Salietti. Vous avez mis en danger votre vie et la nôtre. Sans compter que la pierre aurait pu tomber en de mauvaises mains.

Cependant, le chevalier italien était moins irrité qu'il ne le prétendait. Il ne pouvait s'empêcher d'éprouver de l'affection et du respect pour cet homme qui avait été un intime de son père et de celui de Weienell. Tous les deux étaient morts pour protéger l'Essence du Mystère des puissances qui la convoitaient.

— Tu as raison, mon ami, admit Anatole. J'avoue avoir été surpris par la réaction des soldats. Je n'avais pas prévu que mon discours sur le château des étoiles éveillerait leurs soupçons. Selon mon plan, on devait me prendre pour un charlatan débitant les absurdités habituelles et seul Grimpow devait y voir un sens.

Celui-ci l'interrompit :

— J'ai compris ! Moi aussi, j'ai eu une vision de ce château des étoiles dans la cathédrale de Chartres ! Quand la bagarre a commencé, je m'apprêtais à venir vous poser des questions sur les grands prodiges du cosmos.

– C'est justement ce dont je devais te parler. Mais auparavant, j'aimerais examiner la pierre, si tu n'y vois pas d'inconvénient.

D'un geste, Salietti invita Weienell à le suivre un peu à l'écart et tous deux s'éloignèrent de quelques pas. Anatole Pempius appartenait à la société de l'Ourobore, cela ne faisait aucun doute, mais avant d'accepter sa compagnie, le chevalier italien voulait consulter Weienell.

Entre-temps, Grimpow avait remis l'Essence du Mystère au vieux sage. Celui-ci la saisit avec délicatesse, puis la caressa. Le minerai prit la coloration rougeâtre et bleuâtre qui était devenue si familière au jeune garçon. Il l'avait vue encore la veille, au moment où il avait posé la pierre au milieu de la fleur du labyrinthe de la cathédrale de Chartres. Sans aucun doute, ce mystérieux caillou était un objet prodigieux, dont personne ne pouvait expliquer la nature. Pas même lui, alors qu'il en était le possesseur.

Anatole Pempius ne parut pas surpris de sentir le minéral tiédir au creux de sa paume. Ce n'était pas la première fois qu'il manipulait l'Essence du Mystère. Un sourire heureux illuminait son visage, un insolite éclat astral brillait dans son regard. Le temps semblait brusquement aboli, il avait la sensation que sa jeunesse perdue renaissait, qu'il était projeté au cœur de l'espace infini, comme si le début et la fin du monde s'étaient connectés pour un instant, afin de lui révéler une fois pour toutes l'ensemble des secrets de l'univers. Oui, ce singulier caillou poli, de la taille d'une amande, était sans l'ombre d'un doute l'Essence du Mystère, l'authentique pierre philosophale des anciens alchimistes, la lumière qui éclairait l'obscurité où se débattait l'être humain depuis des millénaires. Cependant, sa véritable nature ressemblait peu, voire pas du tout, à ce que prétendaient les légendes.

– Elle s'illumine aussi entre vos mains !

Grimpow était ravi de se retrouver en compagnie de quelqu'un qui avait partagé son expérience et pourrait répondre à ses multiples questions.

– Elle nous a choisis, Grimpow. Nombreux sont ceux qui l'ont possédée et, pour que toutes les merveilles que tu as vues dans la cathédrale de Chartres deviennent enfin réalité, nombreux seront ceux qui devront la posséder à l'avenir. Mais il n'y a pas que l'Essence du Mystère et son prodigieux pouvoir.

– J'ignore de quoi vous parlez.

– D'un secret que tu dois découvrir. Je suis là pour t'y aider.

– Mais de quoi s'agit-il ? Vous le savez ? demanda Grimpow en reprenant la pierre que lui tendait Anatole Pempius.

– Non. Personne ne le sait, hormis les fondateurs de l'Ourobore et les neuf templiers qui rapportèrent ce secret de Jérusalem en France.

– Je croyais que c'était la pierre.

– Ne fais pas attention aux rumeurs. Cette pierre a été apportée plus récemment, par Aidor Bilbicum en personne. Ce que les moines soldats ont transporté dans le chariot représenté dans la cathédrale était beaucoup plus pesant et volumineux que ce petit caillou.

– La légende parle d'un immense trésor.

– Il ne s'agit pas d'un trésor, crois-moi. C'est beaucoup plus...

À cet instant, ils furent rejoints par Weinell et Salietti.

— Nous avions projeté de partir pour Florence dès aujourd'hui, commença ce dernier. Mais je doute que vous souhaitiez entreprendre ce voyage.

Anatole Pempius se leva en souriant.

— Je me rendrais bien volontiers dans cette cité aussi belle que prospère, mais il me semble que Grimpow n'a pas fini de parcourir le Chemin Invisible qu'il suit depuis son départ de l'abbaye de Brinkdum. Par ailleurs, gardez-vous de sous-estimer Boulvar de Goztell. Je suis certain que ses limiers tenteront de flairer votre piste sur vos terres du Piémont italien, avant tout autre lieu.

— Dans ce cas, que proposez-vous ? voulut savoir Weienell.

— Que nous retournions à Paris. Grimpow a encore beaucoup à apprendre là-bas.

— Repartir à Paris ! Vous êtes fou ! Ce serait se jeter dans la gueule du loup, protesta Salietti.

— Ils n'imagineront jamais que nous ayons l'audace de cacher Grimpow et l'Essence du Mystère juste sous leur nez. De plus, nous avons quelque chose à trouver à Paris.

Le garçon se plaça au centre du groupe.

— Moi aussi, j'ai mon mot à dire. En fin de compte, c'est moi que poursuit Boulvar de Goztell pour prendre la pierre.

— Et qu'en penses-tu ? demanda le chevalier italien.

— Désolé de te décevoir, mais je crois aussi que nous devons rentrer à Paris. J'ai le pressentiment qu'Anatole Pempius a raison. Une chose extraordinaire est cachée quelque part, attendant depuis des années d'être découverte.

III

La sorcière de Montmartre

Boulvar de Goztell quitta le château du Louvre, le roulement des sabots de sa monture sur le pont-levis résonnait à la même fréquence que les battements de son cœur. S'il ne trouvait pas la pierre philosophale sous peu, sa tête serait exhibée au bout d'une pique au milieu de la place animée qu'il s'apprêtait à traverser. Le bras du roi ne tremblerait pas à l'instant de mettre sa menace à exécution, surtout si l'ambitieux conseiller Nogaret continuait à guider en sous-main les décisions du monarque. Le moine devait réfléchir et agir rapidement, le temps lui était compté. Le moment était venu de recourir à quelqu'un qui, pour échapper aux tenailles du bourreau et au bûcher, l'aiderait à sauver sa vie. Quelqu'un dont la vision allait au-delà de celle du regard des morts, quelqu'un qui dominait l'art des sortilèges et de la magie, qui avait le pouvoir de s'allier au diable lui-même, sans avoir à craindre sa puissance.

L'inquisiteur éperonna son cheval et passa au milieu de la place au grand galop, sans prendre garde aux étals de fruits et de légumes ou à la foule qui se pressait sur le marché. La forteresse du Temple, convertie depuis trois lustres en prison pour les assassins, les voleurs, les sorcières, les rebelles, les possédés, les nécromanciens et les hérétiques, n'était pas très loin. Il suffisait de prendre une rue à droite, de traverser les quartiers des tanneurs et des scribes, puis de franchir la première enceinte de la ville. Par-dessus les toits des maisons, il pouvait déjà voir au loin les pointes coniques qui chapeautaient les quatre coins de la grande tour centrale. Les étendards frappés de la fleur de lys y remplaçaient depuis longtemps les croix rouges des Templiers.

D'un signe, Boulvar de Goztell appela le chef des geôliers, un homme rude, au visage grêlé, à qui il ne restait que quelques dents.

– Conduis-moi au cachot de la sorcière de Montmartre, ordonna-t-il.

Après avoir descendu quelques marches en colimaçon, ils parcoururent un long couloir, puis s'engagèrent dans un escalier qui semblait s'enfoncer dans les sombres entrailles de la Terre. Le sol de pierre était recouvert d'une fine couche d'eau qui reflétait faiblement la lumière à leur passage. Le geôlier s'arrêta près d'une cellule obscure, prit une torche accrochée au mur, l'alluma à la sienne et la tendit à l'inquisiteur. Puis il saisit une grande clé, déverrouilla la porte, et s'effaça pour laisser passer le dominicain. Boulvar de Goztell le congédia d'un geste de la main.

La flamme illumina le coin où gisait une jeune femme vêtue de haillons.

– Sais-tu que c'est grâce à moi que tu es encore vivante ?

La prisonnière se redressa, effrayée, et enlaça ses genoux. Le feu de la torche l'empêchait de distinguer les traits de son interlocuteur, dont la voix ne lui était pas familière.

– Qui êtes-vous ? Je ne peux pas vous voir.

Elle leva une main devant son visage, plissant les paupières pour éviter d'être aveuglée. Il y avait des jours que ses pupilles n'avaient pas reçu le moindre rayon de lumière.

Boulvar de Goztell écarta la torche.

— Et maintenant ? Tu me reconnais ?

La femme ouvrit grand les yeux. Elle regarda fixement le moine.

— Vous... Vous êtes l'inquisiteur Boulvar de Goztell, bredouilla-t-elle.

— Oui, je t'ai fait enfermer dans ce cachot au lieu de te laisser périr sur le bûcher comme les autres. Tu t'en souviens ?

Le beau visage de la captive était marqué de rides profondes qui trahissaient la douleur et la souffrance. Il y avait plus d'un an, en compagnie d'autres femmes, elle avait été accusée de sorcellerie et de mener sabbat les nuits de pleine lune dans les faubourgs de la ville.

— J'aurais préféré brûler mille fois, plutôt que de supporter cet emprisonnement.

— Maintenant, je peux t'aider à sortir d'ici, si tu le désires.

À ces mots, elle se traîna aux pieds du moine et s'agenouilla devant lui.

— Je vous en supplie, ayez pitié de moi ! Tirez-moi de cet enfer et je vous donnerai mon âme avant même de mourir, murmura-t-elle en sanglotant.

— Ce ne sera pas nécessaire. Il te suffira de la vendre au diable.

IV

Une caravane de saltimbanques

À la tombée de la nuit, aux alentours d'un petit village, les quatre cavaliers aperçurent une colonne de fumée dense qui s'élevait vers le ciel, puis se dissipait en fragiles volutes, vite dispersées par le vent. Un groupe de chariots était rangé autour d'un grand feu. Quelques personnes vaquaient dans le campement.

Des chiens flairèrent l'odeur des chevaux et donnèrent de la voix, mais les cris rieurs des enfants ne cessèrent pas pour autant, envoyant un message rassurant aux nouveaux arrivants.

– Les soldats du roi ne rôdent certainement pas dans ces parages, dit Salietti à Weienell.

Un homme aux muscles noueux s'avança à leur rencontre, une vieille épée à la main. Trois autres vinrent lui prêter main-forte, brandissant de longues lances, d'un air menaçant.

– Si vous êtes des voyageurs de passage, vous pouvez mettre pied à terre et profiter sans crainte de notre hospitalité ! Mais si vous êtes guidés par quelque mauvaise intention, passez votre chemin et cherchez des adversaires que vous pourrez vaincre.

Ces avertissements provenaient de l'homme à l'épée, qui s'exprimait curieusement, comme s'il déclamait une romance tragique.

— Nous désirons seulement faire reposer nos montures et partager le gibier que nous avons abattu dans le bois, dit Salietti.

Il désigna l'animal mort, chargé sur la croupe du cheval de Grimpow.

— Alors, soyez les bienvenus dans notre camp ! répondit leur interlocuteur.

Et d'une petite révérence, il invita les cavaliers à les rejoindre.

Quelques drôles des deux sexes et d'âge varié s'approchèrent avec curiosité, attirés par le noble aspect des voyageurs et du garçon qui les accompagnait, un arc et un carquois rempli de flèches passés à l'épaule. Ils parlaient tous en même temps, se bousculant pour caresser la fourrure douce du jeune daim abattu par Grimpow.

— C'est toi qui l'as chassé ? demanda une gamine à la chevelure embroussaillée qui regardait Grimpow avec de grands yeux étonnés.

Il mit pied à terre et se mêla aux enfants comme s'il les connaissait depuis toujours. Il y avait bien longtemps qu'il ne s'était retrouvé parmi des jeunes de son âge et il appréciait cette rencontre à sa juste mesure. De leur côté, Salietti, Weienell et Anatole Pempius engagèrent la conversation avec les hommes de la caravane.

— Vous êtes une compagnie de comédiens ?

Salietti avait remarqué le matériel usé, éparpillé autour des voitures, visiblement destiné à des saltimbanques et des marionnettistes.

— La meilleure troupe de tout le royaume, déclara celui qui semblait être le chef.

Ses compagnons s'occupaient déjà de faire boire les bêtes.

— Où allez-vous ? demanda Weienell.

— Nous rentrons à Paris avant que les pluies d'automne ne rendent les chemins impraticables.

Anatole se dit qu'ils pourraient se joindre à la compagnie et passer les portes de la ville avec eux sans attirer l'attention de la garde royale. Mais il garda cette idée pour lui. Le moment n'était pas encore propice.

— Il y a longtemps que vous avez quitté Paris ? demanda-t-il.

— Au cours du printemps dernier. Nous avons parcouru sans repos le chemin de Saint-Jacques-de-Compostelle, les cours des grandes cités du Sud. Avignon, Toulouse, Carcassonne, Narbonne... Et vous ?

— Nous allons aussi vers la capitale, répondit sobrement Pempius.

— Dans ce cas, vous vous trompez de direction. Paris est au nord, vous chevauchiez vers le sud.

— C'est exact. Nous avons perdu le sentier peu avant de voir la fumée de votre feu.

— Et d'où veniez-vous ?

— De Chartres.

— Vous avez bien fait d'éviter la vallée de la Loire. Pas très loin d'ici, nous sommes passés près de plusieurs villages infestés par une terrible épidémie. Les victimes sont nombreuses. On trouve des cadavres putréfiés dans tous les coins.

— La peste ? demanda Weienell, prise d'inquiétude.

Le comédien secoua la tête.

— Personne ne sait avec certitude. Mais un soldat que nous avons croisé du côté d'Orléans nous a assuré qu'il s'agissait du choléra. Il y a quelques jours, l'une des femmes de notre troupe est tombée malade. Elle souffre de fortes fièvres et nous craignons qu'elle n'ait été contaminée par l'eau d'un puits infecté.

— Où est-elle ? demanda Anatole.

— Dans un des chariots.

— Conduisez-moi près d'elle.

— Vous êtes médecin ?

— Non, mais je peux essayer de la soigner.

Le comédien fit signe à Pempius de le suivre, avec l'espoir que le vieil homme parviendrait à sauver la vie de leur compagne. De leur côté, Weienell et Salietti se dirigèrent vers la berge, pendant que Grimpow et les gamins de la caravane jouaient au tournoi avec des épées de bois.

— C'est étonnant, malgré tout ce qu'il a vécu depuis qu'il a trouvé la pierre, Grimpow est resté un enfant, fit observer la jeune femme.

— Il n'a que quatorze ans.

— Bientôt quinze, précisa-t-elle.

Salietti s'accroupit au bord de l'eau pour se laver le visage.

— Je me demande si ce retour à Paris est une bonne chose pour Grimpow, dit-il en s'épongeant du revers de sa manche.

— Tu as peur de le perdre, c'est ça ?

— Pas toi ?

— Nous resterons à ses côtés, affirma Weienell. Nous ne pouvons pas l'abandonner.

— Anatole m'a expliqué qu'il étudierait au collège de la Sorbonne avec beaucoup d'autres jeunes de son âge. Là-bas, ils prendront soin de lui, jusqu'à ce qu'il soit assez grand pour décider de sa propre vie.

— Tu oublies ce secret qu'il doit découvrir ? Il aura besoin de notre protection.

– Espérons que Pempius ne s'est pas trompé dans ses prévisions.

D'un simple coup d'œil, Grimpow comprit que Weienell et Salietti parlaient de lui. Tous les deux étaient sa seule famille depuis qu'il avait quitté l'abbaye de Brinkdum et il ne voulait pas s'en séparer. Mais quelque chose lui disait qu'ils devaient regagner Paris avec Anatole Pempius, même si cela devait mettre leur vie en péril.

V

Un pacte diabolique

Le visage dissimulé sous la capuche de son habit noir, l'inquisiteur Boulvar de Goztell parcourait à cheval les ruelles obscures du quartier de Montmartre. La nuit sans lune était froide, mais il ne pouvait s'empêcher d'évoquer une autre équipée nocturne, bien différente. L'été passé, il faisait pleine lune lorsqu'il était sorti de l'enceinte de la ville par la porte de Montmartre, accompagné d'un fort détachement de soldats. Leur mission était de mettre fin au sabbat que menait chaque samedi une bande de sorcières dans une clairière des forêts qui encerclaient Paris. Au moins soixante-dix femmes de tous âges et conditions avaient été capturées cette nuit-là, enfermées dans les cachots de la tour du Temple, puis livrées aux flammes du bûcher quelques mois plus tard. Une seule avait eu la vie sauve.

Cette fois, l'inquisiteur s'arrêta près des remparts, devant une cabane aux murs de pisé et de bois. Après avoir mis pied à terre, il attacha les rênes de sa monture à un anneau fixé non loin de la porte.

– Entrez, monseigneur. Je vous attendais, dit la femme qui lui ouvrit avant même qu'il ait frappé.

Boulvar de Goztell inclina la tête pour passer sous le linteau de la petite entrée.

– J'espère que tout est à ta convenance, dit-il.

En remarquant le regard étonné du dominicain, elle esquissa un sourire complaisant et caressa les soieries de sa robe. Le moine pouvait à peine croire que cette belle femme croupissait encore dans un cachot malodorant de la tour du Temple au début de la journée. Dans la douce lumière des chandelles disposées dans la pièce, la jeune sorcière de Montmartre semblait digne d'appartenir à la noblesse de la cour. Un arôme pénétrant et exotique flottait autour d'elle. Ses cheveux longs et légèrement bouclés encadraient son visage délicatement maquillé, aux yeux soulignés de noir, dont l'expression lumineuse exprimait tout son bonheur. Elle avait d'ailleurs toutes les raisons de se réjouir. D'une part, elle avait retrouvé la liberté et l'allure soignée qui étaient les siennes avant la terrible chasse aux sorcières du bois de Loudun. De surcroît, grâce à la protection de l'inquisiteur le plus redouté du royaume, son pouvoir avait indubitablement augmenté.

– Je peux me fier à ta discrétion ?

Le regard sévère de l'inquisiteur semblait vouloir transpercer la jeune femme qui le regardait avec le sourire.

– Je vous dois la vie et cette modeste demeure, messire. Comment pouvez-vous imaginer que je pourrais vous trahir ? Je vous servirai comme une esclave, dites-moi simplement ce que vous attendez de moi. Mais je vous en prie, asseyez-vous et parlons tranquillement.

Le moine s'installa non loin de la cheminée, sur le banc qu'elle lui désignait. Un liquide bouillonnait dans un chaudron suspendu au-dessus des flammes.

– J'ai besoin de localiser un objet très précieux, le plus tôt possible, dit Boulvar de Goztell.

— Cet objet est-il en rapport avec le trésor du Temple ?

— Que sais-tu de ce trésor ?

— Seulement ce que racontent les trouvères sur les places depuis des années. Que les Templiers l'ont dissimulé quelque part avant que vous et le roi entriez dans la tour pour vous en emparer.

— Les chansons des trouvères sont destinées aux crédules. L'objet dont je te parle est mille fois plus précieux qu'un trésor, même s'il n'est pas plus gros qu'une de tes amulettes.

— Vous cherchez la pierre philosophale des légendes alchimiques, monseigneur ?

Pris au dépourvu par la clairvoyance de la sorcière, l'inquisiteur se troubla, mais parvint à masquer sa surprise de justesse.

— Oui, le *lapis philosophorum*... La pierre d'immortalité.

La sorcière de Montmartre ôta le chaudron du feu.

— Un instant, je vous prie, dit-elle.

— Qu'as-tu l'intention de faire ?

— Vous m'avez demandé de vendre mon âme au diable et j'ai accompli votre souhait, cet après-midi même. Maintenant, je me dispose à l'invoquer de nouveau devant vous avec une conjuration qui le soumettra à ma volonté en échange de ma vie.

— Tu vas faire apparaître le diable ?

La sorcière porta l'index à ses lèvres et dit à voix basse :

— Il est déjà là. N'avez-vous point perçu sa présence ?

Un frisson parcourut l'échine du moine.

— Trêve de bavardages, ordonne-lui d'utiliser ses pouvoirs démoniaques pour trouver ce que je cherche !

— Auparavant, il me reste encore à ajouter un ingrédient dans cette potion magique.

La femme remplit une louche en bois du breuvage visqueux qui frémissait dans le chaudron et le versa avec lenteur dans un bol en murmurant d'étranges paroles entre ses dents.

— Maintenant, donnez-moi votre dague, exigea-t-elle.

Boulvar de Goztell l'observa avec méfiance, craignant qu'elle n'en profite pour l'égorger sans pitié avec sa propre lame et se venge ainsi des souffrances qu'elle avait endurées dans les sinistres geôles du Temple. Il s'apprêtait à refuser, mais le regard de la sorcière se riva au sien. Comme sous l'effet d'un sortilège, sa volonté céda devant la froideur macabre qui en émanait. Toute la beauté de son visage semblait s'être dissipée entre les vapeurs de la potion qui frémissait encore dans la marmite, pour être remplacée par l'image atroce d'une créature de l'enfer.

— Ne craignez rien de moi et faites ce que je vous demande, dit-elle dans un murmure enjôleur.

L'inquisiteur glissa la main dans une manche de son habit et en sortit un poignard. Sans trembler, il prit l'arme par sa lame courbe et la tendit à la sorcière, pommeau en avant.

— Quelques gouttes de mon propre sang seront suffisantes pour consommer mon pacte avec le Prince des Ténèbres, expliqua-t-elle en pratiquant une incision nette au bout de son pouce gauche.

Le sang sourdait de la petite blessure et tombait goutte à goutte dans le mélange, au rythme d'une longue prière cadencée que le moine ne comprenait pas. Ensuite, la sorcière saisit le bol et, sans cesser de marmonner sa litanie dans cette langue insolite, se plaça au centre d'un cercle étroit délimité par de la cendre, près de la cheminée. D'un geste solennel, elle porta le bol à ses lèvres et absorba la potion magique à petites gorgées, les yeux mi-clos — une expression d'extase éclairait son visage. Puis la jeune femme lança les dernières gouttes du breuvage dans le feu, d'où une grande flamme bleutée jaillit avec virulence.

Lorsqu'elle se retourna, elle ne regardait plus le moine, ni ce qui l'entourait. Seul le blanc de ses yeux exorbités apparaissait à travers ses paupières entrouvertes, les pupilles n'étaient plus visibles. Les globes semblaient secs, vides, dépourvus de vie, aussi aveugles que ceux d'un ver vivant sous terre. Sa voix aussi avait changé. La douceur et l'amabilité étaient remplacées par ce ton rauque et brusque que Boulvar de Goztell avait si souvent entendu sortir de la bouche maudite des possédés peu avant leur exécution.

— La pierre que vous cherchez a erré d'un endroit à l'autre pendant très longtemps. Mais maintenant, je la sens... elle est toute proche. Je vois des tours... des tours et un fleuve. Il y a aussi des gens... Mais ces tours n'appartiennent pas à un château. Elles sont trop hautes et pointues... comme celles d'une église ou d'une cathédrale. Oui, c'est bien cela, ce sont les flèches d'une mystérieuse cathédrale. Une force inconnue qui se trouve à l'intérieur, quelque chose d'inexplicable. Je perçois sa présence. C'est une influence puissante qui cherche le centre d'une fleur. Je vois aussi une sorte de labyrinthe dessiné sur le sol.

— Chartres ! Tu parles de la cathédrale de Chartres ? demanda l'inquisiteur, abasourdi.

— Oui, c'est Chartres, je le sais. L'œil du diable m'a menée jusqu'aux portes du temple sacré... Mais mon maître ne peut pénétrer dans ce lieu !

Après ce cri de rage, la femme garda le silence quelques instants, puis son visage s'apaisa.

– Attendez... Maintenant, je sens cette force se dissiper, non, elle s'éloigne... La pierre n'est plus dans la cathédrale. Ceux qui la gardent sont partis ailleurs... Ils voyagent vers le sud.

– Peux-tu les voir ? Peux-tu savoir où ils vont ?

Boulvar de Goztell ne tenait pas en place, dévoré d'impatience.

– La trace de la pierre s'affaiblit, mais elle ne pourra pas échapper longtemps au regard du Prince des Ténèbres... Je l'ai vue entre les mains d'un jeune homme qui connaît les chemins invisibles des étoiles, conclut la sorcière avec la voix du diable.

VI

Autour du feu

Grimpow s'amusa en compagnie des enfants de la caravane jusqu'à ce que la viande du daim qu'il avait abattu avec son arc, dans l'après-midi, soit grillée et prête pour le dîner. Entre-temps, la nuit était tombée, enveloppant les chariots d'un manteau d'obscurité impénétrable. Ni lune ni étoiles pour atténuer les ténèbres qui ne se dissipaient qu'à proximité des flammes. Le rugissement d'une tempête grondait au loin, ponctué par de faibles éclats lumineux qui zébraient l'horizon de temps à autre. La pluie suivait la direction du vent, s'éloignant vers l'ouest, et cesserait bientôt d'arroser le camp. Tous les voyageurs s'étaient rassemblés autour du feu. Grimpow s'était installé près de Sofi, une fille dont les courts cheveux se nuançaient de reflets rougeâtres.

À un certain moment de l'après-midi, les jeux des enfants de la troupe s'étaient confondus avec leur vie réelle : après tout, ils appartenaient à une compagnie de saltimbanques et d'acrobates. Tous les jeunes avaient offert une brillante démonstration de sauts pleins d'audace, de tours d'adresse, de pirouettes et de contorsions. Mais le garçon avait été proprement abasourdi par les talents de la jeune Sofi.

Au cours de son errance vagabonde dans les régions enneigées des Alpes, Grimpow avait croisé de nombreux jongleurs, bouffons et bateleurs. Réduits à la misère, ces gens subsistaient au jour le jour, exerçant leur habileté sur les places et les marchés des villes, en échange de quelque menue monnaie ou de nourriture. Toutefois, la compagnie de comédiens dont faisait partie Sofi n'exerçait pas son art dans les rues, mais dans les grandes salles des châteaux et des palais de tout le royaume. Voilà qui expliquait la robustesse et la fantaisie de leurs chariots, protégés par de solides couvertures de bois arrondi décorées de banderoles de couleur. Seule exception, le véhicule qui transportait le matériel de scène, les outils, les ustensiles et autres chaudrons était simplement recouvert d'une bâche un peu élimée. Les vêtements élégants de la troupe et la bonne qualité de leurs provisions indiquaient une certaine prospérité.

En temps ordinaire, la compagnie dormait dans l'enceinte d'un château ou d'une place fortifiée quelconque, à l'abri des voleurs qui rôdaient dans les forêts. Si la famille campait ce soir-là sur les berges du fleuve, autour d'un feu, c'était parce qu'une des femmes était malade. Dans ces conditions, aucun seigneur ne leur aurait permis de pénétrer dans son fief par peur de la contamination. C'est ce que Sofi expliqua à Grimpow pendant que tous deux dévoraient à belles dents un morceau de viande grillée.

– Je suis certain qu'Anatole saura la soigner, assura Grimpow.

– Tant mieux pour Lancré, c'est son épouse qui a la fièvre. Ils ne se sont mariés que l'année dernière.

– Vous êtes tous de la même famille ?

— Oui. Mon père est l'aîné, le chef de la compagnie, il s'appelle Goebel. Celui-ci est mon oncle Stepper, là c'est Baunach et le plus jeune est Lancré, continua-t-elle en les montrant successivement.

— Par tous les diables ! Alors, vous êtes tous frères et cousins !

— Il y a de nombreuses années, mon grand-père était un jongleur très connu à Paris. Il n'a eu que des fils et leur a enseigné l'art des saltimbanques et des acrobates, dès leur plus jeune âge. Ce sont les meilleurs comédiens du royaume.

— Toi et les autres enfants méritez amplement ce titre. Je me demande comment vous arrivez à cabrioler de cette manière sans vous casser quelque chose.

— Une fois que tu sais le faire, c'est facile. Je te donnerai une leçon demain, si tu veux.

— J'ignore où nous serons demain, répondit Grimpow.

— Toi aussi, tu vas d'un endroit à l'autre ?

— Jusqu'à présent, ça a toujours été comme ça. Mais je ne suis pas comédien.

— Oh, je l'avais remarqué ! s'exclama Sofi en riant. Il suffit de te voir avec cet arc à l'épaule.

— Avant, j'étais un vagabond...

Impatiente d'entendre la suite, la jeune fille leva les sourcils, manifestant tout à la fois sa surprise et son intérêt. Encouragé, Grimpow continua :

— En réalité, j'ignore ce que je suis vraiment. Mais en tout cas, je suis censé aller à Paris pour étudier à l'université.

— Alors, nous serons dans le même coin. Nous vivons près de la place Maubert, non loin du quartier Latin.

— Le quartier Latin ?

– Oui. Le quartier des étudiants, sur les berges de la Seine. Comme ils parlent latin, tout le monde à Paris lui donne ce nom. Et toi, tu sais aussi le parler ?

– J'ai appris à le lire avec les moines d'une abbaye, il y a quelques mois. Tu vois, c'est tout neuf.

– Mon père et mes oncles connaissent des poèmes et des chansons dans cette langue, mais je n'arrive jamais à me rappeler les paroles. Je n'ai retenu qu'une strophe qui dit :

Vita nostra brevis est,
brevi finietur,
venit mors velociter,
rapid nos atrociter,
nemini parcetur

Grimpow fit une traduction instantanée :

– « Notre vie est brève, elle finira bientôt, la mort vient rapidement, nous arrache atrocement en n'épargnant personne. »

– C'est mon grand-père qui me l'a apprise, à un moment où il était très malade. Je ne pourrai jamais l'oublier. Tu comprends ce que ça veut dire ?

– Eh bien, j'imagine que cela signifie que nous mourrons tous quand viendra notre heure.

– Il m'a demandé de ne pas pleurer sa mort, d'associer son image à ce poème et d'évoquer son souvenir avec joie.

– Tu l'as très bien récité. Tu n'aimerais pas étudier ?

– Non, quelle idée ! dit-elle en rougissant. Je préférerais jouer la comédie, mais on ne permet pas aux femmes d'interpréter des rôles en public. C'est pour cette raison que je me suis coupé les cheveux. Ainsi, j'ai l'air d'un garçon et je passe inaperçue parmi mes cousins. Mais d'après ma mère, je ne vais pas tarder à grandir et je ne pourrai plus tromper personne.

— Weienell aussi a les cheveux courts comme un jeune homme, et pourtant c'est une dame.

— Une dame ?

— Bien sûr, même si elle le cache sous la capuche de son manteau.

— Tu es sérieux ?

Sofi examina avec attention le vieillard et les deux cavaliers qui discutaient avec son père et son oncle Stepper. Elle n'aurait jamais deviné que l'un de ces trois personnages était une femme, et encore moins qu'elle portait l'épée.

Grimpow était taraudé par l'envie de raconter à Sofi tout ce qui lui était arrivé depuis que l'hiver dernier il avait trouvé le cadavre d'un homme au milieu du massif d'Ullpens, dans les Alpes du Nord. Depuis, sa vie avait subi un bouleversement inattendu et surtout inimaginable. Il aurait aimé lui parler de la pierre étrange que le chevalier mort serrait au creux de sa paume, et qu'il portait maintenant à son cou, tel un talisman magique. Qui sait, l'Essence du Mystère changerait peut-être aussi de couleur entre les mains de Sofi ? Alors, il pourrait révéler à sa nouvelle amie le secret de la pierre et les merveilles dont il avait été témoin depuis qu'elle était en sa possession. Ainsi, Sofi saurait qu'il avait affronté de nombreux périls avec Salietti, ou qu'ils étaient tous des proscrits, poursuivis par un inquisiteur malveillant, obsédé par l'idée de s'approprier la pierre et son pouvoir occulte.

Près de cette jeune inconnue qui possédait les plus beaux yeux du monde, Grimpow éprouvait un bonheur sans pareil. Il était certain de n'avoir jamais rien vécu de comparable.

Cependant, malgré tout son désir, il savait qu'il ne pouvait confier à Sofi l'existence de la pierre, ni ses propres secrets. En s'y risquant, il se trahirait lui-même, ainsi que ses amis, le chevalier mort dans les montagnes, les sages de l'antique société de l'Ourobore et tous ceux qui avaient gardé le silence à travers les siècles. D'ailleurs, peut-être en avait-il déjà trop dit. Un remords tardif lui serra l'estomac.

Par bonheur, Grimpow n'eut pas besoin de trouver un stratagème pour rester discret sur son passé ou celui de ses amis. Le père de Sofi se leva et réclama l'attention générale. Il avait une nouvelle importante à communiquer : le mal qui frappait Bernadette, la belle épouse de Lancré, n'était pas contagieux. La fièvre avait disparu en quelques heures, grâce à une potion préparée par Anatole Pempius. Une salve d'applaudissements et des cris de joie accueillirent sa déclaration. Sofi et Grimpow échangèrent un sourire ravi.

– Une chance qu'on vous ait rencontrés, reconnut la jeune fille.

Elle se pencha vers Grimpow et l'embrassa discrètement sur la joue, tout près de l'oreille.

Le cœur du garçon s'emballa comme un cheval qui a pris le mors aux dents. Le sang bouillonnait dans ses veines et il sentit son visage s'empourprer. Cette étrange confusion lui était inconnue. « Suave comme une caresse et aussi intense qu'un éclair. » Il se souvenait des confidences de son ami, le novice Pobé de Lanforg, la nuit où celui-ci lui avait parlé de la saveur des baisers, à l'abbaye de Brinkdum. Grimpow cherchait encore la réaction appropriée, lorsqu'un des oncles de Sofi saisit un luth et entonna une vieille chanson. Entre-temps, les autres improvisaient une scène près du grand feu, sous la direction de Goebel. En quelques minutes, tout fut prêt pour le début du spectacle, comme s'il s'agissait d'une représentation devant la cour d'un monarque.

Au milieu des rires et des plaisanteries, Anatole Pempius fut installé sur un trône tiré des accessoires, dûment couronné, un manteau royal sur les épaules. Salietti et Weienell furent invités à prendre place sur de petits bancs de bois qui encadraient le siège du souverain. Lancré fit asseoir Grimpow aux pieds d'Anatole. Le garçon avait dû revêtir un costume de bouffon bariolé et parsemé de grelots, qui lui valut maintes moqueries de Sofi et de ses plus jeunes cousins. Et quand tout fut prêt, les saltimbanques installèrent une grande planche verticale face à leur public. Sofi se plaça devant et son père empoigna quelques couteaux. Il les lança un à un et les planta dans le bois. Weienell laissait échapper de petits cris contenus et Grimpow des exclamations d'enthousiasme. À la fin du numéro, les couteaux avaient dessiné la silhouette de Sofi sur la planche. Toute l'assistance applaudit chaleureusement. Puis les comédiens allumèrent leurs torches et commencèrent à les projeter en l'air, dans une succession infinie de figures de jonglerie complexes qui illuminaient le ciel. Sous le regard fasciné des invités, les torches changeaient de mains et de trajectoire, comme mues par leur propre volonté. Ensuite, ils firent virevolter de lourdes massues de bois, multiplièrent les sauts acrobatiques et les équilibres impossibles. Le spectacle s'acheva sur une danse trépidante au rythme des tambours. Les cousins de Sofi frappaient les peaux tendues, qui sonnaient comme le grondement de guerres lointaines.

VII

L'amulette enterrée

Avant de partir, le moine inquisiteur remit quelques pièces d'or à la sorcière de Montmartre et lui en promit beaucoup plus si elle parvenait à localiser rapidement le *lapis philosophorum*. Boulvar de Goztell n'était pas encore convaincu que la jeteuse de sorts lui ait dit la vérité, même si elle lui devait la vie. Toutefois, la femme avait mentionné que la pierre était en possession d'un garçon qui connaissait les chemins invisibles des étoiles. Elle n'avait aucun moyen d'obtenir cette information au préalable, c'était donc bel et bien le diable qui avait parlé par sa bouche. Le pouvoir du Prince des Ténèbres était peut-être supérieur à ce qu'il avait imaginé. Néanmoins, l'inquisiteur n'était pas trop inquiet. Maintenant, le démon était son plus fidèle serviteur.

La sorcière de Montmartre attendit que l'écho des sabots de la monture s'estompe dans le lointain, en direction de la tour du Temple. Puis elle s'enroula dans une grande cape et quitta la maison. La ruelle était déserte, tout comme les environs des remparts. Aucune lumière ne brillait dans les masures du voisinage, sa silhouette sombre se fondait dans la profonde obscurité de la nuit. Cependant, même en l'absence de lune, sa vision était aussi nette que celle du chat noir qui la rejoignit d'une démarche furtive, puis lui emboîta le pas en reniflant l'air. La sorcière s'accroupit et le prit dans ses bras.

— Tu es encore là, dit-elle en le caressant.

Leurs deux paires d'yeux luisaient comme des astres miniatures dans un ciel nocturne. La jeune femme reposa l'animal et se remit en route. D'abord, elle marcha vers l'ouest, en direction de la Seine, puis passa devant une église, longea quelques jardins et pénétra dans un petit cimetière, non loin du fleuve. Derrière une tombe, une brèche ouvrait la muraille, dissimulée par quelques arbustes. Après avoir écarté les branches, elle se glissa par l'ouverture, suivie du chat. Lors de la terrible nuit de la chasse aux sorcières, c'était par cette voie qu'elle avait quitté la ville, en compagnie d'autres jeunes filles, pour assister au sabbat dans le bois de Loudun tout proche.

La sorcière de Montmartre ne craignait pas les loups, ni les bêtes sauvages, pas plus que les esprits, les morts ou les fantômes. Elle avait encore moins peur du diable, à qui elle avait vendu son âme en échange de sa vie, quelques heures plus tôt. Mais en arrivant à l'ancien lieu de réunion des sorcières de Paris, un tremblement incontrôlable s'empara d'elle. Près d'un an s'était écoulé, mais l'air semblait toujours résonner de l'effroi des femmes brutalement arrêtées sous l'œil rond de la pleine lune. Ensuite, l'horreur du cachot lui revint, les tortures et les bûchers. Elle ne parvenait toujours pas à comprendre les raisons qui avaient poussé l'inquisiteur à la laisser vivre, au lieu de la condamner aux flammes comme les autres.

Enfin, la jeune femme se reprit, s'accroupit sous un arbre aux épaisses racines et creusa dans la terre à mains nues. Peu après, elle recueillit une fine chaîne d'or où était suspendu un médaillon gravé d'un symbole insolite. Du coin de sa cape, elle nettoya l'objet et le rangea dans sa robe, pendant que le chat noir ronronnait, assis près d'elle.

La sorcière de Montmartre revint sur ses pas et regagna Paris par le même itinéraire. Cependant, après être entrée dans la ville par la brèche des remparts, elle ne repartit pas vers la maisonnette où le moine inquisiteur l'avait fait conduire après sa libération. Prenant la direction opposée, elle s'enfonça dans un labyrinthe de ruelles étroites et crasseuses, puis franchit l'enceinte intérieure sans croiser âme qui vive. À un carrefour dominé par une grande croix de pierre, elle tourna sur la droite et pénétra dans le quartier des pêcheurs. Le chat noir ne trottinait plus sur ses talons. Elle lui avait épargné cette peine en le portant dans ses bras, blotti sous sa cape.

Le but de cette expédition était une pauvre masure, près du port. La jeune sorcière frappa plusieurs fois à la porte. Malgré son insistance, elle n'obtint pas de réponse. Peut-être n'y avait-il plus personne dans la maison ? Celle qu'elle cherchait était peut-être morte pendant sa captivité ? Le cœur serré, mais résignée, elle s'apprêtait à rebrousser chemin lorsqu'une vieille femme ouvrit la porte.

– C'est moi, Agnès. Tu ne me reconnais pas ? dit la sorcière de Montmartre.

Laissant le chat noir regagner le sol d'un bond souple, elle serra la vieille femme dans ses bras avec tendresse. Celle-ci répétait son nom à voix basse, rompue par l'émotion.

Malgré sa joie, Agnès sentit quelques larmes rouler sur ses joues. Peu de gens le savaient, mais Malen était une des plus anciennes sorcières de Paris. Cette vieille, édentée et presque aveugle, avait pris soin d'elle depuis le jour de sa naissance, vingt ans plus tôt. Agnès l'appelait grand-mère ou tante, mais Malen ne lui avait jamais parlé de sa vraie famille.

— Oh, Agnès, ma fille chérie. Comme je suis heureuse de te revoir ! Je pensais que tu étais morte sur le bûcher avec les autres sorcières de la ville. C'était si horrible.

— Tu m'avais toujours conseillé de ne pas assister à ces réunions dans le bois de Loudun. Tu t'en souviens ? Mais je ne t'ai pas écoutée...

Agnès ferma la porte, alluma une lampe à huile et toutes deux s'installèrent près d'une petite fenêtre. La pièce exiguë, munie d'une cheminée, contenait à grand-peine une table, deux bancs et un grabat. Le chat noir se pelotonna sur la paillasse crasseuse et s'endormit.

— J'ai encore du mal à croire que tu es vivante, dit Malen entre deux sanglots.

— À partir de maintenant, les choses vont changer. Je recommencerai à m'occuper de toi comme avant. Il ne te manquera rien. J'ai de l'or pour acheter de la nourriture et du bois en abondance. Quand les pluies et le froid reviendront, le feu brûlera dans cette cheminée vide, tu peux en être sûre.

— Je vais bien, mon petit. Ne t'inquiète pas pour moi. Et je ne sais pas si mes pauvres os résisteront jusqu'au prochain hiver. Mais tu peux t'installer de nouveau ici, si tu le désires. Ton lit est toujours en haut, comme avant que tu partes vivre à Montmartre.

— Depuis aujourd'hui, j'ai une autre maison, près des remparts. Mais je viendrai te voir tous les jours.

— Et où étais-tu pendant tout ce temps ?

— Enchaînée jour et nuit dans la tour du Temple.

— Pauvre petite, comme tu as dû souffrir !

– Je préfère ne pas en parler. C'est le passé.

– Je comprends, je comprends...

– Cela dit, j'aimerais tout de même savoir pourquoi l'inquisiteur Boulvar de Goztell m'a sauvée des flammes pour m'enfermer dans un cachot.

Du bout des doigts, Malen suivait le contour des traits d'Agnès que sa vue affaiblie ne lui permettait pas de distinguer.

– Tu n'es pas comme les autres sorcières de Paris. Tu ne l'as jamais été. Cet inquisiteur devait en être informé, même s'il ne t'en dira rien. Tu portes la véritable cicatrice de la Lignée sur l'épaule gauche.

La jeune femme se débarrassa de sa cape, puis écarta le tissu de sa robe, dévoilant la petite cicatrice en forme d'étoile qu'elle avait depuis sa naissance.

– Que signifie cette marque Malen ? Pourquoi ne m'en astu jamais parlé ?

– Avant de mourir, ta mère m'a fait jurer de ne rien te dire avant tes vingt ans.

– Eh bien, c'est le moment, je les ai eus au dernier solstice d'été.

Agnès avait toujours su que Malen n'était pas sa mère. Cependant, elle ne l'avait jamais interrogée sur son passé ni sur celui de sa famille. D'instinct, elle avait compris que cette partie de sa vie devait rester secrète jusqu'au moment propice. Elle laissait Malen décider de l'instant et de la manière de lui en parler.

Elle devait toutes ses connaissances à la vieille sorcière. Dès son enfance, Agnès avait manifesté de l'intérêt pour les herbes et les plantes que Malen recueillait dans les champs. Elle connaissait les plus petits détails sur chaque espèce, leurs propriétés curatives, la façon de les classer, de les mélanger et de les conserver. Quelques années plus tard, Agnès avait appris à élaborer des potions, des onguents, des cataplasmes, des baumes, des parfums, des infusions, des sirops, des élixirs et des poisons. Elle chassait aussi des scarabées, des chauves-souris, des serpents, des lézards, des crapauds et des rats. Elle pouvait reconnaître n'importe quelle substance grâce à son odeur et préparer des sortilèges, des philtres d'amour ou annuler des enchantements. Ses facultés lui permettaient aussi de dévoiler l'influence des astres, de dominer les sorts diaboliques, de parler avec les âmes en peine et de deviner l'avenir.

Mais Agnès avait toujours eu l'intuition de porter autre chose en elle. Une force qu'elle était seule à percevoir, bien différente du pouvoir des sorcières, ou de ceux des démons.

Malen plissa les yeux, comme pour mieux ranimer des souvenirs enfouis dans un recoin de sa mémoire.

— Je me souviens de la nuit où tu es née. Peu après le coucher du soleil, un serviteur est venu me chercher. Quand je suis arrivée au manoir près du fleuve, ta mère était déjà très faible. Elle avait perdu tant de sang qu'elle pouvait à peine s'exprimer. J'ai tout de suite compris qu'elle n'allait pas survivre à l'accouchement. Elle aussi le savait. Lorsque je suis entrée dans son alcôve, elle a ordonné aux servantes de sortir. Nous sommes restées seules, elle m'a pris la main et a commencé à me parler. Quelques heures plus tôt, elle avait confessé à son époux que l'enfant à naître n'était pas de lui, mais n'avait pas dévoilé le nom du véritable père. Elle m'a dit que si je ne m'en occupais pas, cette enfant ne vivrait pas un jour de plus. Cette petite fille, c'était toi.

Agnès écouta l'histoire sans manifester la moindre émotion. De nombreuses années s'étaient écoulées depuis le jour de sa naissance et ses parents, quelle que soit leur identité, ne lui avaient jamais manqué. Maintenant qu'elle connaissait la vérité sur son passé, elle ne voyait pas pourquoi ses sentiments évolueraient. Sa seule mère avait toujours été Malen.

– Qui était l'époux de cette femme ?

– Un noble très proche du roi.

– Et elle ?

– Elle s'appelait Agnès, je t'ai donné son nom. C'était une sorcière de la Lignée, tout comme toi.

– Mais qu'est-ce que la Lignée ? Je n'en ai jamais entendu parler.

– Il s'agit d'un ancien lignage de sorcières qui n'a rien à voir avec celles que tu as connues jusqu'à maintenant. Ni avec moi.

– Alors, ce lignage ne m'intéresse pas. Tout ce que je sais me vient de toi.

– Ne sois pas aussi affirmative, mon petit. Je ne suis qu'une pauvre jeteuse de sorts, une sorcière décrépite qui croit connaître et dominer les forces obscures de la nature. Ce que tu as appris de moi est pure supercherie.

– Tu as soigné beaucoup de gens avec tes potions et tu n'as fait de mal à personne, répliqua Agnès.

– En cela, tu as raison.

– Et que me diras-tu de notre maître ?

– Les sorcières comme moi adorent le diable pour obtenir son pouvoir. Les gens du peuple le redoutent, et c'est cette crainte qui nous vaut leur respect. Mais toi et moi savons que notre seul et véritable pouvoir est celui de la suggestion.

– Tu ne devrais pas parler ainsi. De nombreuses femmes ont péri sur le bûcher pour avoir eu les mêmes croyances que nous.

— Tu n'as jamais partagé mes croyances, même s'il te plaisait d'assister aux sabbats de Loudun. Inutile de feindre avec moi. Ta mère aussi a toujours su que mon pouvoir s'arrêtait à la connaissance de quelques plantes aux vertus curatives. Les sorcières de la Lignée savent les secrets des étoiles. Voilà pourquoi tu en as une sur l'épaule.

Agnès sortit le médaillon caché dans sa robe.

— L'étoile aurait-elle un rapport avec cette amulette ?

— Tu as sauvé ton médaillon !

— Je l'avais enterré sous un arbre de la forêt avant de me faire prendre. Je suis allée le chercher cette nuit.

— Ta mère portait ce médaillon. Elle me l'a remis pour toi, avant de mourir. Et souviens-toi, c'est le jour où tu as cessé d'être une fillette que je te l'ai passé autour du cou.

— Dis-moi ce qu'il signifie, demanda Agnès.

Le chat noir ouvrit les yeux au même instant.

VIII

La lumière de la pierre

À la fin de la fête autour du feu, Grimpow et Sofi gagnèrent la berge du fleuve dans le noir, sans trop s'éloigner du campement. Ils se laissèrent tomber sur l'herbe et contemplèrent en silence le scintillement de la myriade d'étoiles qui parsemait le ciel.

– Tu n'as pas peur quand ton père lance les couteaux si près de toi ? demanda Grimpow à son amie.

– Mon père ne rate jamais son coup. Son adresse est légendaire. Ce numéro est très applaudi.

Une étoile filante traversa fugacement le firmament.

– Tu as vu ça ? cria Sofi.

C'était la première fois qu'elle en voyait une aussi grosse.

– Oh, oui. C'était incroyable ! On aurait dit une petite boule de feu, renchérit Grimpow.

– Si tu fermes les yeux et que tu fais un vœu, les astres le réaliseront, dit Sofi.

– Tu crois vraiment à ce genre de choses ?

– Pas toi ?

– Les météorites ne peuvent pas influencer notre vie, ce ne sont que des rochers qui volent dans le ciel et s'émiettent en approchant de la Terre.

— Comment le sais-tu ?

— Un moine très sage me l'a enseigné durant le printemps de l'année passée. C'est lui aussi qui m'a appris à lire le latin.

Sofi écoutait Grimpow avec enthousiasme. Il n'était pas comme ses cousins, qui ne cessaient de l'accabler de plaisanteries lourdes et ne lui parlaient jamais de choses intéressantes et mystérieuses.

— Je crois que les étoiles filantes sont les âmes des enfants qui meurent et vont au ciel. C'est pour ça qu'elles exaucent les souhaits de ceux qui les voient.

— Beaucoup de gens le disent. Avant, moi aussi je croyais à ce genre de choses.

— Et maintenant, tu n'y crois plus ?

— Non. Maintenant, je sais que tout est très différent de ce qu'on nous incite à penser.

— Tes paroles sont étranges.

Grimpow sourit à cette réflexion ingénue. Sofi avait encore beaucoup à apprendre.

— Tiens, si tu regardes fixement l'étoile qui brille plus que les autres, là, près de la cime de l'arbre, tu la verras bouger peu à peu et s'éloigner, de même que toutes les autres...

— Évidemment ! Le ciel et le Soleil tournent autour de la Terre. Tout le monde sait ça.

— Tu te trompes. Ça ne se passe pas ainsi. Figure-toi que c'est exactement le contraire. La Terre tourne sous le ciel et autour du Soleil.

— Mais c'est impossible ! Ma mère dit que la Terre est le centre de l'univers et que tout tourne autour d'elle.

Grimpow désirait de toute son âme que Sofi comprenne le sens de ses paroles, que pour un instant, elle expérimente la joie qu'il avait éprouvée en prenant la pierre entre ses mains pour la première fois. Il aurait aimé qu'elle découvre à l'instant toutes ces choses inexplicables. C'est ainsi que sans plus réfléchir, il ouvrit la bourse suspendue à son cou, en tira la petite pierre et la tendit à Sofi. Bien sûr, il savait que c'était une erreur. Il ne devait montrer la pierre à personne, ni en parler, au risque d'aggraver leur situation, déjà périlleuse. Mais cette pulsion était irrépressible, il avait besoin de se confier à Sofi, de partager son secret avec elle.

– Qu'est-ce que c'est ?

La jeune fille se redressa, prit la pierre et la rapprocha de ses yeux pour mieux la voir dans l'obscurité.

– Ce n'est qu'une pierre. Mais si tu la fais tourner en regardant le ciel à travers, tu pourras comprendre ce que je te dis.

Sofi s'exécuta, mais contrairement à ce qu'espérait le garçon, le fragment minéral resta inerte entre ses doigts.

– Tu peux voir à travers ?

– Non, je ne vois rien de plus que tout à l'heure.

– D'accord. Rends-la-moi.

Dès que Grimpow referma la main sur la pierre, une intense lumière bleue en jaillit, filtrant entre ses doigts. Sofi le fixait, incrédule. Elle se dit que Grimpow et ses compagnons étaient sans doute des mages ou des alchimistes, détenteurs de pouvoirs magiques.

– Donne-moi la main, lui demanda Grimpow.

Sofi n'hésita pas. Elle mourait d'envie d'en savoir plus sur cette mystérieuse lueur qui étincelait et changeait de couleur sous ses yeux. Mais à peine avait-elle saisi la main de son ami qu'une voix sortit de l'obscurité, la figeant sur place.

– Où étiez-vous donc passés ?

C'était Richard, un des cousins de Sofi, un peu plus âgé qu'elle. La jeune fille lâcha immédiatement la main de Grimpow et répliqua :

– Et si tu t'occupais de tes affaires au lieu d'espionner les autres ?

– Vous ne devriez pas être ici.

– Nous regardions les étoiles.

– Ta mère a demandé après toi. Tu devrais rentrer avant qu'elle ne découvre que tu t'étais éloignée.

– J'y vais tout de suite.

Grimpow espérait que le cousin n'avait pas remarqué l'éclat de la pierre au creux de sa main, mais ses attentes furent déçues.

– Tu peux faire de la magie avec cette lumière ? demanda Richard.

– Non. Ce n'est qu'un truc, une petite pierre peinte avec de la poudre d'ailes de ver luisant, dit Grimpow en ouvrant la main.

Richard avait-il vraiment avalé son explication ?

IX

Les ombres du souvenir

Les yeux mi-clos, le chat noir ronronnait aux pieds de la sorcière de Montmartre. Assise près du feu, Agnès parcourait un vieux manuscrit. Malen l'avait patiemment conservé depuis la mort de sa mère, attendant que le temps soit venu de le lui donner.

« Dans ce livre, tu trouveras les réponses à tes questions. Je ne sais pas ce qu'il contient, mais toi tu sais lire et tu comprendras », lui avait dit la vieille femme, plus tôt dans la soirée, avant de regagner son lit.

Mais loin de répondre à ses questions, le manuscrit mystérieux renforçait ses doutes et ses craintes. Agnès n'entendait goutte aux étranges signes qui s'alignaient le long des pages du vieux livre. Cependant, elle était frappée par la délicatesse harmonieuse des caractères, parfaitement tracés sur le parchemin. Quant au médaillon qu'elle portait au cou depuis son adolescence, Malen n'avait pu lui fournir aucun détail sur son origine ou sa signification. En revanche, la vielle femme lui avait confié que les sorcières de la Lignée connaissaient les secrets des étoiles, raison pour laquelle elles portaient cette marque de naissance sur l'épaule. Une étoile identique apparaissait au centre du médaillon. Agnès caressait parfois le bijou du bout des doigts, il en émanait alors une lueur insolite qui lui inspirait une infinité d'images lointaines et oubliées.

Mais cette nuit-là, mêlée aux ombres du souvenir, la sorcière de Montmartre vit l'image d'un jeune garçon, possesseur d'une pierre prodigieuse qui lui permettait de suivre les chemins invisibles des étoiles. À cet instant, elle sut sans l'ombre d'un doute que leurs existences étaient destinées à se croiser.

Agnès prépara un breuvage avec une poignée d'herbes, quelques gouttes d'eau de rose, un peu de miel, du gingembre râpé et des tiges de fenouil.

— Ce sera utile, dit-elle en regardant le chat noir.

Puis elle absorba la potion avec lenteur et prit le chat dans ses bras.

— Bientôt, cette pierre sera en notre pouvoir, annonça-t-elle en caressant le doux pelage de l'animal.

La sorcière de Montmartre attendit un instant que sa potion magique fasse effet, même si elle ne savait exactement quel élément, du philtre ou de son pacte avec le diable, lui permettrait de trouver la pierre. Depuis qu'elle avait touché le livre légué par sa mère, Agnès percevait nettement la présence d'une force inconnue autour d'elle. Inconsciemment, son esprit s'éloignait peu à peu des vieux préceptes de sorcellerie qu'elle tenait de Malen et des autres femmes du quartier de Montmartre. Ce n'était pas le diable qui exerçait sa puissante influence sur elle. C'était différent, elle n'avait jamais été confrontée à cette puissance mystérieuse.

Elle ferma les yeux. Une part de son être s'envola, parcourant l'obscurité nocturne au-dessus des maisons et des tours de Paris. Elle s'éloigna vers le sud, suivant les plaines qui menaient aux forêts de la Loire, observant la Terre depuis le ciel, déterminée à localiser l'objet de sa recherche. Comme un spectre, elle tendit sa main invisible et sentit la chaleur de la pierre, non loin du cœur d'un jeune garçon au sommeil troublé, qui reposait près d'un feu.

X

Une main fantomatique

À l'aube, les chariots étaient prêts au départ. Au-dessus de la caravane, un ciel de plomb menaçait de se disperser en millions de gouttes. Le feu était réduit à un monticule de cendres et de braises encore incandescentes. Il ne faisait pas froid, l'air était calme, l'incessante rumeur du fleuve se mêlait aux chants aigus des oiseaux qui voletaient dans les arbres alentour.

Malgré son épuisement, Grimpow avait à peine fermé l'œil de la nuit. Habitué à dormir à la dure, en plein air, il tardait rarement à trouver le sommeil, même en cas d'intempéries. Mais cette nuit-là, des pensées inquiètes l'avaient gardé éveillé jusqu'à l'aube.

La veille, peu après que le cousin de Sofi l'avait surpris près du fleuve avec la pierre activée en main, Grimpow s'était allongé près du feu. Le silence s'était rapidement emparé du camp. Salietti et Weienell dormaient non loin. Anatole Pempius ronflait sans souci à quelques pas de là. Sofi et les membres de la compagnie s'étaient installés dans leurs chariots. Couchés contre les roues, les chiens sommeillaient d'un œil, prêts à donner l'alerte au moindre danger qui surgirait de l'obscurité.

Peu à peu, le garçon avait fini par glisser dans la torpeur qui précédait le sommeil, quand il sentit une main fantomatique saisir la bourse suspendue à son cou et lui prendre discrètement la pierre, sans qu'il puisse rien faire pour l'arrêter. Atterré, il ouvrit brusquement les yeux et regarda de tous côtés. Mais il ne vit que les flammes dansant au milieu de l'obscurité. Il n'y avait personne, les chiens n'avaient même pas aboyé. Un instant, il pensa à un cauchemar, un mauvais rêve né de ses remords d'avoir montré la pierre philosophale à Sofi. Maintenant, il était certain d'avoir commis une terrible erreur. En dévoilant le secret, il avait peut-être, sans le vouloir, mis en danger sa propre vie et celle de ses amis. Pour l'instant, il avait la confuse impression que sa frayeur avait pour origine un danger réel. La main fantomatique dont il avait perçu la présence n'était pas celle de Richard, ni d'aucun autre membre de la compagnie. C'était la main glaciale d'un être invisible qui savait qu'il était le porteur de l'Essence du Mystère.

Grimpow rassembla ses effets, puis rejoignit Weienell et Salietti qui préparaient les harnais de leurs chevaux. Anatole Pempius et Goebel, le père de Sofi, discutaient de l'itinéraire que suivait la caravane jusqu'à Paris.

– Tiens, Grimpow a ressuscité ! lança Salietti en guise de bonjour.

– J'ai passé une mauvaise nuit, se justifia le garçon en se frottant les yeux.

Weienell finissait d'ajuster ses étriers, elle se tourna vers lui en souriant.

– C'est cette jeune fille qui a troublé ton sommeil ?

– Pourquoi dis-tu ça ? C'est à peine si je la connais, murmura-t-il en s'empourprant.

— Si j'en parle, c'est parce que de son côté, elle n'arrête pas de te regarder, continua Weienell.

Sofi n'était pas très loin, elle prêtait main-forte à sa mère pour ranger les derniers objets dans le chariot. Son regard croisa celui de Grimpow.

— Je vais lui dire au revoir, ainsi qu'à ses cousins.

— Ce ne sera pas nécessaire, lui annonça Salietti.

— Ils ne vont pas tarder à partir, nous ne les reverrons peut-être jamais.

— Ils ne s'en iront pas sans toi.

— Sans moi ? Que veux-tu dire ?

— Bon, tu ne le sais pas encore, mais Anatole pense que nous devrions nous séparer avant d'entrer à Paris, expliqua Weienell.

Les raisons d'Anatole importaient peu à Grimpow. La dernière fois qu'il avait quitté quelqu'un qui comptait pour lui, il était persuadé que la séparation serait courte, mais elle avait été définitive. Il n'était pas disposé à laisser pareil événement se reproduire.

— Je pars avec vous, pas avec eux.

— Ce ne sera que pour une journée, souligna Weienell d'une voix apaisante.

Salietti se rapprocha de Grimpow et posa les mains sur ses épaules.

— C'est plus sûr, Grimpow. Autant pour toi que pour nous. Si nous arrivons ensemble à Paris, nous risquons d'attirer l'attention des sentinelles qui gardent les portes. Après ce qui s'est passé à Chartres, ils nous recherchent certainement tout au long de la Loire.

– Mais je ne veux pas vous quitter ! protesta le garçon. Je veux que nous allions à Paris ensemble.

– Nous nous retrouverons là-bas, Grimpow. Mais il est plus prudent d'entrer dans la ville chacun de son côté. Dès demain, nous serons de nouveau réunis, expliqua Salietti.

Grimpow réfléchit un instant. Il ne voulait pas passer pour un lâche.

– Une seule journée ? demanda-t-il, résigné.

– Je peux le jurer sur mon épée, si tu veux, proposa Salietti.

– De toute façon, nous continuons ensemble jusqu'aux alentours de Paris, ajouta Weienell pour l'encourager. Pour l'instant, tu n'as pas à t'inquiéter.

Grimpow tenta de ravaler son angoisse. Il regarda Sofi, dont le joli sourire lui fit oublier ses terreurs.

XI

La décision du conseil

Boulvar de Goztell entra sans s'annoncer dans le cabinet du conseiller du roi. Il était tôt, une pluie fine tombait sur Paris.

— J'ai besoin d'un détachement de soldats.

Nogaret ne leva pas la tête, continuant à consulter les parchemins accumulés sur son écritoire et qui attendaient sa signature.

— Vous devriez frapper à la porte avant d'entrer dans une chambre royale sans avoir sollicité une audience au préalable, dit-il avec ironie.

— Il n'y a pas de temps à perdre. Je sais où se trouvent les possesseurs de l'Essence du Mystère. Cette fois, ils ne s'échapperont pas.

— Vous arrivez un peu tard. Mes meilleurs soldats sont déjà partis à leur recherche.

Un grand fracas résonna sous le crâne de l'inquisiteur, comme s'il s'était trouvé au milieu d'un coup de tonnerre.

— Partis ? Que voulez-vous dire ?

— Calmez-vous, frère Boulvar. Une patrouille est partie vers Chartres à l'aube, sous le commandement de notre meilleur capitaine.

– Comment... Comment avez-vous su qu'ils se trouvaient là-bas ?

Nogaret posa sa plume près de l'encrier et leva les yeux.

– Un messager est arrivé de Chartres, hier soir. Il m'a rapporté que le matin même, un vieux fou a provoqué une altercation devant la cathédrale. Les proscrits de la pierre se sont portés à son secours. Un jeune garçon les accompagnait. Ils ont fui vers le sud, mais ces maudits rebelles seront bientôt enfermés à la tour du Temple.

– Mais c'est à moi que le roi a confié la mission de retrouver la pierre d'immortalité. Vous savez ce qui m'attend, si j'échoue de nouveau.

Nogaret contint un sourire.

– Maintenant, vous n'aurez plus à craindre pour votre tête, frère Boulvar. Je viens à l'instant de signer un décret royal par lequel ordre vous est donné d'abandonner votre mission. Vous reprendrez sous peu votre charge d'inquisiteur de Lyon. Lisez vous-même, si vous y tenez. Je m'apprêtais à envoyer un messager à la tour du Temple, mais puisque vous êtes ici... Tenez.

Boulvar de Goztell s'approcha de l'écritoire et arracha le parchemin des mains du conseiller.

– Le roi est-il informé de votre initiative ?

– Si vous doutez de ma parole, demandez-lui donc.

– J'espère que vous savez ce que vous faites, Nogaret. Ces proscrits sont plus astucieux que vous ne le pensez.

– Laissez-moi m'occuper des questions qui regardent le royaume. Quant à vous, contentez-vous de rechercher vos hérétiques et vos sorcières pour les jeter aux flammes, frère Boulvar. Ils infestent le pays.

L'inquisiteur choisit de faire profil bas. Nogaret ne devait pas soupçonner ses véritables intentions. Il irait effectivement chercher la sorcière de Montmartre, mais certainement pas pour la mener au bûcher. Il l'avait déjà sauvée une fois du supplice du feu et ne le regrettait pas. La jeune sorcière était différente de toutes celles qu'il avait connues et condamnées. Il l'avait compris un an plus tôt, en découvrant une marque en forme d'étoile sur l'épaule de la jeune femme que l'on s'apprêtait à torturer dans les geôles de la tour du Temple. C'était pour cela qu'il l'avait épargnée. Il avait entendu parler des sorcières de la Lignée et de l'immense pouvoir qui leur permettait de voir l'invisible, car elles descendaient d'une ancienne race de femmes, créée par le diable lui-même, dans les cavernes de l'enfer.

XII

La faux de la Mort

La caravane se mit en marche. Anatole Pempius pressa sa monture pour rejoindre Grimpow qui chevauchait avec Weienell et Salietti devant le premier chariot.

– Ne crois-tu pas que tu devrais nous raconter ce qui s'est passé près du fleuve, hier soir ? demanda Anatole au garçon en le regardant dans les yeux.

Grimpow eut l'impression de sentir la lame effilée d'une dague le frapper à l'estomac. Visiblement, Richard n'avait pas cru l'histoire de la pierre peinte à la poudre d'ailes de lucioles et n'avait pas su tenir sa langue.

– Désolé. J'ai été vraiment stupide, déplora Grimpow, tête basse.

Weienell et Salietti échangèrent un regard perplexe. Weienell ralentit l'allure de son cheval d'une légère traction sur les rênes et se porta à leur hauteur.

– Que s'est-il passé ?

– Hier soir, Sofi et moi sommes allés regarder les étoiles et je l'ai laissée tenir l'Essence du Mystère. Je voulais voir si la pierre s'illuminerait entre ses mains et si elle pourrait voir les mêmes choses que moi.

Salietti sursauta.

— Personne ne doit savoir que tu possèdes la pierre, tu le sais bien, Grimpow ! Maintenant, toute la caravane connaît notre secret.

Il avait parlé à voix basse, dans le vacarme des roues de chariot, mais Grimpow avait parfaitement perçu son irritation.

— Sofi n'a rien dit ! protesta-t-il. C'est son cousin Richard qui nous est tombé dessus près du fleuve. Ce mouchard a vu la lumière de la pierre que je tenais dans la main et il n'a pas pu fermer son bec...

— Ce garçon n'est pas responsable de tes erreurs, Grimpow, dit sévèrement Anatole. Il s'est contenté de raconter ce qu'il a vu à son père et à ses oncles. C'est-à-dire, que tu es capable de créer une lumière intense avec une pierre magique.

— Je lui ai dit que c'était un simple caillou recouvert de poudre d'ailes de lucioles, reconnut Grimpow.

Anatole Pempius tirailla sur sa barbe d'un air pensif. Puis il reprit la parole :

— Le chef de la compagnie m'a demandé de lui montrer la manière d'obtenir cette lumière. Il pense que ça peut être un tour intéressant pour ses spectacles.

Salietti glissa un regard furtif vers l'arrière. Il n'éprouvait nulle méfiance envers les comédiens, cependant, l'idée de leur dévoiler l'existence du mythique *lapis philosophorum* ne lui convenait guère.

— Tu as l'intention de leur montrer ? demanda-t-il à Anatole.

— Non. J'ai répondu à Goebel qu'il s'agissait d'un simple truc, uniquement visible dans l'obscurité complète. Pour obtenir cet effet, je lui ai assuré qu'il suffisait de recouvrir la surface avec une substance alchimique que je n'avais pas dans ma sacoche. Mais j'ai promis de lui en offrir, quand nous nous reverrons à Paris.

– Il ne soupçonne vraiment rien ? voulut savoir Weienell.

– Goebel a été très satisfait de mes explications, j'en mettrais ma main au feu, dit Anatole.

– Je n'en suis pas aussi convaincu, répliqua Salietti d'un ton catégorique.

– Tu te méfies de ces pauvres gens ?

– Non, Anatole. Mais ce qui s'est passé change la situation. Grimpow est le porteur de la pierre, il ne peut plus rester seul avec les comédiens jusqu'à Paris. S'il lui arrivait quoi que ce soit, je ne me le pardonnerais jamais.

– Je suis d'accord avec Salietti, ajouta Weienell. Maintenant que les comédiens connaissent l'existence de la pierre, même s'ils ne soupçonnent pas sa valeur, il nous faut trouver un autre moyen d'entrer dans Paris.

Grimpow gardait le silence, le regard fixé sur l'horizon grisâtre. Inutile d'essayer de donner son avis sur les décisions à prendre, il avait déjà provoqué assez de problèmes. Malgré tout, il ne parvenait pas à se convaincre qu'il avait vraiment eu tort de montrer à Sofi une partie du pouvoir de la pierre. Évidemment, la première conséquence était plutôt désagréable, puisqu'il ne pouvait plus continuer la route seul avec la compagnie. Mais peu importait, sa rencontre avec Sofi était la meilleure chose qui lui soit arrivée depuis longtemps et il était certain de la revoir à Paris.

Le garçon en était là de ses réflexions lorsqu'un mouvement dans le lointain attira son attention. Un petit groupe de cavaliers avançait au grand galop vers la caravane. Le ciel s'était encore assombri, jetant sur la plaine un manteau de pénombre qui présageait la tempête.

— Là-bas, vers le nord !

Tous les visages se tournèrent vers l'horizon. Goebel se mit debout sur le siège du conducteur. Anatole Pempius l'avait averti qu'ils croiseraient peut-être le chemin de soldats du roi. Si ceux-ci découvraient qu'ils protégeaient des proscrits, tous les membres de la caravane seraient en danger. Goebel leur avait néanmoins offert son aide sans la moindre réserve, pour les remercier d'avoir guéri sa belle-sœur de la maladie qui la frappait.

— Réfugiez-vous dans les chariots, allez ! cria-t-il aux enfants qui marchaient près des véhicules.

Salietti amena son cheval à hauteur du chariot de Goebel.

— À votre avis, ce sont des bandits ?

— Si mes yeux ne me jouent pas des tours, ce sont des soldats du roi, signala le chef de la caravane. Vous devriez peut-être vous cacher, vous aussi.

— Pas le temps de se cacher, ni celui de fuir. Avec un peu de chance, ils recherchent d'autres fugitifs. S'ils nous interrogent, nous dirons que nous sommes des pèlerins du Nord, que nous rentrons de Compostelle et que nous venons de nous joindre à votre caravane.

— Nous verrons bien ce qu'ils veulent, dit Goebel.

— D'accord. Mais si c'est nécessaire, sachez que nous nous battrons pour sauver notre vie.

— La nôtre aussi est en jeu.

— Vous n'êtes pas obligés de vous mêler de cette affaire.

Sur ces entrefaites, Weienell et Anatole Pempius les rejoignirent.

— Grimpow devrait se cacher avec les autres gamins, lança Weienell.

Salietti appela le garçon, puis lui ordonna de mettre pied à terre et de monter dans le chariot de Goebel.

– J'ai mon arc, je peux me battre ! protesta Grimpow.

– Fais ce que je te dis. Si nous sommes vaincus, tu devras défendre ta vie et celle de cette jeune fille…

Le chevalier italien lui montra le visage apeuré de Sofi qui apparaissait derrière l'épaule de son père.

Peu à peu, le bruit de la galopade se fit plus distinct. Les étendards et les heaumes brillants des cavaliers étaient maintenant visibles.

– Combien sont-ils ? demanda Anatole à Salietti.

– À peine une douzaine.

– S'ils cherchent à se battre, ils trouveront à qui parler, dit résolument Goebel. Pas question de vous laisser seuls dans ce combat inégal. Ainsi, nous serons au moins six contre douze.

Il prit son épée et la brandit, adressant un signal à ses frères.

– Si vous vous rangez à nos côtés, vous mettrez en péril la vie de vos enfants, fit remarquer Weienell.

– J'ai peur qu'il ne soit déjà trop tard pour échapper à notre destin, répliqua Goebel.

– Vous pouvez peut-être encore vous sauver en nous livrant à eux, insista Salietti.

– Si vous êtes recherchés pour hérésie, comme vous le dites, je ne crois pas que ces soldats nous épargneront.

Goebel savait de quoi il parlait. Au cours de son long périple dans les terres du sud de la France, lui et les siens avaient vu de gigantesques bûchers sur lesquels brûlaient des familles entières, accusées d'avoir donné refuge aux hérétiques cathares du Languedoc, poursuivis par l'Inquisition. Il ne voyait pas pourquoi ce serait différent, cette fois.

Ils continuèrent à avancer, jusqu'à ce que le détachement leur coupe la route. Les soldats se placèrent autour de la petite caravane.

— Arrêtez-vous au nom du roi ! cria le capitaine.

Tenant fermement leurs armes en main, tous regardaient silencieusement les hommes qui les encerclaient. Bien droit sur son cheval, Salietti s'était placé à la tête du convoi, près de la voiture de Goebel. Anatole et Weienell tenaient l'arrière-garde. À l'intérieur du premier chariot, Grimpow et Sofi, cachés derrière le grand corps de Goebel, observaient le capitaine avec anxiété.

— Lequel est le chef de la caravane ? cria l'officier.

Goebel se leva.

— C'est moi. Je m'appelle Goebel Lascour !

— Où allez-vous ?

— Nous sommes une compagnie de comédiens et nous rentrons à Paris après de durs mois de labeur dans le Sud !

— Montrez-moi votre sauf-conduit royal.

La grosse main de Goebel se glissa dans une sacoche et en sortit un vieux document. Le parchemin, portant le sceau royal, autorisait le saltimbanque et sa troupe à donner des spectacles dans toutes les villes ou châteaux du royaume de France.

— Voilà ! Vous pourrez vous rendre compte par vous-même que nous sommes des gens honorables et que nous avons toujours payé notre tribut au roi.

Sans lâcher son arme, Goebel sauta du chariot et s'approcha du capitaine.

— Et vous ? Vous êtes aussi comédien ? demanda celui-ci à Salietti.

– Non. Comme vous pouvez le voir, je suis un chevalier de retour du pèlerinage de Compostelle et j'ai hâte de retrouver mes terres. J'ai rattrapé cette caravane et je me suis joint à eux pour éviter les assauts des bandits. D'après ce que j'ai entendu dire, ils sont nombreux dans ces contrées.

À cet instant, un des soldats fit avancer sa monture près de celle du capitaine et glissa quelques mots à l'oreille de son supérieur. L'homme faisait partie de ceux qui avaient tenté d'arrêter Anatole Pempius sur le parvis de la cathédrale de Chartres. Puis l'officier réduisit le sauf-conduit en miettes, sous l'œil médusé de Goebel.

– Que se passe-t-il, capitaine ? Nous n'avons rien fait qui puisse offenser votre honneur ou celui de notre roi, protesta le saltimbanque.

Pour toute réponse, l'officier dégaina son épée.

– Donner refuge à des hérétiques et à des proscrits est puni de la potence ! Descendez de vos chariots et laissez tomber vos armes ! Si vous résistez, vos femmes et vos enfants seront aussi exécutés !

– Vous ne nous laissez pas le choix ! Ce seront vos vies ou les nôtres.

Comme pour ponctuer son propos, Goebel se jeta à l'assaut du capitaine avec son épée. Celui-ci esquiva avec adresse en criant :

– À l'attaque !

Les soldats fondirent sur la caravane comme une meute de bêtes sauvages. Les trois frères de Goebel sautèrent des chariots, leurs lances en position d'attaque. Ils ne tardèrent pas à blesser à mort les plus proches assaillants. Puis ils ramassèrent les épées des morts et, dents découvertes dans une grimace de rage, engagèrent le combat contre de nouveaux adversaires avec une férocité inaccoutumée.

Près du dernier chariot, Weienell brandissait l'épée retrouvée sur le parvis de la cathédrale de Chartres. Faisant appel aux enseignements d'un noble et vieil ami de son père, elle combattait avec agilité, protégée par le long bâton d'Anatole Pempius. Salietti affrontait trois soldats à la fois, maniant avec adresse les rênes de sa monture, tout en lançant de son épée des bottes que ses adversaires avaient toutes les peines du monde à esquiver. De son côté, Goebel était opposé au capitaine et peinait à contenir ses attaques incessantes et virulentes.

Au milieu des hurlements et du fracas de la bataille, Grimpow avait bandé son arc, mais ne parvenait pas à choisir une cible dans la pagaille, de peur de manquer son tir et de toucher un des siens. Soudain, le capitaine désarma Goebel et le renversa. L'homme prit son épée à deux mains et s'apprêta à la plonger dans la poitrine exposée du saltimbanque. Sofi poussa un cri désespéré, horrifiée par la mort prochaine de son père. Dans le même temps, Grimpow lâcha la corde, sa flèche fendit l'air et mit fin à la vie du capitaine telle la faux aiguisée de la Mort.

XIII

Le début de la fin

Lorsque la sorcière de Montmartre franchit les portes de la sinistre tour du Temple, elle eut le sentiment d'entrer dans un terrifiant cauchemar dont elle pensait s'être réveillée depuis longtemps. Même après avoir été reçue comme une grande dame de la cour digne de tous les honneurs par les gardes de la forteresse, elle ne pouvait réprimer les frissons de peur qui hérissaient sa chair, par intermittence. Une seule journée s'était écoulée depuis qu'elle avait quitté ce macabre lieu de souffrances, mais Agnès savait déjà qu'elle n'oublierait jamais que sous cette énorme masse de pierre, se dissimulaient les geôles les plus inhumaines et les plus meurtrières du royaume.

Durant l'année passée dans ces cachots, elle avait éprouvé dans sa chair et dans son esprit l'horreur de l'obscurité, le froid, la folie et la faim. À chaque instant, elle pensait que son tour viendrait d'être torturée ou conduite au bûcher comme les autres sorcières de Montmartre. Encore maintenant, les raisons qui avaient poussé l'inquisiteur Boulvar de Goztell à la sauver des griffes des bourreaux et de la morsure des flammes lui échappaient. Au cours de cette lointaine nuit de danses et de sortilèges, elle avait été brutalement empoignée, hissée avec d'autres femmes dans un chariot aux barreaux de bois et emportée à travers les rues de la ville, comme un animal en cage. La foule en furie hurlait et leur lançait des pierres, brandissant des torches enflammées comme autant de présages sinistres du châtiment qui les attendait. Plus tard, il y avait eu l'obscurité lugubre de la cellule, les cris d'horreur et de douleur des sorcières soumises aux fers incandescents des bourreaux.

Tout en parcourant la cour de la grande forteresse, qui durant presque deux siècles avait symbolisé l'immense pouvoir de l'ordre du Temple, Agnès revivait sa rencontre avec Boulvar de Goztell, cette fameuse nuit de pleine lune. On l'avait installée sur le chevalet de torture et un des bourreaux avait arraché le dos de sa robe, dénudant les épaules. Saisie par une frayeur irrépressible en voyant les tenailles rougies au feu s'approcher de son visage, elle tremblait de tous ses membres. Puis la main de l'inquisiteur s'abattit sur le bras du bourreau.

— Attends !

Boulvar de Goztell s'approcha d'elle et observa une petite marque en forme d'étoile visible sur son épaule gauche.

— Ramenez-la à sa cellule, dit-il, après quelques secondes de silence.

Un an plus tard, l'ancienne prisonnière s'apprêtait à être reçue par l'inquisiteur Boulvar de Goztell dans ses appartements de la tour, comme si toute cette horreur n'avait jamais existé. Il l'avait fait mander un peu plus tôt, après sa conversation avec le conseiller du roi. Agnès s'était promptement rendue à sa convocation, telle une servante fidèle accourant à l'appel de son maître.

L'inquisiteur Goztell était assis derrière l'écritoire d'un austère cabinet de travail. Sur la table, un crucifix d'albâtre, une bible, quelques plumes et des encriers voisinaient avec des parchemins qui, une fois signés, décideraient de la vie ou de la mort des hérétiques prisonniers dans la tour. Une faible luminosité passait par les ouvertures hautes et étroites qui perçaient le mur de pierre. La porte était ouverte et le moine leva la tête en voyant apparaître la sorcière de Montmartre dans le couloir. Le garde qui l'avait accompagnée depuis l'entrée fit demi-tour.

– Entre, entre... N'aie pas peur, dit Boulvar de Goztell avec amabilité.

La jeune femme retira la capuche qui lui protégeait la tête, puis franchit le seuil, essayant d'oublier la chair de poule qui semblait avoir saisi tout son corps. Elle s'arrêta et resta debout en silence, attendant que l'inquisiteur prenne la parole. Depuis leur dernière rencontre, le moine avait changé d'attitude.

Il posa sa plume sur l'écritoire.

– Tu ne m'as toujours pas dit ton nom, commença-t-il.

– Je m'appelle Agnès, Agnès Lebuy.

– Bien, Agnès. Assieds-toi dans ce fauteuil, en face de moi.

Agnès obéit sans rompre le contact visuel avec l'inquisiteur. Elle ne voulait pas le laisser deviner sa nervosité, se méfiant de cet homme au crâne tonsuré, dont le visage semblait porter les balafres de mille batailles.

– Je t'ai fait mander de toute urgence, car j'ai besoin de ton aide dans une affaire de la plus haute importance pour moi et pour le roi.

– Je suis entièrement à votre service, vous le savez.

— En effet, en effet. Je t'avoue que je suis profondément impressionné par tes... Comment dire... ? Tes pouvoirs diaboliques ? C'est ainsi que je dois les nommer ?

— Ce ne sont que des pouvoirs magiques de divination ou qui augmentent l'intuition, si vous préférez, messire. Je les ai acquis grâce au pacte que j'ai passé avec le diable, comme vous me l'avez demandé. J'espère que ma vision d'hier soir n'a pas déçu vos attentes.

— Au contraire, j'ai pu en vérifier l'exactitude en personne. Les proscrits étaient bien à la cathédrale de Chartres comme tu l'avais prédit. Mais j'ai peur que nous ayons un rival dans la quête de la pierre. Un traître nous a devancés.

— Un traître ?

— Oui, un homme pervers et retors, du nom de Nogaret.

— Le conseiller du roi ?

— Lui-même. J'ai appris de source sûre que ce vil individu prépare depuis longtemps une conspiration pour remettre la couronne aux éternels ennemis de la France.

— Les Anglais ?

— Qui d'autre ? Lorsque Nogaret sera en possession de la pierre magique, il frappera le dernier coup. C'en sera fini de la cour et des plus fidèles barons de notre souverain, prétendit Goztell. Tu comprends ce que cela signifie ?

— Qu'il vous revient d'empêcher la réussite du complot, j'imagine.

L'inquisiteur scruta le visage de la jeune femme, cherchant à deviner ses pensées, mais il lui manquait la capacité prophétique de la sorcière.

— Tu as raison. Le roi en personne m'a chargé de cette mission secrète. Je dois la mener à bien avec la plus grande discrétion et la plus grande efficacité.

– Puis-je vous demander quelle utilité une pauvre sorcière comme moi pourrait avoir dans une affaire aussi délicate ? osa dire Agnès.

– Tu vas m'aider à mener mes plans à bien.

– Que dois-je faire ?

– Tuer Nogaret ! répondit l'inquisiteur, sans ciller.

La jeune femme sursauta.

– Je n'ai jamais tué personne, monseigneur. Je ne saurais pas comment m'y prendre.

– Les sorcières savent préparer des poisons subtils, non ?

Agnès réfléchit un instant avant de répondre. Elle ne se serait jamais crue capable de tuer un homme, et moins encore le conseiller du roi, qu'elle ne connaissait même pas. Bien sûr, elle n'avait aucun motif pour commettre ce crime, mais ne savait que trop où la mènerait un refus. Faute d'exécuter les ordres de l'inquisiteur, elle retrouverait les sinistres cachots qui s'ouvraient sous ses pieds. Et cette fois, pour le restant de sa vie.

– J'aurai besoin de quelques substances particulières pour que le poison ne laisse aucune trace dans le cadavre, dit-elle, d'un ton déterminé.

– Tu obtiendras tout ce dont tu as besoin et plus que tout ce dont tu as jamais rêvé. Pour commencer, je t'ai fait préparer une nouvelle maison, près du fleuve, non loin des nobles manoirs de la ville. J'espère que tu en seras satisfaite. Tu peux t'y installer dès aujourd'hui, si tu le désires.

La sorcière de Montmartre n'en croyait pas ses oreilles. Elle, une malheureuse orpheline qui avait passé sa vie à souffrir de la misère, au milieu de superstitions et de faux sortilèges, de maléfices et de rites diaboliques qui l'avaient conduite au bord du bûcher, était devenue comme par enchantement une dame aussi respectable que le fut sa mère, si l'on en croyait la vieille Malen.

La voix de Boulvar de Goztell tira Agnès de ses réflexions.

— Et maintenant, dis-moi. Peux-tu voir le garçon qui détient la pierre philosophale ?

Elle ferma les yeux, glissa discrètement la main sous sa cape et, à l'insu de Goztell, saisit le médaillon suspendu à son cou.

— L'existence de ce jeune garçon est sans cesse traversée par la mort. Je vois autour de lui des soldats et des hommes aux prises dans un combat sanglant, dit-elle d'une seule traite.

XIV

La tragédie des comédiens

Un silence saisissant environnait les chariots de la caravane. Les corps sans vie des soldats du roi gisaient alentour, tels des épouvantails ensanglantés, abattus par le vent. Aucun n'avait survécu. Il aurait été trop dangereux qu'un rescapé parvienne à s'enfuir et apprenne au conseiller du roi la nouvelle du massacre.

D'un bond, Grimpow quitta le siège du chariot de tête. Les yeux plissés d'horreur, il évita de regarder le cadavre du capitaine. Il n'avait pas encore quinze ans, mais venait de tuer un homme. La sensation qui l'envahissait était un mélange de colère et de tristesse. Il n'avait pas eu l'intention d'abattre l'officier, mais s'il n'avait pas agi, le père de Sofi serait mort. Il n'avait pas eu d'alternative.

Goebel le remercia de lui avoir sauvé la vie et conclut :

— Parfois, il est nécessaire de tuer pour survivre.

Sofi s'approcha de Grimpow en pleurant et le prit dans ses bras.

Peu à peu, les femmes et les enfants de la troupe descendirent des voitures. Salietti quadrilla la caravane sur son cheval, demandant à chacun de ses nouvelles. C'est alors qu'il aperçut Anatole Pempius, penché près du corps allongé de Weienell.

Le vieil homme lui soutenait la tête. Pris d'un mauvais pressentiment, Salietti sentit son cœur se déchirer. Il sauta de sa monture et se précipita auprès de sa bien-aimée. Weienell avait les yeux fermés, un filet de sang coulait à la commissure de ses lèvres.

– C'est grave ? demanda-t-il avec angoisse en posant la main sur le front de la jeune femme.

– Ne t'inquiète pas, mon ami, le rassura Anatole. Weienell va très bien. Elle a eu un petit malaise après avoir vaillamment combattu les soldats.

Soulagé, Salietti sourit. Il ignorait que Weienell maniait l'épée avec la dextérité d'un chevalier. Mais sa joie se dissipa en entendant des cris déchirants, près du dernier chariot de la caravane. Une femme poussait de longues plaintes, près du cadavre de son époux. Baunach, un des frères de Goebel, avait perdu la vie dans la bataille.

Tous s'attroupèrent autour d'elle. Les larmes aux yeux, Grimpow et Sofi regardaient Richard étreindre le corps inerte de son père. L'adolescent ravala ses larmes puis, le visage déformé par la rage et la haine, il chercha le regard de Grimpow.

– C'est vous qui l'avez tué ! Maudits hérétiques ! Soyez maudits... !

Goebel l'entraîna à l'écart et l'étreignit avec tendresse. Ensuite, tout le monde se mit à creuser. Une grande fosse pour enterrer tous les soldats et une tombe plus petite, destinée à être la dernière demeure de Baunach.

Très ému, Goebel planta une croix sur la tombe de son frère.

– La tragédie fait partie de la vie des comédiens, conclut-il.

L'épouse de Baunach se dirigea vers son chariot avec Richard. Les autres femmes l'accompagnèrent. Cependant, avant de se retirer, elle avait demandé à Goebel le départ des hérétiques qui avaient attiré le malheur sur la famille. Personne ne voulait plus les voir. Grimpow savait que le moment était venu de se séparer de Sofi.

Goebel prit congé d'Anatole Pempius, de Salietti et de Weienell, qui avait repris connaissance quelques minutes après son évanouissement. Grimpow et Sofi en profitèrent pour se dire au revoir.

– Vous êtes vraiment des hérétiques ? demanda la jeune fille.

– Je ne sais pas très bien ce que signifie ce mot. Mais j'imagine que l'Inquisition nous poursuit parce que nos croyances sont différentes des leurs. Pour moi, le grand mystère de l'univers est en nous-mêmes, et c'est tout ce que j'aspire à comprendre un jour.

– C'est pour cela que tu portes cette pierre mystérieuse ?

– J'aurais aimé pouvoir t'en parler...

Sofi posa son index sur les lèvres de Grimpow.

– Chuuuut ! Tu n'es pas obligé de me raconter tes secrets.

– C'est une longue histoire...

– Je suis navrée que vous deviez partir ainsi, dit Sofi avec un sourire triste.

– Moi aussi.

– Essaie de me retrouver quand vous serez à Paris.

– Je te le promets.

La voix de Goebel appelant Sofi écourta les adieux. Il n'y avait pas le temps d'ajouter quoi que ce soit. Mais de toute leur âme, Sofi et Grimpow espéraient que le destin les amènerait à se retrouver.

XV

La marque de la Lignée

L'inquisiteur se frotta les mains, impressionné par ce que venait de lui révéler la sorcière de Montmartre. C'était sans doute un prodige que cette jeune femme puisse décrire avec tant de précision ce qui arrivait à la mystérieuse pierre philosophale. Elle ne pouvait savoir qu'un détachement de soldats du roi, envoyés par le conseiller Nogaret, était parti la nuit dernière avec la mission de fouiller les environs de Chartres, à la recherche des hérétiques en fuite. Personne hormis lui-même ne pouvait le savoir.

Ainsi, il ne doutait pas un instant de la véracité des paroles de la jeune sorcière. Le diable devait réellement habiter ses entrailles.

– Les soldats se sont-ils emparés de la pierre ? voulut-il savoir.

– Non, ils ont été vaincus. J'ai vu sourire le crâne de la Mort, elle est satisfaite de son triomphe. Mais le garçon n'est pas en danger. Lui et les siens chevauchent de nouveau vers le nord.

– Le nord ? Connais-tu leur destination exacte ?

– Je le saurai sans tarder, monseigneur. Ne vous impatientez pas. Dans peu de temps, la pierre que vous désirez sera entre vos mains. Le diable se chargera de l'amener jusqu'à vous, sans que vous ayez à bouger le petit doigt pour l'obtenir.

– Alors, attendons ce moment de bonheur, conclut le moine, satisfait.

L'habit noir de son ordre religieux et l'aspect de guerrier endurci du moine formaient une combinaison qui suscitait chez ses interlocuteurs une singulière émotion, laquelle ne tardait pas à se transformer en terreur. Mais Agnès se sentait plus en confiance, maintenant. De toute évidence, l'attitude de l'impitoyable Boulvar de Goztell s'était adoucie, il n'était pas loin de paraître aimable. Une question hantait l'esprit de la jeune femme depuis la nuit où elle avait été enfermée dans les cachots du Temple. Le moment était peut-être propice pour obtenir des explications. Elle s'éclaircit la gorge et demanda :

– Puis-je vous poser une question, monseigneur ?

– Je t'écoute. De quoi s'agit-il ?

Malgré l'invitation du moine, la jeune femme hésita un instant. Puis s'armant de courage, elle se lança :

– Pourquoi m'avez-vous sauvée des tourments de la question et des flammes du bûcher ?

L'inquisiteur la considéra d'un regard froid.

– Tu l'ignores ?

– Comment pourrais-je le savoir ? Vos pensées sont hors de portée de mes pouvoirs de divination, répondit Agnès, en esquissant un sourire pour la première fois.

– Tu portes la marque de la Lignée sur ton épaule.

– Personne ne m'a jamais rien dit de cette marque.

– Personne ?

– Non, prétendit Agnès, sans se troubler.

Bien sûr, Malen lui avait parlé de l'étoile, mais ne lui en avait pas expliqué la signification.

— Même pas ta mère ?

— Ma mère était l'épouse d'un noble de la cour, elle est morte le jour de ma naissance. C'est une autre femme qui m'a élevée, une sorcière de Paris qui l'a aidée à accoucher. Je ne connais pas mon vrai père. Je sais seulement que si cette femme ne m'avait pas recueillie, j'aurais été tuée le jour même. Elle m'a enseigné tout ce que je sais. Par malheur, elle aussi est morte, il y a peu de temps.

Agnès préférait cacher l'existence de Malen au redoutable inquisiteur.

— On dirait bien que le diable a pris soin de toi depuis ta naissance. Il t'a sauvé la vie ce jour-là, et encore une fois la nuit du sabbat dans le bois de Loudun.

— Je ne comprends pas. Que voulez-vous dire ?

— Que le diable n'est pas seulement ton maître, mais aussi ton véritable père. Il t'a engendrée et, pour cette raison, tu lui appartiens. Du moins, c'est ce que prétend la légende.

Agnès se sentit prise de nausées, comme si le diable s'agitait vraiment dans ses entrailles. Mais quelque chose en elle lui disait que tout ce qu'elle entendait était faux. Le diable n'existait pas, ce n'était qu'une invention humaine, personnifiant le mal qui dominait le monde. Elle n'avait jamais cru aux dieux ou aux démons. Si elle feignait d'être une sorcière, c'était parce qu'elle appliquait les enseignements reçus de Malen, depuis son enfance.

— Je n'ai jamais entendu parler de cette légende, messire.

L'inquisiteur se leva et s'approcha d'une des ouvertures. De là, il pouvait contempler toute la ville, enserrée entre ses murailles. Une multitude de tours pointues s'élevaient dans le ciel orageux. Plus loin vers l'ouest, les robustes créneaux circulaires de la forteresse du Louvre contrastaient avec la subtile beauté de Notre-Dame.

Sans quitter des yeux la pluie qui crottait les rues de Paris, le moine prit la parole.

– Personne ne sait à quand remonte cette légende, ni d'où elle vient. Moi-même, je ne suis pas certain qu'elle comporte quoi que ce soit de vrai. Pendant des années, j'ai interrogé de nombreuses femmes accusées de sorcellerie à propos de cette histoire. Toutes m'ont débité des racontars de leur propre invention, pour tenter d'éviter le bourreau. Seule une vieille femme, accusée d'avoir causé la mort d'un de ses voisins avec ses maléfices, a osé de m'en parler réellement.

» À l'entendre, elle et les autres sorcières qu'elle avait fréquentées toute sa vie n'étaient que de pauvres esclaves à qui le diable avait accordé quelques dons. Guérisons, envoûtements et sortilèges. En échange, elles devaient célébrer des sabbats en son honneur, les nuits de pleine lune. Mais il en existait d'autres, celles qu'on appelait les sorcières de la Lignée, filles de Satan en personne et aussi puissantes que lui. Elles possédaient la capacité de percevoir l'invisible ou d'accomplir les plus incroyables prodiges par le seul effet de leur volonté. La vieille m'a aussi assuré que ces sorcières dominaient les arts de la magie, de l'alchimie et de l'astronomie, car elles étaient arrivées sur Terre depuis le ciel, aux temps obscurs de l'origine du monde. C'est pour cela qu'elles portent une petite cicatrice en forme d'étoile sur l'épaule gauche, la marque indélébile de leur origine démoniaque.

» Ces femmes se font rarement connaître, personne ne sait où elles vivent, ni avec qui. Elles ne sont ni pauvres ni vieilles, comme la majorité des vulgaires sorcières, mais jeunes, jolies et fortunées. Les chevaliers leur sourient, sous le charme, inconscients de la malveillance de leur regard ensorcelant. Elle a aussi affirmé que les sorcières de la Lignée étaient les seules capables de voler réellement pendant la nuit et de se rendre où elles le désiraient. Pas avec des balais de contes de bonne femme, mais en utilisant leurs impénétrables pupilles de chat noir et leurs corps invisibles comme des fantômes. Pour finir, elle m'a dit que si quelqu'un donnait la mort à une sorcière de la Lignée, le diable lui-même dévorait l'assassin sans pitié.

— Et vous croyez à ces histoires ? se risqua à demander Agnès.

— Il y a peut-être du vrai dans cette légende. Voilà pourquoi tu es encore en vie.

Boulvar de Goztell se retourna, planta son regard brillant dans celui de la jeune fille. Agnès songea à la cruauté dissimulée derrière ce visage marqué d'une longue cicatrice. Combien de forfaits avaient commis ces mains blanches et soignées ? De combien d'agonies ces yeux, qui la fixaient sans ciller avec l'affection d'un ami très cher, avaient-ils été les témoins ?

XVI

Sur la route de Paris

Cela faisait des heures que leur petit groupe avait abandonné la caravane. Les quatre compagnons chevauchaient en silence, suivant le cours méandreux du fleuve en direction du nord, mais la mort de Baunach et la haine qui brillait dans le regard de Richard obsédaient encore Grimpow. S'ils ne s'étaient pas joints à la caravane, la veille, le père de Richard serait encore vivant. Bien sûr, Grimpow n'aurait pas fait la connaissance de Sofi, il ne lui aurait pas montré la pierre, les soldats du roi ne les auraient pas attaqués, Richard ne le détesterait pas et pour finir, il n'aurait pas dû tuer un homme pour sauver la vie de Goebel.

Les autres semblaient partager l'état d'esprit du garçon, même si nul n'osait évoquer le sujet. Si aucun d'entre eux n'aurait pu prévoir ce que leur réservait le destin, il semblait cependant inévitable qu'ils se sentent tous responsables des terribles événements de la journée.

Grimpow et Anatole Pempius fermaient la marche, suivant les traces de Weienell et de Salietti, qui avaient pris quelques pas d'avance pour ouvrir la route et prévenir une éventuelle embuscade. Une pluie fine mais persistante transperçait peu à peu leurs vêtements.

— Vous croyez que les choses arrivent sans que nous puissions faire quoi que ce soit pour l'éviter ? finit par demander le garçon.

— Pourquoi me poses-tu cette question ?

— Je crois que le pauvre Baunach ne serait pas mort si nous n'avions pas rencontré les comédiens.

— Baunach serait peut-être vivant, mais pas la jeune épouse de Lancré. Heureusement que nous avons croisé son chemin, sinon elle aurait succombé en quelques jours. La potion que je lui ai donnée hier soir et pendant la nuit lui a sauvé la vie.

— Mais si nous avions poursuivi notre chemin, ce matin, ils n'auraient pas eu à se battre pour nous aider. Personne ne les aurait accusés d'avoir donné refuge à des proscrits.

— Tu as peut-être raison, Grimpow. Mais dans ce cas, tu dois aussi considérer la possibilité que nous ayons été arrêtés et emprisonnés à la tour du Temple comme hérétiques. Weienell, Salietti et moi ne l'aurions certainement pas emporté sur les soldats, malgré le renfort de ton extraordinaire adresse à l'arc. N'oublie pas que sans toi, Goebel aurait aussi été tué. Et dans ce cas, la tragédie des comédiens, pour reprendre les mots qu'il a prononcés devant la tombe de son frère, aurait été bien plus douloureuse pour tout le monde.

Grimpow nageait en pleine confusion. C'était une manière d'analyser les événements à laquelle il n'avait pas songé.

— Alors, vous pensez que personne ne peut éviter le destin ?

— Ce que je crois, c'est que chaque fois que nous prenons une décision, qu'elle soit bonne ou mauvaise, nous forgeons notre propre destinée. Certaines de ces décisions nous rapprocheront de nos objectifs, d'autres nous en éloigneront. Mais ce qui est vrai dans tous les cas, c'est que nous ne pouvons échapper à leurs conséquences. Inutile de se lamenter parce que ces conséquences ne sont pas celles que nous espérions. Ce matin, aucun d'entre nous ne voulait combattre ces soldats, ni que Baunach meure pendant la bataille. Mais mon cher ami, le destin des hommes est ainsi fait, capricieux et imprévisible.

Grimpow n'était pas entièrement d'accord avec cette affirmation. L'hiver dernier, il avait trouvé la pierre philosophale, au creux de la main gelée d'un cadavre dans les neiges d'Ullpens. Depuis, sa propre existence s'était déroulée comme si tout était écrit par avance et qu'il se limitait à jouer son rôle, jour après jour, comme une marionnette, sans pouvoir rien changer à son avenir.

– Alors, vous ne croyez pas à la possibilité de connaître l'avenir.

– Je n'ai pas dit une chose pareille ! protesta Anatole Pempius en riant.

– Expliquez-vous alors, je n'y comprends rien. Avec la pierre, j'ai vu beaucoup de choses qui ne se sont pas encore passées, mais je suis certain qu'elles arriveront un jour.

– Tu possèdes une pierre prodigieuse et elle te permet de voir l'invisible, comme le château des étoiles dont tu m'as entendu parler devant la cathédrale de Chartres, mais cela n'a rien à voir avec le destin de chacun d'entre nous. S'il en allait autrement, tu aurais aussi deviné que les soldats nous rejoindraient ce matin et tu aurais évité que le malheureux Baunach ne périsse dans la bataille.

– C'est vrai. J'aurais donné la pierre pour lui sauver la vie, reconnut Grimpow. Maintenant, Richard nous déteste comme si nous étions les assassins de son père.

— Il comprendra bientôt que la mort fait aussi partie de la vie. C'est un garçon fort et adroit. J'imagine qu'il ne tardera pas à remplacer son père dans la compagnie.

Les paroles d'Anatole Pempius réconfortèrent Grimpow. Il avait vu Richard réaliser des sauts et des pirouettes inimaginables, jongler d'une seule main avec plusieurs torches enflammées et jouer de la flûte comme un trouvère. De plus, il se fiait entièrement à ce vieil homme qui prenait le temps de discuter avec lui pendant leur chevauchée pluvieuse vers Paris. Les sages de la société de l'Ourobore se trompaient rarement.

— Que savez-vous du secret que nous devons découvrir à Paris, maître Pempius ?

— Fort peu de chose. Cependant, j'imagine qu'il a un rapport avec la pierre et le labyrinthe de la cathédrale de Chartres. C'était le père de Weienell...

— Le défunt Gurielf Labox ?

— Exactement. C'est donc Gurielf qui se chargeait des recherches à Paris. Nous devions nous rencontrer à Strasbourg pour parler de ses progrès et de ses découvertes, mais il est mort aux mains des bourreaux de Goztell. Pour seuls indices, nous n'avons que les informations que toi et tes amis avez découvertes.

— Mais c'est vous qui m'avez donné les clés pour résoudre les énigmes du Chemin Invisible. Il n'y avait qu'à déchiffrer la carte.

— Je t'ai seulement remis la feuille qui manquait au manuscrit d'Aidor Bilbicum. Le reste, vous l'avez trouvé seuls.

— Dans ce cas, comment saurons-nous dans quelle direction orienter nos recherches ?

– Tous les manuscrits de Gurielf Labox se trouvent à l'université et dans sa maison de Paris. Nous y découvrirons peut-être quelque chose.

La pluie finit par cesser et de grands morceaux de ciel d'un bleu intense apparurent entre les nuages noirs qui filaient au-dessus de leurs têtes. Droit devant eux, un arc-en-ciel déploya ses nuances irisées sur le fond de nuées grises qui noyait l'horizon.

XVII

La maison de l'alchimiste

Dans sa nouvelle demeure du quartier Latin, Agnès pensait à sa conversation du matin avec l'inquisiteur, notamment à la vieille légende des sorcières de la Lignée. Si cette histoire était vraie, elle serait sans l'ombre d'un doute une de ces filles du diable, marquée pour toujours par l'étoile de son lignage. Cependant, même si ce conte l'avait sauvée du bûcher, la jeune femme ne croyait pas un mot de ce que lui avait rapporté Boulvar de Goztell. De vieilles légendes peuplées de monstres, trésors, sorcières, démons, bandits, héros, reliques, miracles, lieux sacrés et autres endroits maudits couraient par tout le royaume. Aucun rapport avec la réalité.

Cependant, certains des phénomènes décrits par l'inquisiteur lui étaient familiers. Agnès ne savait pas l'expliquer, mais elle possédait la capacité innée de voir des événements que personne d'autre ne pouvait observer. Depuis son enfance, chaque fois qu'un bouleversement devait avoir lieu dans son environnement, elle percevait des visions étranges qui la plongeaient dans une intense frayeur. Elle était à peine âgée d'une douzaine d'années lorsqu'elle eut la prémonition du grand incendie qui dévasta une partie de la ville. Ce jour-là, la petite Agnès eut une vision des flammes dévorant les maisons, avant que le feu ne se déclare près de la première enceinte et ne se répande à la vitesse de l'éclair jusqu'à la masure où elle vivait. Après avoir fui cet enfer, elle raconta son expérience à Malen. La sorcière la serra dans ses bras en disant :

– Je sais, ma petite fille. Tes yeux voient au-delà de la réalité.

Et Malen ne se trompait pas. Une autre fois, Agnès épargna à une de ses petites amies de mourir noyée dans un puits. Elle avait vu la fillette tomber dans un trou profond, près de l'endroit où elles jouaient à cache-cache avec d'autres enfants.

Même la nuit du sabbat dans le bois de Loudun, Agnès avait pressenti son arrestation et celle des autres sorcières de Montmartre par les soldats du roi, pendant qu'elles célébraient leurs rites ancestraux à la lueur de la pleine lune. Cependant, malgré le sort cruel qui les attendait toutes, une impulsion irrésistible l'avait poussée là-bas. Mais jamais ses visions n'avaient été aussi nettes que la veille, lorsque l'inquisiteur l'avait libérée, puis lui avait parlé de la pierre philosophale. Ce fragment de minéral semblait exercer sur elle une incompréhensible attraction, dont l'origine paraissait remonter à un passé lointain et mystérieux.

Elle ferma les yeux. L'image du garçon qui portait la pierre sous son justaucorps, dans une petite bourse suspendue à son cou, se forma dans son esprit. Sur un beau cheval blanc, il galopait non loin des remparts de Paris, près d'un autre cavalier. Celui-ci était un vieillard vénérable à la longue barbe blanche.

Ils ne tarderont pas à entrer dans la ville, songea-t-elle.

Le chat noir miaula aux pieds d'Agnès ; elle le prit dans ses bras.

– Tu as faim, c'est ça ? dit-elle en le caressant.

Dans la cuisine, elle déplia un torchon qui enveloppait quelques poissons d'eau douce et en prit un, qu'elle offrit à l'animal. La pluie avait cessé, mais le crépuscule était terne et froid. Elle s'installa près du maigre feu qui brûlait dans l'âtre. Une fois de plus, elle se retrouvait dans un environnement inconnu.

À l'issue de leur entretien de la matinée, l'inquisiteur lui avait fourni un chariot et son équipage, chargés de l'emmener dans son ancienne maison de Montmartre. Elle devait choisir ce qu'elle désirait garder et le faire transporter dans son nouveau foyer du quartier Latin. Elle décida de n'emporter que quelques vêtements, des herbes pour préparer ses potions et son inséparable chat noir.

La nouvelle maison était lumineuse et accueillante. Agnès y avait trouvé tout ce qu'elle désirait : un laboratoire alchimique bien équipé en matras, fours, cornues et creusets. Autant de substances minérales et liquides qu'elle pouvait imaginer. Elle découvrit aussi un instrument inconnu en forme de tube, dont elle devina rapidement l'usage en regardant par la lentille fixée à une des extrémités. L'étrange ustensile permettait de rapprocher les choses éloignées et de grossir les petites. Sans doute une invention de l'alchimiste qui vivait dans cette maison, un vieux professeur de Sorbonne, à en juger par les toges et les tenues d'apparat qu'elle avait trouvées dans une des pièces. Dans une autre chambre à coucher, il y avait des robes, des parfums et des atours destinés à une jeune femme. Les combles abritaient une grande bibliothèque. Du sol au plafond, des étagères ployaient sous le poids des livres et des manuscrits. Des plumes, des encriers, d'étranges cartes et de vieux parchemins étaient posés sur une grande table qui occupait le milieu de la pièce. Près de la fenêtre, elle reconnut des sphères armillaires, plusieurs astrolabes et quelques compas qui éveillèrent son intérêt.

À cet instant, Agnès s'interrogea sur le sort qui avait été réservé aux précédents habitants de la maison. Avaient-ils aussi été arrêtés et emprisonnés dans un cachot sous l'accusation d'hérésie ? Tout semblait parfaitement en ordre, comme s'ils n'étaient jamais partis ou que le départ avait été sans hâte.

Elle sursauta en entendant frapper à la porte. Qui pouvait bien savoir qu'elle vivait ici ? Elle se lissa les cheveux puis alla ouvrir. C'était un serviteur de Boulvar de Goztell qui lui apportait un coffret. Elle y trouva un petit pot de cristal et comprit immédiatement qu'il s'agissait des herbes vénéneuses destinées à tuer Nogaret, le conseiller du roi.

XVIII

Devant les remparts de la ville

Les quatre compagnons patientèrent aux environs de Paris jusqu'à la tombée de la nuit. À cette heure, les portes de la ville étaient prises d'assaut par une foule de paysans, de moines, marchands, femmes, soldats, cavaliers, pèlerins, mendiants ou vagabonds qui rentraient dans les abbayes et les villages voisins, en repartaient ou quittaient les champs tout proches pour se réfugier à l'intérieur de l'enceinte, avant que les ténèbres nocturnes ne s'emparent à nouveau du monde. Le soleil plongeait derrière l'horizon. Dans peu de temps, toutes les portes de la ville se fermeraient. Personne ne pourrait plus entrer dans Paris ou en sortir.

Du sommet d'une petite colline, face à la porte sud de l'enceinte, ils apercevaient la foule animée qui se pressait devant l'entrée. Les troupeaux et les charrettes tirées par des bœufs progressaient d'un pas lent à travers la cohue.

– Le moment est venu de nous séparer, Grimpow, dit Salietti, déjà en selle.

Le jeune garçon hocha la tête. Il ne savait pas encore que cette séparation serait plus longue et incertaine qu'il ne l'imaginait, mais le ton triste de Salietti lui mit la puce à l'oreille. Ce n'était pas la première fois qu'un ami l'abandonnait.

— Vous nous attendrez à Paris, n'est-ce pas ? demanda-t-il avec méfiance.

Salietti mit pied à terre et s'approcha de lui.

— Viens, nous devons discuter.

Il passa le bras autour des épaules du garçon et l'entraîna à l'écart. Les larmes aux yeux, Weienell les regarda s'éloigner.

Le chevalier italien prit une profonde inspiration avant de commencer.

— Écoute, Grimpow, depuis que nous avons rencontré Anatole à Chartres, Weienell et moi avons beaucoup parlé de ton avenir.

— Mon avenir ? Mais tu as toujours dit qu'on irait à Florence. Mon avenir est avec Weienell et toi. Je ne sais pas ce que je ferais sans vous.

— Nous avons conclu que tu devrais rester avec Anatole à Paris. Du moins pendant quelque temps. Tu as encore beaucoup à apprendre sur la pierre et ses secrets ; à l'université, tu pourras résoudre les mystères qui restent encore à découvrir.

— Mais je ne veux pas aller à Paris si vous ne venez pas ! Avec ou sans Anatole ! Il peut garder la pierre, je n'en ai pas besoin !

— La pierre a besoin de toi, Grimpow. Nous en avons déjà parlé mille fois.

— Mais pourquoi ne pas continuer ensemble ? Weienell et toi, vous êtes ma seule famille. Je n'ai personne d'autre. L'hiver dernier, c'est Durlib qui m'a abandonné à l'abbaye de Brinkdum en disant que les moines m'offriraient un meilleur avenir que lui. Et maintenant, tu me dis la même chose.

— On ne fait pas toujours ce que l'on veut dans la vie. Tu devrais déjà le savoir. Sans compter que Weienell et moi n'avons nulle intention de t'abandonner. Allons, Grimpow, nous ne serons séparés que quelques semaines. Entre-temps, Anatole s'occupera de toi. Personne ne vous connaît à Paris, ainsi l'inquisiteur Goztell ne pourra pas retrouver votre trace. Il continuera à croire que tu es avec Weienell et moi. Ce maudit chien de chasse se lancera sur une fausse piste. Ce sera bien plus sûr pour toi.

Grimpow réfléchit aux paroles de son ami. Il pensa à Richard, confronté à la mort de son père. La vie de Richard n'était pas non plus celle qu'il aurait désirée. Son petit monde heureux et sa vie tranquille au sein de la troupe des comédiens s'étaient écroulés autour de lui en un instant. Pourtant, le jeune saltimbanque n'avait pas laissé échapper une seule larme.

Salietti avait peut-être raison, il était temps de faire preuve de courage. *Je ne suis plus un enfant*, se dit Grimpow.

— Où allez-vous ? demanda-t-il avec résignation.

— Cela fait des mois que j'ai quitté mes terres du Piémont. Je dois me rendre là-bas et mettre de l'ordre dans mes affaires. Nous reviendrons te chercher bientôt.

Grimpow feignit de prendre le départ de ses amis de bonne grâce.

— Si vous pensez que c'est la meilleure solution, alors, je resterai avec Anatole à Paris. Mais j'attendrai votre retour avec impatience.

Cette fois, Salietti dégaina son épée et la saisit à deux mains.

— Je jure sur mon honneur de chevalier que nous nous reverrons bientôt !

Weienell les rejoignit, tentant de dissimuler sa profonde tristesse. Grimpow la serra contre lui de toutes ses forces, sans dire un mot, comme s'il craignait de ne plus jamais la revoir.

XIX

Un breuvage empoisonné

Pendant que la nuit tombait sur Paris, Agnès Lebuy méditait dans le laboratoire alchimique de sa nouvelle maison, composant mentalement la potion empoisonnée destinée au conseiller du roi. Les yeux jaunes du chat noir perché sur la table étaient fixés sur elle avec intensité. Plusieurs lampes à huile réparties dans la pièce éclairaient des dizaines de pots étiquetés en latin, contenant des plantes séchées. S'il y avait longtemps que la sorcière de Montmartre n'avait pas pratiqué l'art de la distillation par alambic, elle n'en avait pas pour autant oublié l'enseignement de Malen.

Alors qu'Agnès était encore enfant, elle excellait déjà dans l'art d'élaborer toutes sortes de potions, breuvages ou liqueurs qui, au-delà de leurs propriétés curatives, ravissaient le palais le plus exigeant et le plus délicat par leurs exquises saveurs. Malen lui avait aussi appris à reconnaître les plantes vénéneuses, afin d'éviter leurs dangers. Agnès savait que le sureau et l'airelle, appliqués en cataplasme, soignaient les maladies des yeux, ou que le tilleul et l'aloès soulageaient les douleurs de l'estomac.

Mais elle n'ignorait pas que la racine de belladone provoquait des songes irréels et magiques, qui conduisaient de nombreuses sorcières à croire qu'elles voyaient le visage du diable ou volaient sur des balais magiques. Les graines de jusquiame, qui abondaient sur les terres en friche, permettaient de connaître et de manipuler les pensées d'une autre personne, en soumettant sa volonté comme un maître domine son esclave.

Néanmoins, la sorcière de Montmartre ne se donna même pas la peine de chercher une de ces plantes sur les étagères du laboratoire. Il ne devait y avoir aucun végétal toxique dans l'herboristerie de l'alchimiste qui avait vécu ici. De toute façon, les poisons nécessaires à la confection du breuvage destiné à Nogaret lui avaient été livrés quelques instants plus tôt par un messager de l'inquisiteur : feuilles de ciguë, graines de ricin et rameaux d'if. En fait, Agnès examinait les étagères de l'alchimiste pour trouver les ingrédients qui lui permettraient de concocter un nectar inconnu, mais si suave et savoureux que le conseiller Nogaret boirait sa propre mort avec délices. Les ordres de Boulvar de Goztell étaient très clairs, personne ne devait soupçonner l'empoisonnement.

Finalement, Agnès se décida pour une liqueur de fruits. Plus tôt, elle avait déniché des conserves de fruits au sirop, raisins, pommes et poires, dans une armoire de la cuisine. De même, elle sélectionna une grande variété de feuilles et de plantes dans l'herboristerie, étalant sur la table du laboratoire plus d'une trentaine d'espèces différentes. Basilic, romarin, coriandre, cannelle, anis, eucalyptus, gingembre, laurier, sauge, tilleul, camomille... Elle en fit une infusion et mélangea à l'eau bouillante les feuilles, les racines et les graines des plantes vénéneuses, préalablement broyées jusqu'à obtenir une poudre fine. Au bout de deux heures, elle ajouta de l'alcool pour procéder à la distillation qui éliminerait l'amertume. La mixture fut transvasée dans l'alambic, puis agrémentée d'un mélange de miel, de feuilles de tilleul, de fleurs de violettes et de gousses de vanille, qu'elle avait fait cuire dans un chaudron de cuivre. Pour finir, elle filtra l'eau-de-vie obtenue pour éliminer les impuretés, puis y mêla une infusion de safran qui donna à l'exquise liqueur une alléchante couleur dorée.

Voilà, la potion empoisonnée était prête. Il ne restait plus qu'à la faire avaler au conseiller du roi.

XX

L'aveugle et son serviteur

Il y avait longtemps que Grimpow n'avait éprouvé une telle tristesse. Maintenant, il était seul avec Anatole sur la colline. Weienell et Salietti étaient partis vers le Piémont italien, avec les quatre chevaux. À Paris, Grimpow et Anatole n'en avaient pas l'utilité, tandis que les voyageurs, disposant de montures de rechange, se déplaceraient plus rapidement. De plus, un vieillard et un jeune garçon entrant à pied dans la ville au milieu de la foule avaient de meilleures chances de ne pas attirer les soupçons. Anatole Pempius devait jouer les aveugles et Grimpow passerait pour son serviteur.

– Ainsi, personne ne fera attention à vous, avait affirmé Salietti.

Mais le souvenir des moments vécus en parcourant le Chemin Invisible avec ses deux compagnons, encore trop vif dans l'esprit de Grimpow, l'empêchait de s'intéresser à son avenir immédiat. À ses yeux, son arrivée à Paris n'avait qu'un seul avantage : il pourrait y revoir Sofi. Mais même cette perspective ne suffisait pas à dissiper sa mélancolie. Las de vagabonder d'un endroit à l'autre depuis des mois, il aspirait à trouver un foyer, une famille auprès de laquelle il vivrait en paix, sans crainte d'être arrêté et de mourir sur le bûcher, condamné pour hérésie. Et c'était exactement le sort qui l'attendait si Boulvar de Goztell le capturait. En évoquant l'inquisiteur, un petit frisson lui hérissa l'échine. Il n'était toujours pas convaincu que s'installer aussi près de leur ennemi soit la solution la plus sage. Encore moins sans Weienell et Salietti à leurs côtés pour les protéger.

— Je crois que je commence à détester cette pierre ! lâcha-t-il d'un ton morose, après avoir descendu la colline en silence.

— Tu ne devrais pas parler ainsi. De nombreux jeunes gens seraient prêts à donner leur vie pour être à ta place.

— Eh bien, qu'ils la prennent, si ça leur chante. Grand bien leur fasse ! Un de ces fameux jeunes gens saura peut-être remplir cette charge mieux que moi, répliqua le garçon, de mauvaise humeur.

— Je comprends ton découragement, Grimpow, mais tu es très injuste avec toi et avec nous. Ce n'est pas la pierre qui est responsable de la situation actuelle. Tu aurais pu décider d'accompagner Weienell et Salietti au lieu de rester avec moi. Je ne comprends pas pourquoi tu ne l'as pas fait tout simplement, plutôt que de te lamenter maintenant qu'il est trop tard.

En réalité, Grimpow avait le cœur meurtri, d'où son besoin de s'épancher. Pourtant, il avait conscience que ce n'était juste ni pour Anatole ni pour la pierre. Mais à cet instant, après les événements inattendus qui s'étaient enchaînés depuis son arrivée à Chartres, il subissait le contrecoup de la tension accumulée. L'incident avec Anatole Pempius sur le parvis de la cathédrale, la fuite de Chartres, la rencontre avec les comédiens, la nuit où il avait montré la pierre à Sofi, la bataille avec les soldats, la mort de Baunach et pour finir le départ de Weienell et de Salietti... Tout cela s'était passé si vite. C'était si éloigné de ce qu'il avait imaginé que, pendant un instant, il en vint à se dire que le ciel allait leur tomber sur la tête avant qu'ils n'atteignent la porte des remparts.

— Je n'ai pas eu la force de renoncer à mon destin. La pierre m'a poussé à continuer, finit-il par répondre.

— Tout au contraire, mon jeune ami. Tu ne le croiras sans doute pas, mais c'est toi qui refuses de l'abandonner.

C'est alors que le garçon se souvint de son cauchemar, la nuit où il avait montré la pierre à Sofi. Il était peut-être bon d'en parler à Anatole.

— La nuit dernière, j'ai rêvé qu'une main fantomatique prenait la pierre pendant mon sommeil et me l'arrachait sans que je puisse l'en empêcher.

— Eh bien, tu étais obsédé par l'idée que Richard avait vu la lumière de la pierre. Il est logique que tu aies eu peur que quelqu'un de la caravane ne tente de la dérober. Voilà d'où vient ce mauvais rêve.

— Mais j'ai senti cette main invisible tout près de moi. C'était la main d'une femme. Jeune et belle.

— Une femme ?

— Oui. Juste avant de me réveiller, j'ai croisé son regard plein de mépris.

Anatole écarta le problème d'un geste négligent de la main.

— Ce n'était qu'un cauchemar sans importance, mon garçon. Quand nous serons à Paris, tu ne verras plus les choses du même œil. Surtout après un bon dîner et une longue nuit de sommeil. Là-bas, tu rencontreras d'autres jeunes gens de ton âge aux cours de l'université. Fais-moi confiance, tu te sentiras très vite comme chez toi, tu verras, affirma le vieil homme en s'engageant sur le chemin qui menait à l'enceinte.

Mais Grimpow craignait que son avenir ne soit pas aussi paisible que l'imaginait Anatole Pempius.

XXI

Un piège mortel

Dès qu'il vit entrer Agnès Lebuy dans la salle de réception du Louvre, vêtue comme une princesse d'un pays lointain, le conseiller du roi fut captivé par sa beauté. Plus tôt dans la matinée, l'inquisiteur Boulvar de Goztell lui avait demandé de recevoir en audience privée une jeune et belle dame de Paris. Il s'agissait d'aider cette personne à découvrir des informations sur sa mère, morte le jour où elle l'avait mise au monde, vingt ans plus tôt. Mais Nogaret ne s'attendait pas à une telle splendeur. Les yeux de la jeune femme brillaient comme ceux d'un félin et les parfaites proportions de son visage délicat composaient une vision enchanteresse, irrésistible.

Il l'invita à prendre place dans un des deux fauteuils installés sous une grande tapisserie qui isolait le mur de pierre.

— Ainsi, tu es orpheline.

Agnès acquiesça d'un léger battement de paupières, jouant les jeunes filles fragiles et craintives.

— Je ne sais rien de ma mère, sauf qu'elle était mariée à un noble, très proche du roi.

— D'après ce que je vois, l'affaire est délicate.

— La nuit de ma naissance, ma mère m'a confiée à une femme pour me soustraire à la vengeance de son époux. Apparemment, elle lui avait avoué qu'il n'était pas mon véritable père. Je veux découvrir le nom de ma mère et l'identité de cet autre homme. L'inquisiteur Boulvar de Goztell m'a assuré que vous pourriez m'aider.

– Connais-tu le nom de ta mère ?

– Elle s'appelait comme moi, Agnès Lebuy, mais j'ignore l'identité de son époux. La femme qui m'a élevée n'a jamais voulu me le révéler.

– Agnès Lebuy, répéta le conseiller à voix haute.

On eût dit que ce patronyme éveillait un écho dans sa mémoire.

– Il est possible que vous la connaissiez, monseigneur. Maintenant, elle aurait un âge proche du vôtre.

Nogaret caressa le bouc qui ornait son menton.

– C'est possible. Mais j'étais moi-même bien jeune à l'époque et ce nom ne me dit rien. Cependant, je pense avoir trouvé un moyen de découvrir l'identité de celui qui avait épousé ta mère. Il existe des registres où sont consignés tous les mariages célébrés à Paris. On les conserve à Notre-Dame. Son nom doit figurer sur un de ces documents.

– Vous acceptez de m'aider, alors ?

– Bien sûr, bien sûr...

Le conseiller était pensif, d'autres sujets, bien plus pressants que l'identité d'une femme morte vingt plus tôt, réclamaient son attention. Sans nouvelles du capitaine parti à la poursuite des hérétiques qui portaient la pierre d'immortalité, il craignait de subir les foudres du roi s'il échouait dans sa tentative de s'emparer du *lapis philosophorum*. Néanmoins, la beauté de sa visiteuse lui inspirait l'envie de gagner ses faveurs.

— Revenez demain soir, belle dame. Vous aurez des nouvelles de votre mère.

— Oh, messire Nogaret ! Je vous récompenserai pour vos peines, n'en doutez pas. Mais pour l'instant, permettez-moi de vous offrir cette liqueur de fruits que j'ai préparée pour vous de mes mains. Vous verrez, elle est aussi suave qu'un baiser !

XXII

Un monde différent

Grimpow dormit profondément jusque tard dans la matinée. Pour la première fois depuis des mois, il avait passé la nuit à l'abri d'un toit et sur une couche confortable. Plus tôt, il avait partagé un dîner copieux avec Anatole Pempius et Edmond de Tocqueville, le vieil homme qui les avait reçus. Mais ce matin-là, le souvenir que Grimpow avait gardé de cet homme et de la conversation de la veille restait confus. En effet, à peine avait-il terminé la dernière bouchée du gâteau aux prunes que lui avait offert leur hôte en guise de dessert, qu'il s'était endormi sur la table, la tête posée sur ses bras croisés. Quant à savoir qui l'avait transporté dans cette chambre et allongé sur une des deux couchettes à l'armature de bois : mystère.

Cependant, le garçon n'avait rien oublié des tristes adieux qui avaient précédé le départ de Weienell et de Salietti. En se rappelant l'absence de ses deux compagnons, il eut l'impression qu'une blessure profonde se rouvrait dans son cœur. Une fois encore, il se retrouvait seul. Tôt ou tard, il devrait assumer cette absence, malgré tout son chagrin.

La veille, pendant qu'ils marchaient vers la porte sud de l'enceinte en jouant à l'aveugle et son domestique, Anatole Pempius avait essayé de le préparer à sa nouvelle existence.

— Tu découvriras un monde différent, à l'université. Bientôt, tu auras l'occasion d'écouter les grands maîtres des arts, des lettres et des mathématiques. Tu fréquenteras des étudiants de ton âge et tu te feras de nouveaux amis, avait insisté Anatole, le regard perdu dans l'infini.

— Et je pourrai étudier l'astronomie ? avait demandé Grimpow, un peu rasséréné.

— Certainement. Les astronomes les plus prestigieux du royaume enseignent à la Sorbonne. Gurielf Labox, le défunt père de Weienell, était l'un d'entre eux.

Plus tard Anatole lui avait parlé de la fondation de l'université de Paris en l'an 1200, après de nombreux conflits entre les professeurs, les étudiants et les autorités religieuses de la ville. Les négociations s'étaient soldées par la concession de privilèges pontificaux et avaient permis, entre autres, la création de la Sorbonne, un gigantesque édifice destiné à l'enseignement de toutes les matières du *trivium* et du *quadrivium*. Depuis plus d'un siècle, des professeurs et des étudiants arrivaient de toute l'Europe pour enseigner et s'instruire à l'université de Paris.

— J'ai étudié le *trivium* et le *quadrivium* avec le frère Rinaldo de Metz à l'abbaye de Brinkdum.

— Je le sais, Grimpow. Ici, tu pourras consacrer tout ton temps à l'astronomie. Et si tu le souhaites, tu auras accès aux manuscrits de Gurielf Labox qui peuvent nous aider à découvrir le dernier secret de la pierre. Mais avant que nous n'arrivions à l'université, je dois encore te parler d'autre chose.

Grimpow cessa de feindre de demander l'aumône devant la grande porte de la ville, parmi d'autres vagabonds et mendiants rassemblés devant l'enceinte. Le soleil touchait l'horizon, caché par les nuages.

— De quoi s'agit-il ? Depuis que Weienell et Salietti sont partis pour l'Italie, je crois que plus rien ne pourra me surprendre.

— Personne, hormis quelques maîtres de l'université, ne doit connaître ta véritable identité, ni savoir que tu possèdes une pierre étrange, lui rappela Anatole.

Il avançait en s'aidant de son bâton, la main posée sur l'épaule de Grimpow.

Le garçon accepta l'avertissement de bon cœur. Après tout, il avait déjà commis l'erreur de montrer la pierre à Sofi. Mais il n'accorda pas plus d'importance au sujet.

— Alors, comment pensez-vous m'appeler ?

— Choisis un nom qui te plaît. À partir de maintenant, tu es un jeune étudiant, arrivant de l'université de Berne pour continuer tes études à Paris. Ton père est un riche marchand de Genève qui fait du commerce de tissus et d'épices de l'autre côté de la mer. Si tes nouveaux compagnons savent que tu viens des Alpes, cela nous épargnera les questions indiscrètes sur ton accent.

Le garçon voyait toutes sortes d'avantages à changer de nom. D'abord, l'inquisiteur Boulvar de Goztell le connaissait, et s'il apprenait l'arrivée d'un étudiant s'appelant Grimpow, la situation deviendrait risquée. C'était son père qui lui avait trouvé ce nom et personne d'autre dans le royaume ne devait le porter. D'autre part, c'était amusant de cacher sa véritable identité et de faire semblant d'être le fils d'un riche marchand genevois. En cet instant, il jouait déjà le rôle du serviteur d'un vieil aveugle. De même, quelques mois auparavant, quand il vivait avec Durlib dans la contrée alpine d'Ullpens, il avait usé de mille artifices pour soutirer quelques pièces aux naïfs qui se laissaient duper sur les places et les marchés d'Alsace. Ce ne serait pas bien difficile de recommencer à l'université, surtout si sa vie dépendait de cette ruse insignifiante.

Ils franchirent les grandes portes de la ville, au rythme du lent écoulement de la foule, sans que nul ne les arrête, ni ne leur offre l'aumône, d'ailleurs. Il faut dire que Grimpow n'était guère efficace dans ce domaine, trop occupé à réfléchir au choix de son nouveau nom. Ils étaient dans la ville depuis quelques instants lorsqu'il déclara :

— Je m'appellerai Mathie. Mathie Baumon.

Et c'est ainsi qu'Anatole Pempius l'appela en entrant dans sa chambre d'étudiant. Le vieux maître lui ordonna de se lever, et de se préparer. Dans quelques instants, ils devaient se présenter tous les deux devant le Conseil des sages de l'université.

Le garçon bondit hors de son lit sans tarder. Il se lava le visage dans un évier situé dans un coin du dortoir et fut bientôt prêt à se rendre devant le Conseil avec Anatole Pempius. Les rayons du soleil entraient à torrents par les grandes fenêtres en ogive de la pièce, d'où l'on pouvait voir, en contrebas, un cloître au jardin bien soigné.

Reposé, Grimpow se sentait de bonne humeur. Cet endroit lui rappelait les moments partagés avec le frère Rinaldo de Metz et les autres moines à Brinkdum. Néanmoins, il n'était plus au cœur des montagnes enneigées d'Ullpens, mais dans le quartier Latin de Paris, et tout était fort différent autour de lui. Lui-même avait aussi bien changé depuis son départ de l'abbaye. Et si à l'époque, il ignorait la nature de la pierre trouvée dans la main du chevalier mort dans la neige, après avoir parcouru le Chemin Invisible avec Weienell et Salietti, il savait désormais que l'Essence du Mystère renfermait tout le savoir de l'humanité, passé, présent et futur. Pour répondre à toutes les questions qui avaient éveillé sa curiosité, il lui suffisait d'interpréter sa vision de Chartres. Et ce savoir faisait de lui un être à la fois puissant et dangereux. Voilà pourquoi l'inquisiteur Boulvar de Goztell désirait s'emparer de la pierre, même si entre ses mains, elle ne resterait qu'un morceau de minéral insolite sans le moindre pouvoir magique. Pour la première fois, Grimpow se dit qu'il était peut-être le seul à pouvoir déchiffrer les énigmes de la pierre, dont la révélation changerait pour toujours le destin du monde.

XXIII

La confession du crime

Agnès sortit du Louvre, leva les yeux vers le ciel de Paris et poussa un soupir de soulagement. Non seulement le conseiller Nogaret avait accepté de goûter la liqueur de fruits qu'elle lui avait offerte, mais encore il s'était répandu en éloges sur son exquise saveur exotique.

— Trinquez avec moi, avait-il proposé en remplissant une autre coupe d'argent.

Agnès avait pris la coupe et l'avait levée :

— À votre avenir, monseigneur !

Puis elle avait porté la coupe à ses lèvres et l'avait vidée d'un trait.

— Si vos baisers sont aussi exquis que ce nectar, j'attends avec impatience le moment de jouir de votre amour, douce Agnès. Vous êtes la plus belle femme qu'aucun homme ait jamais vue.

Nogaret lui avait adressé une révérence respectueuse.

La sorcière de Montmartre s'était contentée d'incliner légèrement la tête tout en esquissant un sourire.

— Je vous remercie de votre gentillesse, monseigneur, et je vous promets que demain au coucher du soleil, vous boirez à mes lèvres cette douceur à laquelle vous aspirez, avait-elle répondu.

— Alors, trinquons aussi à notre prochaine rencontre !

Elle sourit, sachant qu'elle ne le reverrait jamais en vie.

Sous le soleil qui illuminait les rues de Paris après de longs jours de mauvais temps, Agnès traversa la place, laissant derrière elle les fossés du château royal. À un étal du marché, elle acheta des fruits et des légumes, puis se procura un peu de viande. Ensuite, elle se faufila dans la foule et quitta la place. Il n'était pas encore temps de se reposer sur ses lauriers. Puisqu'elle avait absorbé son propre poison, il lui fallait rejoindre de toute urgence la seule personne qui pouvait lui porter secours. Elle parcourut les ruelles pavées d'un bon pas, s'acheminant vers le port.

Aux premiers coups frappés à sa porte, Malen ouvrit. Maintenant qu'elle savait Agnès vivante, ses forces lui étaient revenues. À la lumière du jour, elle distinguait mieux les jolis traits du visage de sa protégée et le luxe de ses vêtements.

— Ma fille chérie, tu es devenue une vraie dame !

Agnès l'embrassa avec tendresse, entra et referma la porte. Puis elle posa les provisions sur un banc de pierre. Dans la cuisine, le foyer était éteint.

— Je t'ai apporté des provisions, tu as besoin de manger, dit-elle.

— Il est inutile de te donner tout ce mal, mon enfant. Mes dernières dents me permettent à peine d'avaler un peu de pain mouillé dans du lait.

— Je vais te préparer un peu de viande avec des légumes, cela te fera du bien.

Agnès alluma la cheminée. En attendant la formation des braises sur lesquelles grillerait la viande, elle s'absorba quelques instants dans la contemplation des flammes. Puis, sans préambule, elle lança :

— Ce matin, j'ai empoisonné le conseiller du roi.

— Oh, mon Dieu !

Malen se couvrit la bouche de ses mains, comme pour contenir son horreur. La jeune femme lui posa la main sur l'épaule, tentant de la rassurer.

— Ne t'inquiète pas pour moi, Malen. Personne ne soupçonnera qu'il a été assassiné.

— Comment as-tu pu faire une chose pareille ?

— J'ai fait un pacte avec le diable que je dois respecter.

— Toi ? Un pacte avec le diable ?

— Te souviens-tu de l'inquisiteur dont je t'ai parlé, celui qui m'a tirée des cachots de la tour du Temple ?

Malen se laissa tomber sur un banc de bois et hocha la tête en silence. Agnès continua :

— Il m'a demandé d'assassiner le conseiller du roi. Je ne pouvais pas faire autrement. L'inquisiteur est maintenant mon protecteur et après la disparition de Nogaret, il deviendra l'homme le plus puissant du royaume.

— Et si on découvre que c'est toi qui l'as tué ?

— J'ai fait en sorte que sa mort soit lente et sans douleur. Le poison ne laissera aucune trace. Quand au matin, on le trouvera sans vie dans ses appartements, tout le monde pensera que son heure était venue.

— Oh, Agnès, ma petite fille ! C'est pour soigner que je t'ai enseigné les secrets des plantes, pas pour tuer.

— Trêve de sermons, Malen. Tu n'as aucune responsabilité dans cette affaire. Si je t'en ai parlé, c'est parce que j'aurai peut-être besoin de ton aide.

– De mon aide ? En quoi une pauvre vieille comme moi pourrait t'être utile ?

– J'ai aussi absorbé la liqueur empoisonnée, avoua Agnès.

– As-tu perdu l'esprit ?

– Si j'avais refusé de le faire, j'aurais été démasquée.

Malen se leva et se rapprocha d'Agnès.

– Laisse-moi voir tes yeux et ta bouche, demanda-t-elle.

Mais, à cause de sa vision déficiente, la vieille sorcière pouvait à peine distinguer les pupilles brillantes d'Agnès ou la couleur trop rose de ses lèvres.

– Qu'as-tu utilisé, ma petite fille ?

– Feuilles de ciguë, graines de ricin et rameaux d'if.

– J'espère que tu as convenablement mesuré tes proportions pour retarder l'effet de la potion.

Malen entra dans une petite pièce obscure, située dans le prolongement de la cuisine. L'intérieur était sombre, mais la lumière était inutile, elle connaissait la disposition exacte de chacun des récipients qui contenaient les herbes qu'elle avait collectées ou les breuvages et les potions qu'elle avait préparés au long des années. Elle sélectionna quelques pots et revint dans la cuisine.

– Bois ceci, ordonna-t-elle.

Malgré l'aspect pâteux et noirâtre du liquide, Agnès l'avala sans protester. Il lui fallait ingérer un antidote puissant avant que la liqueur mortelle ne commence à lui empoisonner le sang.

– Que m'as-tu donné ? demanda-t-elle.

La jeune femme avait une petite idée des effets de la potion.

– C'est un purgatif de bryone, indiqua Malen.

À l'instant même, une agitation irrépressible saisit les entrailles d'Agnès. Le vomitif faisait son effet.

Puis Malen prépara une infusion d'herbes et conseilla à Agnès de rester sur place pour s'assurer que l'antidote avait vraiment enrayé l'effet du breuvage toxique.

– D'accord, je crois que ce sera mieux, convint la jeune femme.

Quelques heures plus tard, la sorcière de Montmartre dormait profondément dans la chambrette qu'elle avait occupée pendant des années. Elle n'avait jamais eu de visions aussi étranges et sinistres que ce jour-là. Elle crut parler avec le diable dans les grottes de l'enfer, qu'elle s'envolait sur un balai en s'éloignant de la Terre jusqu'à atteindre une étoile lointaine, que le conseiller du roi se levait d'entre les morts pour l'accuser au pied du gibet d'être une sorcière meurtrière, ou encore que Malen riait à gorge déployée en apprenant l'empoisonnement de sa protégée.

Peu à peu, les pensées d'Agnès s'éloignèrent du délire. Dans ses rêves, elle vit le jeune garçon qui possédait la pierre d'immortalité, tout près d'elle, tapi dans un recoin quelconque de la ville comme une petite souris sans défense.

XXIV

Le Conseil des sages

Dans une vaste salle de la Sorbonne, à la voûte décorée des signes du zodiaque sur fond de ciel, huit hommes vêtus de toges siégeaient autour d'une grande table. Ils attendaient l'arrivée de celui qui avait parcouru le Chemin Invisible et portait le mythique *lapis philosophorum*, qui pendant des siècles avait été sous la garde de la société de l'Ourobore. Cependant, ils ignoraient qu'il s'agissait d'un jeune garçon appelé Grimpow. Depuis qu'ils avaient appris la mort de Iacopo de Estaglia et de Gurielf Labox qui tentaient de protéger la pierre et de dévoiler ses mystères, les membres du Conseil ne savaient pas ce qu'elle était devenue. Seul Edmond de Tocqueville, le noble vieillard qui avait reçu Grimpow et Anatole Pempius la veille, avait été informé de ce qui s'était passé depuis que le garçon avait trouvé la pierre.

Anatole Pempius frappa trois fois à l'immense porte de la salle, avant de pousser le battant et d'entrer, suivi du garçon. Les huit membres du Conseil se levèrent pour les accueillir.

– Soyez les bienvenus devant le nouveau Conseil de la société de l'Ourobore ! dit Edmond de Tocqueville qui présidait la table.

Grimpow sursauta. Il était convaincu que l'antique société de l'Ourobore avait disparu avec la mort des derniers sages qu'il avait connus. Il regarda Anatole Pempius d'un air perplexe, mais celui-ci se contenta d'esquisser une moue rassurante, pendant qu'une rumeur de voix contenues s'élevait dans la salle.

— Quelle est cette stupide plaisanterie ? s'exclama un des maîtres de l'université avec irritation.

Qui était ce jeune garçon d'à peine quinze ans qui se présentait devant le Conseil ? Les réunions étaient secrètes et aucun de ceux qui le composaient ne souhaitait qu'un étranger à la société de l'Ourobore découvre leur identité.

— Expliquez-nous cette folie, Edmond ! Comment avez-vous pu permettre à cet étudiant d'entrer ici ? Vous nous mettez tous en danger !

Edmond de Tocqueville leva les bras pour faire taire les murmures.

— Ce jeune homme est maintenant le porteur du *lapis philosophorum* ! Sans lui, la pierre serait perdue dans les montagnes des Alpes ou se trouverait entre les mains de l'inquisiteur Boulvar de Goztell. Nous n'avons rien à craindre.

De nouveau, les murmures circulèrent entre les sages du Conseil. Comment était-il possible qu'un objet aussi prodigieux que la pierre de sagesse ait échoué entre les mains d'un jeune garçon ? se demandaient-ils mutuellement.

— Messieurs, messieurs ! cria Edmond de Tocqueville en levant les mains pour tenter d'apaiser l'agitation de ses pairs.

Dérouté par l'accueil méfiant des sages de la société de l'Ourobore, Grimpow en voulait obscurément à Anatole Pempius. Son maître aurait dû le prévenir de cette possibilité. Si

Weienell et Salietti avaient été avec lui en ce moment, les choses se seraient déroulées autrement. Cependant, il n'était pas disposé à se laisser intimider par ces hommes, si sages soient-ils. D'un geste vif, il porta la main à la bourse suspendue à son cou et sortit la pierre sous le regard incrédule d'Anatole Pempius.

– Si un des sages membres du Conseil s'estime plus digne que moi de porter cette pierre, il peut venir la prendre ! cria-t-il.

Il leva le bras bien haut pour que tous puissent voir la lumière de la pierre.

Un profond silence s'empara de la salle. Hormis Edmond de Tocqueville et Anatole Pempius, les membres de la société n'avaient jamais vu la pierre de sagesse et tous étaient émerveillés par l'intense lueur qui en émanait.

– Maintenant que la pierre a été enfin récupérée, elle devrait être confiée à un membre du Conseil qui la placera en lieu sûr, hors de portée de ses ennemis, suggéra un des sages.

– Ce n'est pas le moment d'avoir peur ! répliqua Anatole Pempius. Si Grimpow est venu avec la pierre jusqu'à Paris, ce n'est pas pour la cacher, mais pour dévoiler ses derniers mystères.

– Vous espérez qu'un simple étudiant comme lui parviendra à élucider ce que Gurielf Labox en personne fut incapable de résoudre après des années de recherches, malgré son expérience et sa sagesse ? railla un autre.

– Vous seriez peut-être surpris par tout ce que Grimpow a appris depuis que la pierre est en son pouvoir. Vous pourrez le vérifier en lui demandant ce que vous désirez, répliqua Edmond de Tocqueville d'un ton hautain.

— Dans ce cas, je vais poser une question ! dit le sage assis à sa droite. Que peut nous dire ce jeune homme sur les théories des sphères célestes ?

Les autres hochèrent la tête en souriant, saluant d'un air approbateur la question du grand astronome Auguste Annu. Mais Grimpow répondit sans hésiter. Sa démonstration fut si précise, si détaillée, qu'aucun des savants présents ne saisit la véritable portée de ses explications originales et innovantes. Un profond silence suivit son bref discours, personne ne se risqua plus à mettre en doute sa sagesse.

Encouragés par les connaissances de Grimpow et la simplicité stupéfiante de son exposé, d'autres sages l'interrogèrent sur des sujets qui les intéressaient, émerveillés par la justesse de chacune de ses réponses.

— Je doute fort que l'un d'entre nous parvienne à voir les prodiges auxquels ce jeune homme a assisté, ajouta Anatole Pempius.

— Alors, pourquoi avez-vous convoqué le Conseil ? demanda l'un des sages d'un air arrogant.

Edmond de Tocqueville devança la réponse d'Anatole.

— Grimpow vivra avec nous quelque temps, sous le nom de Mathie Baumon. Il passera pour un étudiant doué, venu de l'université de Berne pour continuer ses études d'astronomie. Chacun d'entre nous doit lui apporter toute l'aide nécessaire et garder le secret sur sa véritable identité. Une nouvelle ère de savoir s'annonce, les mystères de l'univers pourraient être enfin dévoilés. Et notre avenir dépend de ce garçon.

Les sages commencèrent à sortir de la salle, échangeant des commentaires, encore étonnés par les démonstrations magistrales de Grimpow. C'était la première fois qu'ils entendaient des théories mathématiques, physiques et astronomiques, complètement inédites, de la bouche d'un savant aussi jeune.

Grimpow resta seul avec Edmond de Tocqueville et Anatole Pempius ; il avait encore la pierre en main. Dans un mouvement d'humilité, il la tendit au vieil homme qui avait présidé la réunion du Conseil.

– Je préférerais que vous la mettiez en lieu sûr, maître Tocqueville.

– Pas question ! Écoute, tu ne dois pas juger les sages du Conseil avec sévérité. Ils ne te connaissaient pas et il était logique qu'ils manifestent leurs craintes en constatant la jeunesse du porteur de la pierre.

– Edmond a raison, Grimpow. Tu es l'élu, tu es le seul à pouvoir la porter. Cela a toujours été ainsi, malgré les dangers qui l'ont menacée depuis des siècles, continua Anatole.

Grimpow le regarda avec irritation.

– Vous avez peut-être raison, Anatole, mais je crois que vous auriez dû m'avertir plus tôt que la société de l'Ourobore n'avait pas disparu.

– Je voulais que tu le découvres toi-même. Beaucoup de choses ont changé depuis la mort de Gurielf Labox, mais nous ne pouvions pas abandonner notre tâche. Edmond de Tocqueville a consacré des mois à réorganiser la société secrète à Paris. Les sages que tu as vus partagent nos croyances et luttent pour un monde meilleur, comme leurs prédécesseurs.

Mais Grimpow était décidé à renoncer à la pierre, du moins jusqu'à ce que ses forces lui permettent de la conserver. Depuis le moment où il l'avait trouvée, cette charge s'était emparée de son corps et de son âme. Aujourd'hui, elle lui semblait trop pesante.

— Moi aussi, j'ai besoin de réfléchir, dit-il d'une voix éteinte.

Son cauchemar le poursuivait. Il ne pouvait oublier la main fantomatique qui lui arrachait la pierre. Cette main invisible était peut-être ici, non loin de l'université, attendant comme un spectre le moment opportun pour s'emparer de son secret.

— Tes amis Weienell et Salietti seront déçus en apprenant que tu as abandonné la mission pour laquelle leurs pères ont donné leur vie, lui rappela Anatole Pempius.

Grimpow fut tenté de faire remarquer qu'eux aussi l'avaient abandonné, mais il savait que ce serait injuste pour ses amis. Maintenant, il devait régler ses propres problèmes seul, même s'il n'avait aucune idée de la manière dont il pourrait s'y prendre.

— Où se trouvent les manuscrits de Gurielf Labox ? demanda-t-il enfin.

— Ils sont conservés dans un endroit secret qui abrite aussi autre chose.

XXV

Les disparus

Dans la tour du Temple, l'inquisiteur Boulvar de Goztell bouillait d'impatience. Après sa visite au conseiller du roi, la sorcière de Montmartre devait le rejoindre et lui faire un compte rendu de sa mission. Mais Agnès n'était pas venue au rendez-vous prévu et il ignorait le résultat de l'entrevue du Louvre. Il ne savait plus quoi penser. L'avait-elle trahi en confessant qu'il était le commanditaire de l'assassinat ? Avait-elle été démasquée par Nogaret avant que celui-ci n'ait eu le temps de boire la liqueur empoisonnée ? Ou avait-elle fui Paris parce qu'il lui manquait le courage suffisant pour commettre ce crime ?

Un homme corpulent entra dans le cabinet de travail, une épée passée à la ceinture et un long poignard suspendu à l'épaule.

– Elle n'est pas chez elle, monseigneur. Je l'ai cherchée dans tous les environs de l'île, au port et au marché, mais je n'ai pu trouver aucune piste. Personne ne l'a vue.

L'inquisiteur frappa du poing sur son écritoire.

– Morbleu ! La terre ne l'a tout de même pas avalée, Ethan !

– Elle reviendra peut-être chez elle ce soir.

– Trouve-la ! Va chercher cette sorcière du diable en enfer s'il le faut, mais ne reviens pas sans elle !

Ethan inclina la tête avec docilité.

— Soyez tranquille, messire, je la trouverai. A-t-on des nouvelles du détachement parti à la poursuite des hérétiques ?

D'un revers de manche, Boulvar de Goztell épongea la sueur qui lui perlait au front.

— Eux aussi ont disparu, répondit-il.

— En est-on certain ? demanda Ethan.

— Oui, aussi certain que la mort fixe sur nous ses orbites vides en attendant l'heure de venir nous prendre. Personne ne les a revus depuis leur passage à Chartres. C'est comme s'ils avaient été frappés par une malédiction funeste !

— C'est tout à fait possible s'ils sont partis vers la vallée de la Loire. D'après la rumeur, une épidémie de choléra ravage ces terres. Si les proscrits sont arrivés jusque-là, il est possible qu'ils aient été contaminés par la maladie, et que les soldats ne les retrouvent jamais.

— Ces hérétiques ne sont pas stupides, pas plus que les soldats du roi. Ils se sont certainement dirigés vers le nord, hors de portée de l'épidémie. Mais ne t'en soucie pas pour l'instant. Tu t'en occuperas après avoir trouvé la sorcière de Montmartre. Elle saura les dénicher, conclut l'inquisiteur.

Tous deux descendirent l'escalier en colimaçon de la tour et débouchèrent dans la cour de la forteresse. En d'autres temps, des centaines de chevaliers de l'ordre du Temple s'entraînaient sans trêve devant les gigantesques murs de pierre avant de partir en croisade, mais maintenant, seul un groupe de soldats montait la garde près des portes de la solide enceinte qui les environnait.

Ethan se mit en selle, éperonna son cheval et franchit le pont-levis au galop. De son côté, l'inquisiteur grimpa dans une petite voiture et ordonna au cocher de se mettre en route. Il était attendu dans un fastueux manoir qui s'élevait sur les berges du fleuve, face aux monstrueuses gargouilles de Notre-Dame. Le soleil brillait encore sur Paris.

XXVI

L'énigme de la bibliothèque

Les passages et les cloîtres de la Sorbonne étaient peuplés d'étudiants vêtus de longues capes noires qui riaient et bavardaient devant les amphithéâtres en attendant le début des cours. Edmond de Tocqueville avait offert à Grimpow un vêtement semblable, que le garçon portait avec fierté. Ainsi vêtu, il passait inaperçu parmi les étudiants, même s'il ne cessait de regarder autour de lui d'un air ébahi, et ses futurs condisciples ne pourraient soupçonner les véritables raisons de sa présence.

– Ils ont tous l'air très heureux, dit Grimpow, ébauchant un sourire.

– Ils le sont, assura Edmond de Tocqueville. La recherche du savoir est le meilleur baume aux malheurs de l'espèce humaine.

Le vieux professeur était ravi de voir le garçon de meilleure humeur.

– Tu seras bientôt aussi heureux que ces jeunes gens, ajouta Anatole Pempius.

À ses yeux, il n'y avait pas de lieu plus idéal que la Sorbonne pour un jeune homme comme Grimpow. Ici, il pourrait se sentir libre et satisfait.

L'espace d'un instant, Grimpow se souvint de son séjour à l'abbaye de Brinkdum, l'hiver passé. Mais là-bas, personne ne semblait heureux, hormis le frère Brasgdo, le cuisinier. Les règles de l'ordre étaient strictes, le silence obligatoire et les prières constantes, de matines à complies. Maintenant, il comprenait pourquoi son bon ami d'alors, le novice Pobé de Lanforg, avait quitté l'abbaye pour devenir chevalier. Les étudiants qui l'entouraient, dont la plupart étaient plus âgés que lui, avaient sans doute vécu de jolies histoires d'amour comme celles que Pobé lui racontait pendant les nuits noires et froides des montagnes d'Ullpens. Et sans raison valable, l'image de Sofi apparut dans son esprit, accompagnée de mille questions. Où était-elle, à cet instant précis ? La troupe avait-elle déjà atteint Paris ? Et Sofi se souvenait-elle de lui ? La reverrait-il un jour ?

La voix d'Edmond le tira de ses méditations.

— Viens, c'est par ici.

Ils se trouvaient dans une galerie, bordée de hautes colonnes aux chapiteaux sculptés qui soutenaient la voûte.

Un escalier s'enfonçait dans les sous-sols de l'édifice. Edmond, Anatole et Grimpow arrivèrent devant un passage étroit et humide. Une lampe à huile brûlait dans un coin. Cette espèce de tunnel se terminait par un mur rugueux, d'où saillaient plusieurs crochets de métal qui semblaient disposés au hasard. Grimpow devina l'existence d'une issue secrète, qui les conduirait dans quelque chambre tout aussi secrète. Mais l'entrée ne se trouvait pas dans le mur comme il l'avait imaginé. Edmond de Tocqueville tira avec rapidité quelques crochets, selon une séquence connue de lui seul, et le sol frémit sous leurs pieds. La dalle de pierre s'enfonça dans le sol, dégageant une ouverture suffisante pour permettre le passage vers le niveau inférieur.

Edmond alluma une lampe ; les premières marches d'un escalier étroit se dessinèrent dans la pénombre. Anatole et Grimpow s'y engagèrent l'un après l'autre, au rythme de la démarche lente du vieux maître. Puis celui-ci actionna un levier et la dalle de pierre se referma au-dessus d'eux. Dessous, tout était noir, mais Grimpow n'éprouvait aucune crainte. Edmond de Tocqueville éleva la lampe, la lumière se propagea, illuminant l'entrée d'un immense labyrinthe de salles et d'étagères chargées de manuscrits.

– Il n'existe aucun lieu semblable dans le monde connu, proclama Edmond avec fierté.

Grimpow ne songeait pas à le contredire. Devant son regard stupéfait, s'étendait la plus grande bibliothèque qui puisse exister. Enfouie dans les entrailles de la Terre !

– Combien de manuscrits peut-il y avoir ici ? demanda-t-il à Anatole Pempius.

– Personne ne le sait avec exactitude, mais plusieurs centaines de milliers de manuscrits sont conservés ici depuis des siècles.

Edmond les rejoignit après avoir allumé d'autres lampes réparties dans les salles voisines, éclairant une infime partie d'un réseau qui semblait s'étendre à l'infini.

– En effet, dit-il, prenant la conversation en cours. Dans cette bibliothèque secrète, on trouve des documents très anciens venant d'Alexandrie et de Pergame, des œuvres inconnues de sages comme Archimède, Thalès de Milet, Pythagore, Platon, Aristote ou Ptolémée...

– Je connais quelques-uns de ces ouvrages, intervint

Grimpow, sans vouloir être pédant. À l'abbaye, j'ai étudié avec le frère Rinaldo de Metz les théories mathématiques et astronomiques de ces grands sages. Mais ils se trompaient en affirmant que la Terre est au centre de l'univers. Notre planète n'est qu'une goutte d'eau au milieu d'un océan infini.

– Le défunt Gurielf Labox soutenait la même théorie, se rappela Tocqueville. J'aimerais te montrer les manuscrits qu'il consultait avant que Goztell ne l'assassine. Il croyait avoir découvert l'origine de la pierre. C'est ainsi qu'il a commencé des recherches sur le secret que les neuf templiers ont rapporté de Jérusalem à la demande des anciens sages de la société de l'Ourobore, voilà maintenant plus de deux siècles.

– Nous comptons sur toi pour continuer son travail, dit Anatole.

– De quoi parlez-vous ?

– Il vaudrait mieux que tu voies par toi-même.

Chacun muni d'une lampe, ils parcoururent de longs couloirs, parmi les piles de livres. Grimpow se savait incapable de refaire le trajet. *Si la lumière s'éteint, nous ne sortirons jamais vivants de ce labyrinthe insondable*, se disait-il avec angoisse. Finalement, Edmond de Tocqueville s'arrêta devant quelques étagères qu'il fit pivoter, actionnant un dispositif dissimulé derrière les livres.

Une petite salle semi-circulaire, au plafond voûté, s'ouvrit devant eux.

– Qu'est-ce que c'est ? demanda Grimpow.

– Nous espérions que tu pourrais nous l'expliquer. Personne n'a jamais rien vu de pareil, avoua Edmond de Tocqueville.

Grimpow entra dans la pièce, à la fois émerveillé et effaré par ce qu'il découvrait. Au centre de la salle, un corps était allongé sur un catafalque, à peine visible dans la pénombre. Malgré la crainte qui engourdissait ses membres, Grimpow se rapprocha et contempla le cadavre.

– C'est une femme morte depuis des milliers d'années, dit Edmond de Tocqueville.

La prodigieuse pierre suspendue au cou de Grimpow s'illumina sans qu'il l'ait prise en main.

XXVII

Le duc Gauthier

L'homme que venait voir l'inquisiteur avait l'œil droit recouvert d'un bandeau noir, il était vêtu avec élégance et portait sur sa main gantée un faucon pèlerin dont il ne se séparait jamais. Il attendait, debout au centre d'un salon décoré de nombreuses têtes de cerfs empaillées et de tapisseries où figuraient des scènes de chasse.

À l'entrée de Boulvar de Goztell, le faucon agita la tête avec méfiance. L'inquisiteur avança et s'inclina devant le duc, en une révérence prononcée.

– Vous êtes en retard, fit remarquer le borgne.

– Veuillez me pardonner, messire. Un sujet de la plus haute importance pour nos plans a requis mon attention et retardé ma visite.

– J'espère que cela ne signifie pas que Nogaret est encore en vie. Personne ne parle de sa mort.

– Je ne sais pas ce qui a pu se passer. La femme qui devait l'assassiner ne s'est pas présentée à l'endroit convenu pour me rendre compte de sa mission. C'est la raison de mon retard.

– Vous auriez dû choisir Ethan plutôt qu'elle. Il n'échoue jamais.

– Je ne voulais pas que cela ait l'air d'un crime. C'est pour cela que j'ai préféré le faire empoisonner par cette jeune sorcière.

Pensif, le duc Gauthier déambula quelques instants dans la pièce. Peu lui importait la façon dont Nogaret perdrait la vie, il voulait simplement le voir mort.

– Si ce maudit conseiller meurt comme vous l'affirmez, quelle que soit la manière, tout le monde pensera que c'est l'effet de la malédiction que le grand maître du Temple a lancée contre le pape, le roi et son conseiller.

– Dans ce cas, les soupçons se porteront sur les rebelles templiers et non sur nous, approuva l'inquisiteur.

– Mais cela n'empêchera pas ces maudits alchimistes hérétiques de continuer à jouir des privilèges de leurs charges comme maîtres de l'université. Ils ont l'appui du roi, qui espère que l'un d'entre eux remplira ses coffres en découvrant la transmutation de l'or.

– Ce scandale cessera, monseigneur. Du moins si je parviens, comme je l'espère, à convaincre le roi qu'ils sont ses véritables ennemis.

– J'imagine que vous avez déjà envoyé les messagers, dit le duc.

– Oui, tout le monde est convoqué pour demain, après minuit, ici, dans votre palais, monseigneur.

Le duc alla poser le faucon sur un support de bois en forme de T, fixé au sol.

– Et le roi ?

– Une fois que Nogaret sera mort, votre cousin ne sera plus un obstacle pour notre conjuration. Laissez-moi m'en occuper. Le roi est celui qui tient le plus à la pierre d'immortalité et il l'aura très rapidement en sa possession. Puis je la lui prendrai en personne pour vous la remettre.

– Je vous fais confiance pour mener cette affaire à bien, Goztell. Sans la pierre, le pouvoir de la société secrète que nous désirons fonder tous les deux restera une chimère, rappela le sinistre duc tout en donnant à son rapace des lambeaux de chair crue.

– Je vous assure que sous peu, le roi se prosternera à nos pieds. Très bientôt, le nom de « Kôt » sera aussi redouté que celui du diable. Tous les sages et les alchimistes seront marqués au feu de ce signe. Plus personne ne se risquera à discuter la suprématie du nouveau et unique Dieu qui régnera sur la Terre. Vous serez ce Dieu et le monde entier sera votre royaume.

XXVIII

Le cadavre endormi

Une femme morte depuis des milliers d'années, se répéta Grimpow en silence, pendant qu'il observait avec étonnement le corps allongé devant lui. Il aurait juré qu'elle était simplement endormie. Il n'avait jamais vu un visage aussi beau, des traits aussi harmonieux. Les cheveux, taillés au ras de la nuque, étaient noirs comme les cils et les sourcils. La peau rosée et la sérénité de son expression semblaient créer une aura imprécise et mystérieuse autour d'elle. Cette femme était-elle morte vraiment depuis des milliers d'années ?

– Aucune momie n'aurait pu rester intacte pendant aussi longtemps, souligna Edmond de Tocqueville.

– On dirait qu'un souffle d'immortalité magique s'est posé sur son corps au lieu de l'haleine glacée de la mort, ajouta Anatole Pempius.

Mais Grimpow n'entendait pas ses maîtres, une suite d'images incompréhensibles occupait ses pensées. Son esprit s'éloigna de la bibliothèque souterraine, pénétra dans les nébulosités de galaxies isolées et lointaines, puis son regard s'arrêta sur un signe en forme de petite étoile qui marquait l'épaule gauche du corps endormi et semblait émettre la même lueur que la pierre.

– Que signifie cette étoile ? demanda-t-il en contemplant les épaules dénudées de la femme.

– Personne ne le sait. Mais c'est un des mystères que Gurielf tentait de découvrir avant de mourir. Il avait déniché une vieille légende qui parlait de l'existence d'une catégorie de femmes appelées les sorcières de la Lignée et qui descendaient du diable lui-même. Mais il était convaincu que cette histoire était fausse, dit Anatole Pempius.

– En effet, nous ne savons pas encore ce que signifie cette étoile, ni pourquoi le cadavre de cette femme s'est conservé sans détérioration au long d'innombrables siècles. Mais aucun d'entre nous ne pense que ce soit l'œuvre du diable.

– Je partage votre opinion, dit Grimpow.

Anatole constatait avec satisfaction que le garçon avait enfin retrouvé une certaine confiance en lui. Une attitude bien différente de celle qu'il avait observée chez lui ces derniers jours.

– Alors, qu'est-ce que ça pourrait bien être ? demanda-t-il.

– Je n'en ai pas la moindre idée, mais je suis convaincu que ce cadavre a un rapport avec la pierre, répondit Grimpow.

À cet instant, il sortit la pierre de la bourse de lin suspendue à son cou et la déposa dans la main de la femme morte. La lumière s'intensifia comme un soleil doré, puis se dilua de nouveau dans la pénombre, jusqu'à se réduire à une braise incandescente.

– Puis-je laisser la pierre entre ses mains quelque temps ? Je crois qu'elle lui appartient plus qu'à moi, fit le garçon.

– Si tel est ton désir, je ne vois pas ce qui l'empêcherait. L'Essence du Mystère sera en sécurité ici, dit Tocqueville, émerveillé par les derniers événements.

Grimpow ne dit rien, mais éprouvait une forme de soulagement. Ici, si loin sous terre, la main fantomatique qui hantait ses rêves ne pourrait pas s'emparer de la pierre. De plus, quelque chose lui disait que ce mystérieux cadavre avait aussi possédé la pierre autrefois, dans un lieu très lointain et un temps bien éloigné. Il pensa aussi qu'il n'était qu'un simple porteur, et devait rendre l'objet à sa véritable origine. Sans savoir pourquoi, il avait l'intuition que cette origine inconnue que cherchait Gurielf Labox avant de mourir était peut-être plus proche que le vieux sage ne l'imaginait.

Tocqueville s'approcha d'une petite niche située dans un coin de la salle mortuaire, prit un parchemin et le tendit à Grimpow.

— Tu devrais regarder ça, dit-il. Ce sont les derniers écrits de Gurielf Labox.

Grimpow prit le parchemin et l'examina. Il s'agissait d'un pentagone avec cinq cercles et un mot dans chacun d'eux. Les mots se répétaient au centre et pouvaient se lire de la même façon quel que soit l'ordre dans lequel on les prenait : de gauche à droite, de droite à gauche, de haut en bas, de bas en haut.

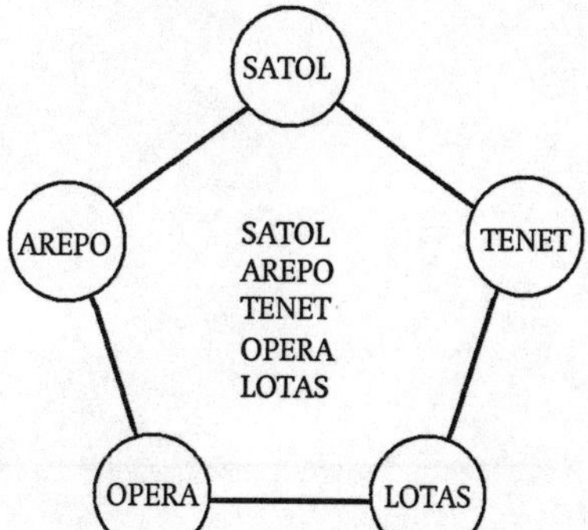

– C'est le code pour trouver le secret des sages ? demanda Grimpow, après avoir observé la figure pendant un moment.

Edmond de Tocqueville s'approcha de Grimpow.

– Nous ne savons qu'une seule chose : Gurielf Labox appelait cette figure le « pentagone magique ».

XXIX

Deux bourses d'or

Le soleil n'était pas encore levé, mais les premières lueurs de l'aube blanchissaient le ciel à l'est. Agnès s'apprêtait à ouvrir la porte de sa maison du fleuve lorsqu'elle sentit la lame froide d'un poignard se poser sur sa gorge. Elle voulut crier, mais une grande main la bâillonna avec brutalité, l'empêchant de respirer.

— Si tu cries, je t'écorche comme un agneau, murmura une voix rauque, portée par une haleine pestilentielle.

Agnès cilla et hocha la tête, émettant un balbutiement incompréhensible. L'homme s'en contenta et lui libéra la bouche. En tournant la tête elle découvrit un visage de reître, à l'expression impitoyable. Il lui saisit le bras d'un geste rude.

— Tu dois me suivre sans tarder, dit l'inconnu d'une voix menaçante. L'inquisiteur Boulvar de Goztell t'attend dans la tour du Temple.

La sorcière de Montmartre se libéra de la main qui la retenait et plissa les yeux comme si elle s'apprêtait à lui lancer un sort.

— Ne me touche plus, ou le bourreau de la tour tranchera tes mains dégoûtantes avant que tu voies le soleil du nouveau jour.

L'homme lui adressa une moue méprisante, mais s'écarta de quelques pas. La lueur diabolique qui brillait dans le regard de cette jolie sorcière faisait naître en lui une crainte inhabituelle.

– D'accord, d'accord ! Mon cheval est là, au coin de la rue, dit-il d'une voix plus calme, levant les mains en signe d'abdication.

Agnès le précéda avec arrogance.

– Je monterai en croupe, dit-elle en arrivant près de la monture.

Mais elle grimpa en selle d'un bond agile, poussa un grand cri en éperonnant la bête et partit au galop vers la tour du Temple. Elle sourit en entendant les insultes et les blasphèmes de l'inconnu qui venait seulement de comprendre ce qui lui arrivait.

L'inquisiteur était assis devant la table de son cabinet de travail. Une lumière ténue éclairait le manuscrit qu'il consultait. Au loin, on entendait les cloches d'une église. Boulvar de Goztell leva les yeux et vit la sorcière de Montmartre apparaître devant lui.

– Où étais-tu passée ? Je t'ai cherchée en vain dans tout Paris et voilà que tu surgis devant moi comme un fantôme, dit-il avec irritation.

– Veuillez me pardonner, monseigneur, j'ai dû rendre visite à une vieille amie.

– As-tu oublié que nous avions un rendez-vous important ?

– Non, comment aurais-je pu oublier ? Mais j'avais besoin d'aide avant qu'il ne soit trop tard.

– Pourquoi diable avais-tu besoin d'aide ? Ton unique mission était de faire avaler ta liqueur empoisonnée au conseiller du roi.

— Et je l'ai fait, ainsi que vous le désiriez. Mais j'ai dû aussi boire le breuvage empoisonné pour ne pas éveiller ses soupçons.

— Alors... ?

— À cette heure, Nogaret doit être mort. Si j'ai réussi à survivre, c'est parce que cette vieille amie dont je vous ai parlé m'a administré un puissant antidote, avant que le poison ne fasse effet. Ce philtre m'a plongée dans l'inconscience. C'est pour cela que je ne suis pas venue vous voir plus tôt. Je ne suis réveillée que depuis peu. Pardonnez-moi de vous avoir déçu, messire.

— Déçu ? Comment peux-tu penser une chose pareille après ce que tu as fait pour moi ? Si Nogaret est mort, je serai le nouveau conseiller du roi. Je t'assure que tu ne regretteras pas d'être à mes côtés.

Boulvar de Goztell exultait. Le moment était venu. Les plans qu'il avait mis au point depuis si longtemps commençaient enfin à se réaliser comme il le désirait. Maintenant, il ne lui restait plus qu'à s'emparer de la pierre et à la remettre au roi en gage de fidélité. Mais avant, il voulait remercier la sorcière de Montmartre de ses efforts. Elle avait mis le diable à son service, avait assassiné Nogaret et devait encore deviner où se cachaient les porteurs de la pierre. Une petite récompense l'encouragerait certainement.

L'inquisiteur sortit d'une cassette deux bourses replètes, pleines de pièces d'or, et les tendit à la jeune femme.

— C'est pour toi.

— Oh monseigneur ! Comment pourrais-je vous remercier ?

— Je me sentirai récompensé si tu trouves rapidement la pierre d'immortalité. Je désire la remettre au roi dès que possible. Peux-tu savoir où elle se trouve, maintenant ?

Agnès ferma les yeux et se concentra sur ses visions, mais elle ne parvint pas à voir le garçon avec la même netteté que précédemment. C'était comme si l'énergie du minéral magique s'était consumée, ou comme si son porteur l'avait caché en un lieu où ni son regard ni celui du Prince des Ténèbres ne pouvaient l'atteindre.

– Je sais qu'elle est à Paris.

– À Paris ? Tu en es certaine ?

– La nuit dernière, je l'ai sentie très près d'ici, mais maintenant, je n'arrive plus à la voir.

– Convoque le diable une nouvelle fois. Il te guidera jusqu'à elle.

– Le diable me dit que les amis du jeune garçon, un homme et une femme, sont partis de leur côté.

– Il est possible que ces hérétiques nous aient abusés. Le chevalier italien et la fille de Gurielf Labox ont peut-être gardé la pierre pour laquelle leurs pères sont morts. Où vont-ils ?

– Vers l'est... L'Italie.

– Ainsi le téméraire Salietti d'Estaglia regagne ses terres du Piémont avec la belle Weienell, dit l'inquisiteur d'un air songeur.

– Il est encore temps de les capturer, ils ont à peine un jour d'avance. Entre-temps, je chercherai le garçon.

– Puisque tu es revenue, je peux confier une autre mission à Ethan. Il chevauchera jour et nuit pour les rejoindre, puis il se chargera d'eux.

– Vous parlez de cet homme qui m'a agressée, tout à l'heure, aux portes de ma maison, et a posé la lame de son poignard sur mon cou ? Cette maudite brute a menacé de m'égorger !

— Je l'avais chargé de te ramener ici, même s'il devait te chercher jusqu'en enfer. Mais il n'était pas nécessaire qu'il te fasse du mal. Cet insensé t'aurait-il offensée ?

— Demandez-lui, il rougira peut-être en vous expliquant de quelle manière il a laissé une femme sans défense lui voler son cheval, dit Agnès en montrant la porte.

En cet instant, Ethan entra dans le cabinet, suant et haletant, sans même reconnaître la jeune sorcière.

— Monseigneur, monseigneur ! N'avez-vous pas entendu les cloches ? cria-t-il.

L'inquisiteur s'approcha des ouvertures qui donnaient vers l'extérieur en tendant l'oreille. Les cloches de toutes les églises de Paris sonnaient le glas à l'unisson. Ethan respira profondément et ajouta :

— Le conseiller Nogaret est mort !

Deuxième partie

LE PENTAGONE MAGIQUE

I

Quelqu'un à qui se fier

Immergé dans les turbulences de la vie estudiantine, Grimpow commençait à se sentir heureux à la Sorbonne. À partir du moment où il avait laissé la pierre entre les mains de la mystérieuse femme, morte depuis des milliers d'années, son existence avait changé d'une manière qu'il n'aurait su définir. C'était comme s'il s'était libéré d'un pesant fardeau qu'il ne parvenait plus à porter sur son dos, ou comme si une ombre qui surveillait le moindre de ses mouvements avait disparu. On aurait dit que pendant des mois, la pierre s'était nourrie de son courage et qu'il n'en restait plus la moindre parcelle. Ses craintes et ses doutes avaient cependant rapidement disparu. Personne, pas même un fantôme, ne pourrait retrouver la pierre dans le dédale de la bibliothèque souterraine. Et s'il pensait souvent à Weienell et à Salietti, ces souvenirs n'étaient plus douloureux, même s'ils se teintaient parfois de mélancolie.

En cette fin de matinée, Grimpow assistait au cours d'astronomie du maître Edmond de Tocqueville, écoutant de toutes ses oreilles les théories sur la matière invisible de l'univers, les sphères célestes et les cataclysmes cosmiques.

Le professeur avait présenté Grimpow à ses camarades sous le nom de Mathie Baumon. Il expliqua que le nouveau venu était un étudiant doué, arrivant de l'université de Berne, puis lui posa quelques questions simples sur l'astronomie. D'une voix timide, le garçon y répondit avec justesse et précision.

À la fin du cours, un autre étudiant de son âge le rejoignit dans un couloir, non loin d'un des cloîtres.

– Par la barbe d'Aristote, on peut dire que tu t'y connais en astronomie ! le félicita-t-il.

Grimpow s'arrêta, esquissant un sourire.

– Eh bien, ce n'est que...

– Oh, je te prie de m'excuser, l'interrompit son condisciple. Je ne me suis même pas présenté. Je m'appelle Kylian, Kylian Dulongval. Nous partageons la même chambre à l'hostellerie.

Kylian Dulongval était un garçon blond, mince, aux prunelles bleu vif, qui parlait en agitant les bras comme s'il chassait un essaim de guêpes voletant autour de son visage.

– Je suis ravi de faire ta connaissance, Kylian.

– Moi aussi ! Ce matin, tu dormais encore quand je suis parti et je n'ai pas voulu te réveiller. Maître Tocqueville a dit que tu avais besoin de te reposer après ton long voyage. J'imagine que tu dois avoir faim.

– Encore plus qu'un vieux renard à la saison des neiges ! avoua Grimpow en riant.

Il n'avait pas discuté aussi légèrement avec quelqu'un depuis qu'il s'était séparé de son cher ami Durlib, l'hiver dernier.

– Suis-moi, nous allons manger quelque chose au réfectoire, suggéra son nouvel ami.

Au milieu des jeunes gens en cape noire, ils parcoururent une série de galeries au plafond voûté qui donnaient sur les amphithéâtres, un autre cloître aux hautes colonnes, puis franchirent une arche qui communiquait avec le jardin de l'hostellerie. Le réfectoire se situait au rez-de-chaussée – une grande salle sobre, aux murs de pierre nue, ponctués de torches à intervalles réguliers. De nombreux étudiants avaient pris place autour des longues tables de bois.

Kylian Dulongval s'installa à une table vide. On y avait servi quelques morceaux de pain, un plat de légumes, un peu de fromage, plusieurs grappes de raisin et une jarre d'eau.

— Pourquoi as-tu fait le chemin depuis Berne pour étudier à la Sorbonne ?

— Mon maître de mathématiques est venu vivre ici, et mon père a pensé qu'il serait bon pour mes études que je l'accompagne. Au moins pendant quelque temps.

Grimpow réussit à proférer ce mensonge sans rougir, pendant que son compagnon portait une cuillerée à sa bouche.

— Peuh ! Ce plat est immonde ! s'exclama Kylian.

Grimpow goûta à son tour. Il n'avait pas mangé un plat cuisiné depuis qu'il avait quitté l'abbaye de Brinkdum et les fourneaux du frère Brasgdo.

— Ça me paraît très bon.

— Tu changeras d'avis quand tu auras goûté le ragoût de viande et le vin de la taverne de maître Grellon. Ce n'est pas très loin d'ici.

— Et toi ? Tu es à l'université depuis longtemps ?

— C'est ma première année, je veux être médecin. Mon père espérait que j'étudie le droit pour reprendre son siège au conseil de la ville de Saumur à sa mort. Mais je préfère apprendre quelque chose qui l'aidera à rester en vie.

L'explication de Kylian Dulongval plut à Grimpow. Ce garçon éveillé et bavard lui était de plus en plus sympathique. Et même s'il tentait de le dissimuler, la vérité était qu'il avait besoin d'avoir quelqu'un à qui se fier.

– Saumur ? Où se trouve cette ville ?

– Au sud-ouest de Paris, dans la vallée de la Loire. C'est une petite cité, située près du fleuve. Mais je t'assure que peu de châteaux dans le royaume sont comparables à celui de Saumur.

– En arrivant à Paris, j'ai entendu dire qu'il y avait une épidémie de choléra dans cette région.

– Je sais. Les gens meurent comme des mouches. Pourquoi penses-tu que je veuille étudier la médecine ? De plus, rien ne peut se comparer à Paris. Si le paradis existe quelque part, c'est bien ici. Une fois que tu auras découvert les merveilles de cette ville, tu ne voudras jamais en repartir.

En entendant cela, Grimpow se dit que Kylian pourrait l'aider.

– Tu connais bien la ville ?

– Comme la paume de ma main. Je pourrais parcourir ses rues et ses places les yeux fermés et revenir ici sans avoir trébuché une seule fois.

Brusquement, des cris et des sifflets s'élevèrent parmi les étudiants qui circulaient dans le réfectoire.

– Que se passe-t-il ? demanda Grimpow, étonné par ce brouhaha.

Kylian se leva et s'approcha d'une table, occupée par des jeunes gens qui semblaient fêter quelque chose, portant force toasts en levant leurs tasses d'eau. Peu après, il revint vers Grimpow.

– Le conseiller du roi est mort ! s'exclama-t-il avec la même allégresse de ses camarades.

— Pourquoi célébrez-vous sa mort ?

— Ils ont suspendu les cours ! dit Kylian, espérant que son compagnon partage son plaisir.

— D'accord, je croyais que...

Grimpow s'interrompit, ne sachant que dire.

— Nous aurons au moins deux jours de congé ! Demain, ce sont les funérailles, et après-demain, la procession d'enterrement.

— Dans ce cas, tu pourrais peut-être m'aider à trouver quelqu'un.

— Tu as de la famille à Paris ? s'étonna Kylian.

— Non, une amie. Elle vit tout près du quartier Latin.

II

Spéculations et soupçons

Quand Agnès Lebuy entra dans Notre-Dame, les cloches des tours continuaient à sonner le glas pour l'âme du défunt conseiller du roi. La nouvelle courait de bouche en bouche, on ne parlait que de cela dans tout Paris. À chaque coin de rue, sur les places, de petits groupes spéculaient à l'infini sur les causes du trépas du très redouté et très détesté Nogaret. Certains assuraient qu'il était mort tranquillement dans ses appartements pendant son sommeil, d'autres soupçonnaient un assassinat par les templiers qui avaient fui le royaume. Mais pour la plupart, la malédiction du grand maître du Temple s'accomplissait et le prochain à mourir serait le roi en personne. La sorcière de Montmartre écoutait tous ces commentaires en souriant intérieurement. Personne ne pouvait imaginer qu'elle était la meurtrière.

Un voile noir sur la tête, elle avançait dans la nef de la cathédrale. Un murmure de prières enveloppait des dizaines de cierges allumés devant l'autel, dont les petites flammes étincelaient dans l'obscurité comme un champ d'étoiles infini. Elle passa devant les luminaires et se dirigea vers la sacristie. La porte était ouverte. À l'intérieur, un clerc empilait des tuniques blanches et des chasubles pourpres qu'il tirait d'une grande armoire. C'était le chapelain de la cathédrale, un homme mince, aux traits accusés. Une chevelure blanche et drue entourait sa tonsure.

— Qu'est-ce qui vous amène ici par une journée aussi amère, jeune dame ?

— Navrée de vous déranger, mais je dois vous parler d'un sujet urgent.

— Vous avez choisi un bien mauvais moment. Comme vous pouvez le voir, je dois me consacrer aux préparatifs des obsèques du conseiller Nogaret. Dieu ait pitié de son âme ! conclut le chapelain en se signant.

— Je souhaite seulement consulter les archives de la cathédrale.

— Alors, il vous faudra voir le frère archiviste. Revenez un autre jour. Pour l'instant, tous les clercs sont au Louvre. Ils prient pour l'âme du défunt. Ils ne reviendront que pour se préparer aux funérailles.

Agnès ouvrit la petite bourse de cuir qu'elle portait à la ceinture, en tira deux pièces d'or et les tendit au chapelain.

— Prenez, mon frère. Ainsi vous pourrez prier pour le salut de nombreuses âmes.

— Oh, madame ! Malgré ces tristes circonstances, votre générosité mérite d'être récompensée, dit le prêtre en s'inclinant avec humilité pour prendre les pièces.

— J'ai besoin de découvrir le nom de l'époux d'une dame appelée Agnès Lebuy.

— Connaissez-vous la date de la cérémonie ?

— Non, je sais seulement que c'était quelques années avant 1290.

— Accompagnez-moi, je vous prie. Nous allons consulter les

archives des mariages. Nous trouverons peut-être ce que vous cherchez.

Il l'emmena dans une grande salle, près de la sacristie. Plusieurs tables étaient placées au milieu de la pièce, meublée pour le reste d'étagères chargées de gros volumes reliés de cuir. Le chapelain regarda les dates inscrites sur le dos des manuscrits et en prit un.

– Vous avez ici les mariages célébrés à Paris depuis l'année 1275. Il y a de bonnes chances que vous trouviez votre renseignement dans celui-ci.

Le chapelain posa le livre sur une des tables et alluma un petit chandelier d'argent.

– Prévenez-moi quand vous aurez terminé.

La sorcière de Montmartre s'installa et commença à examiner une à une les pages du volumineux manuscrit. Jusqu'à présent, Agnès ne s'était jamais préoccupée de l'identité de ses parents, ni de savoir pourquoi ils l'avaient abandonnée. Cependant, maintenant que la vieille Malen lui avait parlé des sorcières de la Lignée, elle ressentait un désir irrépressible d'en apprendre plus sur sa mère. La réponse à toutes les questions qui l'obsédaient depuis ce jour se trouvait peut-être dans les pages qu'elle feuilletait avec appréhension. En la circonstance, ses dons divinatoires ne lui étaient d'aucun secours. Soudain, au milieu des annotations de l'année 1288, elle découvrit une feuille arrachée.

III

Le quartier Latin

Grimpow désirait par-dessus tout revoir Sofi. Il lui avait promis de la rechercher à Paris et ferait tout ce qui était en son pouvoir pour la retrouver. Cependant, il n'était pas certain que la jeune fille partagerait ses sentiments. Aux yeux de la troupe, il était responsable de la mort de Baunach, l'oncle de Sofi. Aucun des comédiens ne voulait le revoir, en particulier Richard. La haine du cousin de Sofi avait dû grandir jour après jour et alimenter son désir de vengeance. Grimpow avait besoin de l'aide de Kylian Dulongval pour approcher discrètement la maison de Sofi. Son nouvel ami connaissait bien le quartier Latin.

– Et tu es amoureux de cette fameuse amie ? demanda Kylian, comme ils quittaient l'hostellerie.

– Euh, je ne sais pas... Je crois que nous sommes seulement bons amis, même si à la vérité, je la connais à peine.

– Par la barbe d'Aristote ! Comment peux-tu te poser la question ? C'est quelque chose que l'on sait à coup sûr. On est amoureux ou on ne l'est pas. Et si tu l'es, ton cœur bat si vite que tu es certain que tu vas en mourir d'un instant à l'autre.

– Ça t'est déjà arrivé d'être amoureux ? voulut savoir Grimpow.

Kylian le regarda comme s'il venait de lui poser une question absurde.

– Évidemment ! Je ne connais pas un étudiant à Paris qui ne soit amoureux. À qui pourrions-nous dédicacer nos poèmes ? D'ailleurs, tu devrais écrire quelques vers pour elle et lui déclarer un amour éternel... Comment s'appelle-t-elle ?

– Sofi Lascour.

Kylian prit quelques pas d'avance, puis se retourna vers Grimpow et le regarda d'un air énamouré, les deux mains posées sur le cœur.

– Oh, Sofi bien-aimée, belle comme un rubis, délicate comme un colibri et douce comme... Voyons, elle pourrait être douce comme un... chérubin, dit-il enfin en ouvrant les bras comme un troubadour.

Grimpow éclata de rire, diverti par la pantomime passionnée de Kylian :

– Pas mal, Kylian. Tu pourrais te joindre à la troupe de sa famille. Ils sont tous comédiens.

– Des comédiens ? Tu as bien dit des comédiens ?

– Exactement...

– Alors, tu peux t'estimer heureux, mon cher Mathie ! Cette jeune fille est touchée par les dons de la déesse Diane et je suis certain qu'elle attend avec impatience que Cupidon lance ses flèches d'amour vers son cœur fragile, dit Kylian avec la même théâtralité.

Entendre Kylian l'appeler Mathie déconcerta Grimpow. Il ne s'était pas encore habitué à son nouveau nom et il avait le sentiment de jouer aussi un personnage devant son ami, assumant une personnalité qui ne lui correspondait pas. Mais il se souvint à cet instant des mises en garde d'Anatole Pempius. Il se mettrait en danger si quelqu'un de l'université connaissait son vrai nom. Pour l'heure, il était donc plus sûr que Kylian continue à ignorer les véritables motifs de sa présence à Paris.

— Tu crois vraiment qu'elle est amoureuse de moi ? demanda Grimpow, poursuivant dans son rôle d'ingénu.

— Même si je ne la connais pas encore, je mettrais ma main à couper que c'est le cas... À propos, comment vous êtes-vous rencontrés ?

Pendant qu'ils cheminaient par les ruelles étroites et animées du quartier Latin, au milieu de la foule pressée qui se dirigeait vers les ponts qui reliaient l'île de la Cité et la partie est de la ville, où se trouvait le château du Louvre, Grimpow raconta à Kylian qu'il avait rencontré Sofi pendant son voyage, à une journée de Paris. Mais il ne dit rien de la bataille avec les soldats du roi. Ensuite, les deux garçons s'arrêtèrent chez les commerçants du quartier, demandant où se trouvait la maison de Goebel Lascour. Le comédien était connu, mais personne ne sut leur indiquer exactement l'endroit où il vivait.

— Tu es certain que c'est près du quartier Latin ? demanda Kylian.

— Oui, j'en suis certain. Sofi m'a dit qu'elle habitait du côté de l'université, près d'une place dont je ne me souviens plus du nom.

— Alors, essayons la place Maubert...

— C'est ça ! Maintenant que l'as dit, ça me revient.

Ils s'engagèrent dans une rue, tournèrent vers la droite, traversèrent la grande rue Saint-Jacques, passèrent devant une église, puis débouchèrent sur une place à la forme triangulaire. Une femme vendait des poissons du fleuve, alignés dans un panier en osier posé à ses pieds. Kylian se rapprocha d'elle et lui demanda où se trouvait la maison du comédien Goebel Lascour.

– C'est là-bas, après le coin de cette rue, répondit-elle en lui indiquant la direction d'un geste du bras.

Grimpow craignait que la caravane ne soit pas encore arrivée à Paris, mais la femme l'avait rassuré.

– Allons-y, ta bien-aimée Sofi se languit de toi ! dit Kylian en le tirant par le bras.

– Attends un peu, il vaudrait peut-être mieux qu'elle ne me voie pas.

IV

Maudits Templiers !

Au Louvre, la cérémonie des funérailles de Nogaret avait commencé. Allongé dans un luxueux cercueil ouvert, le cadavre du conseiller du roi reposait au centre d'une grande salle de réception, gardé par six hérauts armés de lances. Son visage exprimait la sérénité d'une mort douce. De nombreux membres de la noblesse et du clergé défilaient en silence devant la bière, veillée par un cierge allumé. Mais autour du grand salon, tous les membres de la cour, vêtus de leurs plus beaux atours, échangeaient des murmures à voix basse sur le destin fatal de l'odieux Nogaret. Sa réputation de cruauté inflexible s'était forgée plus de quinze ans auparavant, au moment où il avait commencé à persécuter les chevaliers templiers. Il avait été à l'origine de la conjuration contre le puissant ordre du Temple. À travers tout le royaume, il avait fait condamner des centaines de moines soldats au bûcher pour hérésie, après avoir obtenu leurs aveux sous la torture.

Dans un coin, loin des regards indiscrets, le roi s'entretenait avec l'inquisiteur Boulvar de Goztell.

— Avez-vous entendu ces rumeurs qui courent les rues de Paris comme une épidémie de peste ? demanda le souverain à son nouveau conseiller.

— Vous ne devriez pas prêter attention à tous ces propos absurdes, Majesté. Les médecins ont été très clairs dans leur diagnostic. Nogaret est mort de causes naturelles.

— Mais toute la ville pense qu'il a été victime de la malédiction que le grand maître de l'ordre du Temple a lancée contre nous avant de brûler sur le bûcher.

— Laissez la populace à ses superstitions, Sire. Vous êtes au-dessus de ces fariboles.

— Oubliez-vous qu'après la mort du pape et celle de Nogaret, je suis le seul survivant ? Si cette malédiction continue à s'accomplir, la mort serait aussi proche de moi que vous l'êtes maintenant.

— Faites-moi confiance, je prendrai soin de votre sécurité, Majesté. J'ai d'ailleurs de bonnes nouvelles pour vous à propos de la pierre d'immortalité.

— Que savez-vous ? L'avez-vous trouvée ?

— Pas encore. Mais je sais qu'elle est ici, à Paris.

— Les soldats envoyés par Nogaret avant sa mort sont-ils revenus ?

— Les soldats dont vous parlez ont disparu de la face de la Terre. Personne ne les a revus. Le plus probable est qu'ils sont aussi morts.

— Maudits Templiers ! Eux et le diable sont la cause de nos malheurs. Tant qu'il en reste un en vie, je ne pourrai jamais être en repos.

— Mais vous pouvez profiter de l'occasion pour donner une nouvelle leçon à vos ennemis. Il y a encore à Paris de vieux amis de l'ordre du Temple qui représentent un danger pour vous et pour votre royaume.

— De qui parlez-vous ?

Boulvar de Goztell approcha ses lèvres de l'oreille du roi et lui murmura le nom de plusieurs nobles puissants.

— Vous êtes certain de leur traîtrise ?

— Vous pourrez entendre leurs confessions quand ils seront prisonniers.

— Alors, arrêtez-les ! Arrêtez les traîtres et pendez-les tous !

V

Une promesse tenue

Le changement d'attitude de son nouveau compagnon de chambre surprit Kylian Dulongval.

– Mais qu'est-ce que tu racontes ? Alors, je peux savoir pourquoi diable nous sommes venus jusqu'ici ? demanda-t-il, planté au milieu de la place.

À cet instant, confronté au regard franc de Kylian, Grimpow sut qu'il ne pourrait continuer à mentir.

– Je dois te parler de quelque chose.

– Tu as dit que le père de Sofi était un homme bon. Pourquoi ne frappes-tu pas tout simplement à la porte pour demander à voir sa fille ?

– Je ne suis pas certain d'être le bienvenu dans cette maison. Après avoir fait la connaissance de Sofi et de sa famille, quelque chose d'horrible est arrivé et ils pensent que je suis responsable de leur malheur.

Ils s'installèrent sur un banc de pierre et Grimpow raconta l'attaque de la caravane par les soldats du roi à Kylian. Celui-ci n'en croyait pas ses oreilles. À la fin du récit, il lança un long sifflement et demanda :

– Et Sofi te déteste autant que son cousin Richard ?

– Le temps a passé, je n'ai pas la moindre idée de ce qu'elle peut avoir en tête, maintenant. C'est pour cela que je pense qu'il vaudrait mieux que tu parles avec elle, avant qu'elle me voie.

— Par la barbe d'Aristote ! Mais elle ne me connaît pas !

Cependant les réticences de Kylian furent vite balayées et ils s'empressèrent d'échafauder une stratégie qui lui permettrait de parler à Sofi en toute discrétion. Il fut convenu que Grimpow attendrait aux portes d'un monastère, quelques ruelles plus loin. Entre-temps, Kylian se posterait à un coin de la place et surveillerait la porte de la maison, guettant l'apparition de Sofi. À ce moment, Kylian l'aborderait pour lui dire que son ami Grimpow avait tenu sa promesse et l'attendait un peu plus loin.

— Grimpow ? répéta Kylian, surpris une fois de plus par les intrigues de son mystérieux compagnon.

— Elle comprendra, je t'expliquerai plus tard.

Enveloppé dans sa cape d'étudiant, Grimpow remonta la rue, cherchant le monastère que Kylian lui avait indiqué. Il aperçut rapidement le bâtiment, entouré de jardins et de vergers qui descendaient jusqu'à la rive du fleuve. De son côté, Kylian n'eut pas à patienter très longtemps. Peu après le départ de Grimpow, la porte de la maison s'ouvrit. Toutefois, ce ne fut pas une jeune fille qui en sortit, mais un homme de haute taille, à la carrure robuste, qui dut se courber pour franchir le seuil. *Sans doute le père de la belle*, se dit Kylian qui suivit l'homme du regard jusqu'à ce qu'il tourne au bout de la rue. Son cœur battait à grands coups, même s'il n'était pas l'amoureux de Sofi. Il était ravi d'avoir fait la connaissance de Mathie Baumon ou quelle que soit l'identité de son nouvel ami. Cette rencontre avait apporté à sa vie le goût d'aventure qui lui manquait. Après ce que Grimpow lui avait raconté, il brûlait d'envie d'en savoir plus sur l'histoire de son compagnon. Lui n'avait jamais assisté à une bataille, pendant que son jeune ami paraissait avoir une bonne expérience des combats, malgré son ingénuité de façade.

Soudain, la porte de la maison s'ouvrit de nouveau. Une jeune fille aux cheveux courts, habillée comme un garçon, apparut sur le seuil. Kylian fut ébloui par sa beauté. Aussi fébrile que si c'était à lui de déclarer son amour, il attendit qu'elle s'éloigne. Maintenant, il pouvait la voir de plus près, elle se dirigeait vers l'encoignure où il se trouvait. C'était elle, sans aucun doute, elle correspondait en tous points à la description de Grimpow.

Sofi sursauta en voyant un inconnu s'approcher d'elle.

– Tu t'appelles Sofi, n'est-ce pas ? dit Kylian, certain de ne pas se tromper, quand il arriva à hauteur de la jeune fille.

Sofi observa Kylian avec surprise. De toute évidence, le jeune homme était un étudiant de la Sorbonne. Mais ce n'était pas celui qu'elle espérait revoir. Aussi se limita-t-elle à hocher la tête en silence.

Kylian lui sourit.

– Ton ami Grimpow a tenu sa promesse, dit-il.

Le joli visage de Sofi s'illumina en entendant le nom de Grimpow. Puis elle craignit immédiatement qu'il ne lui soit arrivé quelque chose pour avoir envoyé cet autre étudiant avec un message pour elle.

– Où est-il ? Pourquoi n'est-il pas venu lui-même ? demanda-t-elle avec angoisse.

– Il n'est pas loin d'ici, mais avant de te voir, il voulait être sûr que tu ne le détestes pas.

— Conduis-moi près de lui, tu veux bien ? demanda Sofi avec timidité.

— Viens, il t'attend au monastère qui se trouve à quelques rues d'ici.

Sofi suivit Kylian en silence, savourant son bonheur. Un frisson d'excitation remonta son échine à l'idée de revoir Grimpow. Comment pouvait-il penser qu'elle le haïssait alors qu'il avait sauvé la vie de son père ? Même si son cousin Richard le détestait de toute son âme, le garçon n'était pas responsable du malheur qui avait frappé son oncle Baunach. De plus, ce qu'elle ressentait pour Grimpow allait au-delà de la simple affection. Ce n'était pas la première fois qu'elle tombait amoureuse et elle connaissait bien les émotions que provoquait l'amour. Mais jamais ses sentiments n'avaient été aussi forts. Dès sa rencontre avec Grimpow, elle avait ressenti le désir d'être auprès de lui, d'observer son regard tendre quand il lui parlait...

Le fil de ses pensées s'interrompit brusquement en voyant Grimpow sous le portique du monastère. Elle courut vers lui et l'enlaça. Quelques larmes furtives roulèrent sur ses joues.

— Je croyais que je ne te reverrais jamais, dit-elle.

— Par la barbe d'Aristote ! Et tu doutais de l'amour de cette belle jeune fille ? s'exclama Kylian en voyant les yeux humides de Sofi.

Grimpow et Sofi éclatèrent de rire devant les mimiques de Kylian.

— Voici Kylian Dulongval, mon compagnon de chambre à l'hostellerie de l'université. Je lui ai demandé de m'aider à te retrouver, dit Grimpow.

Kylian s'approcha de Sofi, lui prit la main et s'agenouilla comme un chevalier devant la dame de ses rêves.

— Et je me réjouis de l'avoir fait. Dans le cas contraire, mon regard aurait été privé de la joie de contempler un visage aussi avenant que le vôtre.

Il baisa la main de Sofi. La jeune fille rougit.

— Merci d'avoir aidé Grimpow, dit-elle quelque peu troublée.

— Ne fais pas trop attention à Kylian, il adore jouer la comédie.

— C'est bien vrai, répliqua celui-ci. Mais pas autant que lui. D'après ce que j'ai vu jusqu'à présent, tu n'es pas vraiment ce que tu prétends. Par exemple, tu pourrais m'expliquer pourquoi tu m'as dit que ton nom était Mathie Baumon, alors que pour Sofi tu t'appelles Grimpow.

— Alors ton vrai nom est Mathie Baumon ? demanda la jeune fille.

Grimpow se sentit pris au piège de sa propre ruse. Il n'avait jamais menti à un ami et il ne voulait pas perdre la confiance de Sofi, ni celle de Kylian. En l'absence de Salietti et de Weienell, ils étaient les seuls à qui il pouvait se fier maintenant, même s'il venait seulement de faire la connaissance de Kylian. Mais Grimpow avait l'intuition que le garçon ne le trahirait pas. Il l'avait aidé à retrouver Sofi et tous les deux appartenaient déjà à sa nouvelle existence.

— Il vaudrait mieux que je vous dise la vérité, dit-il.

— Oui, ce sera mieux, approuva Kylian. Ainsi, nous y verrons plus clair dans cet imbroglio.

Quelques instants plus tard, ils s'installèrent sur les marches du portique du monastère et Grimpow leur raconta sa véritable histoire, depuis le jour de l'hiver précédent où il avait découvert le cadavre d'un homme dans les montagnes enneigées d'Ullpens.

VI

La nuit des épées

Dans les souterrains du manoir du duc Gauthier, douze chevaliers et un moine conspiraient contre le trône de France. Boulvar de Goztell avait convaincu le roi que plusieurs nobles puissants, anciens amis des Templiers, devaient être pendus en guise de châtiment pour la mort de Nogaret. Les chevaliers réunis sous les ordres de l'inquisiteur se chargeraient cette nuit d'arrêter les « traîtres ».

Les douze chevaliers avaient revêtu leurs armures et dissimulé leurs visages sous des heaumes. Tous portaient une cape noire jetée sur les épaules. Ils siégeaient autour d'une table ovale et chacun y avait posé son épée, pointe vers le centre. Le seul à rester debout était Boulvar de Goztell, dont le visage était à peine visible sous la capuche de son habit. Plusieurs torches brûlaient sur un des murs, illuminant un étrange mot de trois lettres, gravé dans la pierre :

KÔT

C'était le nom de la société secrète que le duc Gauthier et l'inquisiteur Boulvar de Goztell se disposaient à fonder cette nuit même, avec l'objectif de s'emparer de la pierre philosophale. Ils savaient que si cette pierre restait aux mains des sages, toutes leurs croyances, leurs privilèges, leur monde et leur pouvoir disparaîtraient à jamais.

L'inquisiteur prit la parole et lut à voix haute aux douze chevaliers les statuts qui régiraient la société secrète. Ensuite, il leur demanda de prendre leurs épées et de se lever. Un à un, les douze hommes prêtèrent serment de fidélité à la société secrète. Le dernier fut le duc Gauthier. Il éleva son épée devant son visage et, après avoir embrassé sa lame effilée, proclama d'une voix solennelle :

– Je jure que cette fidèle épée luttera jusqu'à ma mort pour défendre notre foi et tranchera la tête du serpent qui se mord la queue en abattant tous les sages et tous les alchimistes qui l'adorent !

Boulvar de Goztell prit un parchemin qui portait le symbole de l'Ourobore peint au milieu et le brandit pour que tous puissent le voir. Puis il l'approcha d'une des torches et l'enflamma. Il le garda en main, jusqu'à ce que les flammes dévorent la peau, la transformant en flammèches qui se désagrégeaient dans l'air.

– Mort à l'Ourobore ! cria alors l'inquisiteur.

– À mort ! À mort ! À mort ! répétèrent les autres.

L'inquisiteur à leur tête, les douze chevaliers quittèrent le palais du duc Gauthier à cheval. Suivis par un chariot sur lequel on avait chargé une grande cage avec des barreaux de bois, ils s'arrêtèrent devant plusieurs maisons blasonnées de Paris. Ils entraînèrent avec brutalité les nobles qui y vivaient. Et au milieu des cris désespérés de leurs enfants et de leurs épouses, ils les enfermèrent dans la cage. Ceux qui opposèrent une résistance furent assassinés sans pitié. La nuit des épées avait commencé. Campé sur un robuste palefroi, Boulvar de Goztell observait ce déchaînement de violence avec orgueil. Maintenant, il était l'homme le plus puissant du royaume. Même le roi n'avait pas autant de pouvoir.

VII

Près de l'embarcadère

Grimpow et Kylian Dulongval déjeunaient au réfectoire de l'hostellerie. Ils avaient fait la grasse matinée, car les cours de la journée avaient été annulés. Ce repos supplémentaire avait été le bienvenu après la nuit précédente. Ils avaient rejoint quelques amis de Kylian et s'étaient couchés à l'aube, épuisés d'avoir arpenté les rues et les places de Paris. La veille, Sofi n'avait guère prolongé leurs retrouvailles. Sa mère l'avait chargée de faire des courses et elle ne devait pas rentrer trop tard pour éviter d'éveiller les soupçons. Elle s'était donc éclipsée, peu après la fin de l'histoire de Grimpow. Ils étaient convenus de se retrouver le lendemain avant midi, pour regarder passer le fastueux cortège funèbre du défunt conseiller Nogaret.

Ce matin-là, Kylian engloutissait son repas avec un appétit féroce, sans cesser d'interroger Grimpow sur son incroyable aventure. Il voulait en connaître chaque épisode, chaque action, chaque expérience, chaque événement, chaque fait, chaque détail... Enfin, tout ce qui lui permettrait de mieux comprendre les prodigieux récits de son nouvel ami sur la pierre philosophale ou le secret des sages. C'était si fantastique, si mystérieux et passionnant que Kylian finissait par douter de la réalité de cette histoire de Chemin Invisible. Mais si toutefois elle était réelle, il n'aurait raté pour rien au monde ce qui allait se passer à partir de maintenant. Sofi et lui aideraient et protégeraient Grimpow de tous les périls susceptibles de le menacer. Le secret des sages n'en était plus un pour eux. Grimpow pouvait être tranquille, aucun d'eux ne le trahirait.

Mais les pensées de Grimpow tournaient autour d'un autre sujet que sa propre vie. Il n'aspirait qu'à revoir Sofi, et ils devaient choisir un endroit où personne de sa famille ne risquait de les surprendre. Si Richard apprenait que sa cousine fréquentait un des hérétiques responsables de la mort de son père, il leur créerait de sérieux ennuis. La pauvre Sofi serait la première à en pâtir, ses parents lui interdiraient sans doute de le rencontrer. En conséquence, hormis Kylian, personne ne devait savoir qu'ils s'étaient revus.

— Tu crois que ce sera amusant de voir un enterrement ? demanda Grimpow avec dégoût.

— Comment peux-tu en douter ? s'exclama Kylian. Je t'assure que tous les grands nobles de Paris et des villes voisines y assisteront, malgré le mépris qu'ils éprouvaient pour Nogaret. Les chevaliers et les soldats du Louvre défileront sur leurs montures, les rues seront décorées et les gens lanceront des fleurs sur le cercueil. Ce sera un spectacle comme on n'en a pas vu dans cette ville depuis la dernière cérémonie royale. Tous voudront se montrer dans leurs meilleurs atours et exprimer au roi leurs regrets pour la perte de son conseiller bienaimé. Les maîtres et les étudiants de dernière année de l'université feront aussi partie du cortège.

— Alors, ne perdons pas plus de temps et allons-y. Sofi nous attend.

Lorsque Grimpow et Kylian arrivèrent au petit pont qui reliait le quartier Latin à l'île de la Cité, Sofi attendait à l'endroit convenu. Hommes, femmes, vieillards et enfants de tous âges et de toutes classes se pressaient en files compactes pour passer de l'autre côté.

Sofi les aperçut et sourit à Grimpow.

– Eh bien, je pensais qu'après avoir entendu l'histoire d'hier, tu ne voudrais plus jamais revoir Grimpow, lança Kylian.

– Qu'est-ce qui te fait supposer une chose pareille ? demanda Sofi.

– Parce que si tu continues à l'aimer, tu finiras par te fourrer encore dans les ennuis. Tu devrais t'intéresser à quelqu'un de moins énigmatique et de plus ordinaire. Quelqu'un comme moi, par exemple. Je veux seulement devenir médecin.

– Occupe-toi de tes affaires, Kylian ! Je suis parfaitement capable de prendre soin de moi toute seule, répliqua Sofi.

La jeune fille avait coutume de tenir tête à ses cousins et de s'en tirer avec les honneurs.

– Qu'est-ce qui te prend, maintenant ? dit Grimpow. J'ai horreur des discussions absurdes.

– Je plaisantais, tout simplement ! expliqua Kylian avec un large sourire.

– Moi aussi, ajouta Sofi en riant.

Cependant, elle soupçonnait Kylian de préférer rester seul avec son nouvel ami.

– Ce ne sera pas facile de traverser le pont, avec tous ces gens, fit remarquer Grimpow.

En réalité, il craignait de croiser un des membres de la famille de Sofi. Son père, ses oncles et ses cousins auraient peut-être aussi envie de voir le cortège funèbre.

— Venez, nous passerons ailleurs, dit Sofi sans hésiter.

Elle saisit la main de Grimpow et l'entraîna.

— Attendez-moi ! Je viens avec vous ! cria Kylian.

Il avait décidé de ne plus taquiner Sofi. En réalité, elle était fort différente de toutes les jeunes filles qu'il avait rencontrées jusqu'alors. Dorénavant, il la considérerait comme un ami de plus en essayant d'oublier qu'elle était la plus jolie fille qu'il ait jamais vue.

Se frayant un chemin à travers la foule, ils firent un détour par les rues voisines et se dirigèrent vers un autre pont qui reliait l'île à la ville. Mais, avant d'arriver, Grimpow reconnut un endroit qu'il avait déjà vu, lors de son passage par Paris avec Weienell et Salietti, sur le chemin de la cathédrale de Chartres.

— Un instant ! Un instant ! s'exclama-t-il, sans lâcher la main de Sofi.

— Que se passe-t-il ? demanda Kylian.

Grimpow désigna une maison à colombages, au fond d'une ruelle.

— C'est la maison de Gurielf Labox ! J'en suis certain.

— C'est là que vivait ton amie Weienell avec son père, avant qu'ils ne quittent Paris tous les deux ? demanda Sofi, qui se souvenait parfaitement du récit de Grimpow.

— Oui, nous avions laissé les chevaux juste ici.

Le garçon s'avança de quelques pas dans la ruelle, désigna un endroit d'un geste de la main et continua :

— Salietti s'est rapproché de la porte, il est allé prendre une clé cachée au-dessus de la corniche, pendant que Weienell et moi attendions plus loin. Nous devions passer la nuit dans la maison et récupérer quelques effets. Mais nous avons remarqué de la lumière à l'intérieur et nous sommes partis.

— Qu'est-ce que ça peut bien faire maintenant ? voulut savoir Sofi.

— Je dois parvenir à entrer dans cette maison, dit Grimpow.

Kylian paraissait perdu.

— Par la barbe d'Aristote ! De quoi diable parlez-vous ?

— Continuons, je t'expliquerai en route.

Kylian fit mine de se diriger vers le deuxième pont, bordé d'ateliers d'orfèvres et de joailliers, mais Sofi le rattrapa par le bras.

— Pas par là ! C'est pareil, il y a trop de monde. Nous traverserons en barque.

— Mais je ne sais pas nager ! protesta Kylian.

— Allons, tu ne vas pas jouer les poules mouillées, n'est-ce pas ? ironisa Sofi.

VIII

La femme surgie de la brume

De l'autre côté du fleuve, la sorcière de Montmartre était retournée voir la vieille Malen. Tout Paris s'était jeté dans les rues pour assister à la procession funèbre. Le cortège devait partir du Louvre pour rejoindre d'abord la cathédrale Notre-Dame, puis le cimetière de la Trinité, à l'ouest de la ville.

Mais Agnès n'avait nulle envie de voir le cadavre du conseiller, ni de près ni de loin. Elle se reprochait déjà assez d'avoir accepté de commettre ce crime par manque de courage. Inutile d'offrir à sa conscience une nouvelle occasion de la torturer. Pour lutter contre les remords, elle se répétait que son geste était justifié : refuser d'empoisonner Nogaret aurait entraîné sa propre exécution et personne n'aurait assisté à son enterrement. Du côté des avantages, elle était maintenant une femme respectable et pouvait prendre soin de Malen. Et si cela n'était pas suffisant, sa relation privilégiée avec Boulvar de Goztell, le nouveau conseiller du roi et grand inquisiteur de France, lui promettait un avenir de pouvoir et de richesses qui dépassait ses rêves les plus fous. Il ne lui restait plus qu'à retrouver la trace de la pierre d'immortalité et du garçon qui la portait, puis de les livrer à l'inquisiteur. Ce serait une manière de lui témoigner sa reconnaissance pour la générosité dont il avait fait preuve en la tirant des cachots de la tour du Temple.

Malen et Agnès conversaient, assises près de la fenêtre.

– Pourquoi ne viendrais-tu pas vivre dans ma nouvelle maison ? Il y a de la place pour nous deux et tu serais plus confortablement installée que dans cette baraque.

– Tu es très bonne avec moi, mais je veux finir mes jours ici. Je suis née entre ces murs et j'espère qu'ils m'abriteront à l'heure de ma mort.

Agnès prit la main osseuse et parcheminée de sa mère d'adoption.

– Allons, tu ne vas pas mourir de sitôt, dit-elle avec un sourire.

– Je sais qu'il ne me reste plus beaucoup de temps.

– Ne dis pas cela, cela me rend triste de penser que je ne te reverrai jamais.

– Ma petite fille, je ne suis qu'une gêne pour toi.

Agnès posa la tête sur la poitrine de Malen et l'enlaça comme lorsqu'elle n'était qu'une enfant et s'endormait dans ses bras. Elle se rappela les histoires que la vieille femme lui racontait près du feu.

– Parle-moi des sorcières, demanda-t-elle.

Malen lui caressa les cheveux et se mit à parler, les yeux fermés, comme si elle regardait vers un lieu reculé de sa mémoire, tissé de songes.

– Il y a très, très, très longtemps, les sorcières furent l'âme du monde. Les hommes chassaient, luttaient pour défendre leurs territoires, les femmes portaient les enfants et les élevaient. Mais la maladie et la mort les guettaient tels des fauves affamés rôdant dans les forêts. Une nuit sans lune, en un lieu très lointain, une roche ardente tomba du ciel et ouvrit un grand trou à la surface de la Terre. Les hommes pensèrent qu'il s'agissait d'un châtiment des dieux. Pris d'épouvante, ils fuirent ce lieu, comme s'ils étaient poursuivis par des démons. Pour eux, cette immense boule de feu ne pouvait apporter que du malheur à leur peuple. Un long temps passa, des siècles ou des millénaires, sans que nul n'approche du lieu maudit, masqué par une brume dense qui semblait émaner des entrailles de la Terre. Un beau jour, une femme étrange apparut dans un village voisin. Personne ne connaissait son nom, personne ne l'avait jamais vue, mais elle était si belle et délicate que tous l'accueillirent comme une déesse. Cependant, en l'entendant affirmer qu'elle avait trouvé une petite pierre magique à l'intérieur de l'endroit interdit, les habitants en vinrent à la redouter. Depuis, on l'appela « la femme surgie de la brume ».

Agnès se redressa brusquement.

— Une pierre magique ?

— Oui, ma petite fille, une pierre exceptionnelle, unique, qui émettait une lumière aussi intense que celle des étoiles.

— Et que s'est-il passé ensuite ?

— La « femme surgie de la brume » resta vivre dans ce village d'êtres primitifs. Elle leur apprit à faire le feu, à cultiver la terre, à préparer des potions avec des herbes qui soignaient les maladies, à observer le ciel et à comprendre les mystères de la vie et de la mort. Beaucoup l'aimaient pour sa sagesse, mais d'autres la craignaient à cause des pouvoirs magiques de la pierre qu'elle possédait. Avec le temps, ils cessèrent de l'appeler « la femme surgie de la brume » et l'appelèrent simplement « la sorcière », sans que personne ne connaisse la signification de ce mot. Cette première sorcière avait une marque en forme d'étoile sur l'épaule gauche. Ce signe se transmet à toutes les femmes de sa descendance.

– Les sorcières de la Lignée ! s'exclama Agnès.

– Oui, tu es la dernière héritière de cette femme extraordinaire, surgie de la brume. C'est tout ce que je sais sur elle.

Agnès resta pensive. L'histoire qu'elle venait d'entendre était bien différente de la légende que l'inquisiteur lui avait rapportée pour expliquer sa clémence. Au moins, le récit de Malen ne mentionnait ni le diable ni une quelconque parenté entre lui et les sorcières de la Lignée. D'ailleurs, la jeune femme était de plus en plus convaincue que le diable n'était qu'une invention humaine. Le pacte diabolique censé lui conférer des pouvoirs extraordinaires n'avait été qu'une farce à l'intention de l'inquisiteur.

En revanche, ce que Malen lui avait dit de la « femme surgie de la brume » et de sa pierre magique avait retenu son attention. S'agissait-il de celle que l'inquisiteur l'avait chargée de retrouver ?

– Pourquoi personne ne m'a jamais parlé de cette ancienne histoire ? Il y a quelques jours, tu as même prétendu tout ignorer des sorcières de la Lignée, demanda-t-elle en regardant Malen avec tendresse.

– Je pensais que tu n'étais pas encore prête à l'entendre.

IX

Le cortège funèbre

Des dizaines d'étendards claquaient au vent autour de la grande place du château du Louvre. La foule se pressait derrière les soldats de la garde royale alignés dans leur uniforme de cérémonie, qui maintenaient un large passage dégagé. Impossible de trouver le moindre espace libre dans la multitude qui se bousculait le long du trajet, attendant que le cortège funèbre franchisse les remparts de la forteresse pour gagner Notre-Dame.

— Venez, je sais où on pourra les voir, dit Sofi, en se faufilant dans la foule.

Un échafaudage s'élevait sur un des côtés de la place, face aux tribunes de la cour. S'ils parvenaient à y accéder, cela ferait un poste d'observation idéal. Ils se faufilèrent par les porches des maisons voisines et atteignirent rapidement les planches de bois qui montaient comme un escalier au-dessus des têtes du public. Une fois en haut, Grimpow regarda autour de lui et poussa un sifflement d'étonnement. Malgré les nuages qui encombraient le ciel, la place offrait un spectacle si coloré qu'elle semblait ensorcelée. Juché sur une fragile plate-forme, Kylian gigotait pour garder son équilibre.

— Je t'avais bien dit que ce serait amusant, dit-il.

— Regardez ! Le roi ! s'exclama Sofi.

Sur une estrade recouverte de velours bleu frappé d'une grande fleur de lys brodée en fil d'or au centre, le souverain était assis sur son trône, entouré de nobles et de chevaliers. Tous attendaient la sortie du catafalque pour se joindre au cortège. Quand Grimpow suivit des yeux la direction indiquée par Sofi, son regard s'arrêta sur la silhouette sinistre d'un moine encapuchonné, qui se tenait debout près du roi. L'inquisiteur Boulvar de Goztell ! Malgré le capuchon rabattu sur sa tête, le garçon distinguait la grande cicatrice qui lui marquait le visage. Ce moine était bien celui qui avait poursuivi pendant des années les sages de la société de l'Ourobore pour les tuer et s'emparer de la pierre. Maintenant, c'était Grimpow qu'il traquait. La proximité de cet homme lui donnait la chair de poule, mais il n'avait pas peur. La pierre était cachée en lieu sûr, il n'avait rien à craindre. D'ailleurs, il y avait peu de chances que l'inquisiteur le retrouve dans ce grand Paris, se répétait-il.

Sofi remarqua qu'il était perdu dans ses pensées.

— Que t'arrive-t-il ? Tu n'as pas l'air très content d'être là.

— Le moine qui se trouve près du roi est l'inquisiteur qui veut s'emparer de la pierre, répondit-il à voix basse.

— Par la barbe d'Aristote ! Alors, nous devrions filer avant qu'il ne te reconnaisse.

— Maintenant, je n'ai plus rien à craindre de lui. Il ignore ma présence à Paris, et je doute qu'il se souvienne de mon visage. Il ne m'a vu qu'une fois, le rassura Grimpow.

En ce moment, Salietti et Weienell lui manquaient, il aurait aimé qu'ils soient déjà de retour. Tout serait différent si ses deux amis se trouvaient près de lui. Mais ses compagnons étaient bien loin d'ici. Si un danger le menaçait, il lui faudrait se défendre seul. Cela dit, il n'avait pas à s'inquiéter pour l'instant. Boulvar de Goztell quitterait sans doute la ville après avoir assisté aux funérailles du conseiller Nogaret.

— Que se passerait-il s'il te découvrait ? demanda Sofi, quelque peu inquiète.

— Je crois qu'il m'obligerait à lui révéler la cachette de la pierre.

Effrayé, Kylian ouvrit de grands yeux.

— Tu veux dire que cet inquisiteur te torturerait et te ferait brûler sur le bûcher, comme les hérétiques ?

— Allons, Kylian, ne sois pas aussi sombre. Rien de tout cela n'arrivera, dit Sofi.

Kylian, qui ne voulait pas passer pour un oiseau de mauvais augure, préféra faire taire son pessimisme.

— Bon... Tu as peut-être raison, les héros comme Grimpow ne meurent jamais, rectifia-t-il.

Grimpow sourit. Il appréciait la manière dont Kylian parvenait à se tirer des situations délicates, mais la réalité était bien différente.

— Je ne me suis jamais considéré comme un héros. J'ai toujours su qu'il serait dangereux de porter la pierre. Si j'ai persisté, c'est pour la soustraire à la cupidité de l'inquisiteur. Si elle tombait entre ses mains, une profonde obscurité s'abattrait sur le monde. Je sais ce que je dis.

— Alors, tu peux être tranquille, cet inquisiteur n'arrivera pas à ses fins. Sofi et moi t'aiderons à découvrir le secret des sages, dit Kylian d'un ton décidé, avant de glisser un regard à la jeune fille. Pas vrai, Sofi ?

Elle hocha la tête.

– Évidemment, dis-nous ce que nous pouvons faire pour toi.

– Je ne veux pas vous mêler à mes problèmes. Ta famille l'a déjà fait une fois et ça a coûté la vie à ton oncle Baunach.

– Nous sommes tes amis, Grimpow, lui rappela Sofi. Laisse-nous prendre la décision.

Tous les trois gardèrent le silence pendant un instant, observant l'agitation de la foule plus bas. Les gens continuaient à s'amasser autour de la place, dans l'espoir de voir passer le cercueil du conseiller à la tête du cortège. La procession était sur le point de partir.

– Je crois que j'aurai besoin de votre aide pour entrer dans la maison du sage Gurielf Labox, finit par admettre Grimpow.

Sofi se réjouit qu'il ait accepté son appui, même si elle ne savait pas encore comment elle pourrait l'aider. Quant à Kylian, la perspective de s'impliquer dans la recherche du mystérieux secret des sages ne lui paraissait pas seulement inquiétante et dangereuse, mais aussi singulièrement séduisante.

– Sais-tu si quelqu'un vit dans cette maison, pour l'instant ? voulut savoir Kylian.

– C'est la première chose que nous devrons découvrir. Quand je suis venu pour la première fois à Paris avec Weienell et Salietti, il y avait de la lumière, mais nous ne sommes pas arrivés à savoir s'il y avait quelqu'un à l'intérieur.

– Je peux me renseigner pour savoir si la maison est vide ou si quelqu'un y vit. Je connais quelques personnes du quartier Latin que je pourrais interroger, dit Sofi, heureuse de se sentir utile.

Elle savait à peine lire et écrire, mais était aussi astucieuse et intrépide que n'importe quel garçon de son âge.

– Si nous pouvions rapidement être fixés sur ce point, ce

serait formidable, affirma Grimpow pour l'encourager. Mais je ne crois pas que ce soit une bonne idée d'interroger les voisins du quartier. Il vaut mieux que personne ne sache rien.

— Je comprends. Mais dans ce cas, je ne sais pas ce que je peux faire.

De son côté, Kylian Dulongval s'était livré à ses propres réflexions.

— Tu pourrais surveiller la maison à divers moments de la journée et observer si quelqu'un y entre ou en sort, proposa-t-il.

— Ce n'est pas une mauvaise idée, accepta Sofi.

Un assourdissant roulement de tambours déchira l'air. Plusieurs hérauts franchirent d'un pas lent la grande porte de la muraille du Louvre, annonçant le début de la procession.

X

L'obsession d'Agnès

L'histoire de la « femme surgie de la brume » avait alimenté les réflexions d'Agnès. Si ces faits étaient réels, la pierre magique de cette première sorcière ne faisait peut-être qu'une avec celle qui se trouvait maintenant en possession de ce fameux garçon. Depuis que l'inquisiteur l'avait chargée de localiser l'Essence du Mystère, Agnès avait perçu un lien inexplicable qui l'unissait au minéral. Elle était encore incapable d'expliquer cette attraction étrange et invisible. Cependant, si elle était la dernière sorcière de la Lignée, comme l'avait affirmé Malen, tout ce mystère commençait à prendre une signification. C'était peut-être pour cette raison qu'elle ressentait la présence de la pierre et avait pu la voir dans ses visions avec la même netteté que si l'objet était à portée de main. La pierre se trouvait à Paris, c'était certain. En revanche, pourquoi avait-elle perdu sa trace et celle du jeune porteur de l'Essence du Mystère ? C'était comme si tous deux avaient disparu dans les entrailles de la Terre.

Toutefois, la véritable obsession d'Agnès n'était pas la pierre, mais sa mère. Elle avait besoin d'en savoir plus sur la première Agnès Lebuy et Malen était la seule à pouvoir l'aider.

– Ce matin, j'ai consulté les archives des mariages à Notre-

Dame pour tenter de découvrir le nom de l'époux de ma mère, dit-elle.

Malen lui jeta un regard surpris. La lumière du jour qui filtrait par la fenêtre était suffisante pour lui permettre de distinguer le visage d'Agnès, estompé par la pénombre.

— Et tu l'as trouvé ?

— Non, j'ai seulement découvert qu'une page du registre des mariages avait été arrachée.

— Tu sais bien qu'il n'est pas bon de rouvrir une blessure cicatrisée.

— Je le sais. Mais je veux connaître le vrai passé de ma mère. C'est la seule manière de savoir enfin qui je suis vraiment...

— Tu es une sorcière de la Lignée, cela ne te suffit pas ?

— Non, j'ai besoin de savoir qui elle était réellement.

La vieille Malen hésita, mais finit par se décider à parler :

— Ta mère était une femme extraordinaire. Je n'ai jamais connu quelqu'un comme elle. C'était la fille unique d'une famille noble de Paris. J'ai assisté à sa naissance, comme à la tienne, plus tard. À cette époque, j'étais presque aussi jeune que toi, mais j'aidais déjà les femmes en couches à mettre leurs enfants au monde. Ta grand-mère était une femme forte, pleine de détermination. C'est elle qui m'a enseigné à préparer la plupart des potions curatives que je connais. C'était une grande dame, mais elle avait installé un laboratoire alchimique dans sa maison et passait de longues heures à observer le ciel et ses étoiles. À l'entendre, ses ancêtres vivaient dans un château qui s'élevait sur une de ces étoiles. C'est ta grand-mère qui m'a raconté l'histoire de la « femme surgie de la brume ». Je ne l'avais pas crue, mais, quand ta mère est née, j'ai pu voir la marque d'une petite étoile sur son épaule gauche, identique à celle qu'avait sa grand-mère et que tu as aussi. À l'époque, elle m'avait aussi parlé de sa mère et de la mère de sa mère. Sa propre grand-mère était une princesse d'Orient, tombée amoureuse d'un chevalier français durant la première croisade en Terre sainte.

– Alors, les ancêtres de ma mère ne venaient pas de France ?

– Non, ils étaient de Jérusalem.

– À quand remonte cette histoire ?

– À plus de deux cents ans. Cette princesse, qui fut aussi une sorcière de la Lignée, épousa son chevalier et vint vivre en France. Elle était si savante que les hommes les plus érudits de Paris l'admiraient. À la même époque, apparut la légende du trésor que neuf chevaliers templiers ont transporté de Jérusalem. En fait, il ne s'agissait pas vraiment d'un trésor, mais d'une chose différente. Quelque chose qui, comme la pierre magique, était entre les mains des sorcières de la Lignée depuis des milliers d'années. Cette ancêtre qui venait d'arriver en France et d'autres sages qui appartenaient à une société secrète appelée l'Ourobore décidèrent de le rapporter à Paris.

– L'Ourobore ? répéta Agnès sans comprendre.

– L'Ourobore est le symbole du serpent qui se mord la queue.

Agnès saisit le médaillon qu'elle portait autour du cou depuis son adolescence et le regarda avec surprise. Le motif gravé représentait un serpent qui se mordait la queue en formant un cercle parfait. Elle avait toujours ignoré la signification de ce symbole mais au moins maintenant, elle avait une piste. Cependant, Malen ne lui avait pas encore parlé de ce qui lui importait le plus en cet instant.

– Qui était l'époux de ma mère ?

– Je t'en ai déjà trop dit, ne me demande pas de trahir les

désirs de ta mère. J'ai juré sur son lit de mort que je ne te dirais jamais rien sur cet homme.

– Maintenant, il est trop tard pour me le cacher, tu ne crois pas ?

– Oublie cet homme, Agnès, écoute-moi. Ta mère ne l'a jamais aimé, mais il l'a forcée à l'épouser.

– Que veux-tu dire ?

– Comme je te l'ai déjà raconté, c'était un noble très proche du roi. Il était avide et impitoyable, comme tant d'autres qui ambitionnent de s'emparer de la couronne de France. Il a rencontré ta mère à l'occasion d'une chasse et a été ébloui par sa beauté. Ce n'était pas le seul. De nombreux prétendants puissants lui offraient leur amour et lui promettaient tous les trésors de la Terre. Mais ta mère n'a jamais fait cas des richesses. La famille de ta grand-mère avait assez de fortune pour qu'elle n'ait pas à se préoccuper de son avenir matériel. Ta mère était fort différente des autres dames de la cour, ses uniques passions étaient l'alchimie et l'astronomie qu'elle étudiait en secret dans le laboratoire de sa maison. Cependant, cet homme s'est mis à la courtiser sans répit, utilisant toutes les ruses à sa portée pour obtenir son amour. Il l'a fait surveiller jour et nuit sans qu'elle le soupçonne, et il a soudoyé quelques serviteurs de ta grand-mère pour qu'ils espionnent chacun des mouvements de ta mère. Un beau jour, il est venu lui rendre visite et lui a proposé de l'épouser. Lorsqu'elle a refusé, il a menacé de la dénoncer à l'Inquisition pour pratique de la sorcellerie et des arts magiques. Ta mère a accepté de devenir son épouse plutôt que d'être torturée et conduite au bûcher. Peu de temps après, tu es née et elle est morte.

– Et que sais-tu de mon vrai père ?

– Rien, je te l'assure. Ta mère ne m'a jamais parlé de lui. Elle a emporté ce secret dans la tombe.

Agnès ne doutait pas des paroles de Malen, mais elle insista, néanmoins.

– Je t'en prie, donne-moi le nom de l'époux de ma mère. Je dois le savoir ou je deviendrai folle.

– Je t'ai déjà dit tout ce que je pouvais te révéler, ma petite fille. Cependant, il existe peut-être un moyen de t'informer sans que je rompe mon serment. Mais d'abord, promets-moi que tu n'iras jamais le voir.

– Tu sais que tu peux te fier à ma parole.

– Si cet homme apprend que tu es vivante, il n'hésitera pas à te tuer.

– Ne t'inquiète pas pour moi, je ne suis pas aussi stupide.

Malen fixa Agnès dans les yeux comme si elle pouvait lire dans ses pensées.

– Parmi la noblesse de Paris, ta mère avait une amie à qui elle se fiait entièrement. Cette femme pourra te parler de ce que je ne peux pas te dire. Elle s'appelle Mme de Châtelet.

XI

Les échos de la terreur

Allongés sur leurs couchettes, Grimpow et Kylian Dulongval ne parvenaient pas à trouver le sommeil. Dans l'obscurité de la petite chambre, Grimpow rapportait à son compagnon sa conversation avec Anatole et Edmond quelques heures plus tôt. En tant que recteur de l'université, Edmond de Tocqueville avait assisté à l'enterrement de Nogaret. Les nouvelles qu'il rapportait de la cour n'avaient rien d'encourageant. Au moins une dizaine de nobles avaient été arrêtés et accusés de trahison envers la couronne. Parmi eux, figuraient de vieux amis des Templiers. Mais les deux professeurs étaient certains que les accusés étaient totalement innocents, aucun d'eux ne représentait un danger pour le souverain.

— L'inquisiteur Boulvar de Goztell, appuyé par douze chevaliers dont on ignore l'identité, a voulu venger la mort de Nogaret. Maintenant, il est le nouveau conseiller du roi, expliqua Tocqueville, sans cacher son inquiétude.

— Je l'ai vu sur la tribune royale, mais je n'ai pas eu peur, révéla Grimpow.

— Nous devons trouver le secret des sages avant qu'il ne soit trop tard. Boulvar de Goztell ne tardera pas à convaincre le roi d'en finir également avec les maîtres de l'université et leurs théories hérétiques. Alors, tous les obstacles seront aplanis et son complot réussira, souligna Anatole Pempius.

– Mais l'inquisiteur ne retrouvera jamais la pierre. Il ne sait pas que nous sommes à Paris, dit Grimpow.

Anatole hocha la tête en signe d'assentiment.

– En effet, c'est ce qui nous laisse une petite chance. Nous devons nous hâter de déchiffrer l'énigme du pentagone magique. Si la pierre tombe entre les mains de Goztell, tout sera perdu pour toujours.

– J'ai l'intention de résoudre ce mystère aussi vite que possible.

Grimpow était loin d'éprouver l'assurance que son expression déterminée laissait supposer.

Cette nuit-là, sous le couvert de l'obscurité, il pouvait bien admettre que peu après avoir posé la pierre au creux de la paume du corps inerte qui reposait dans la bibliothèque souterraine de l'université, il avait banni le pentagone magique et le secret des sages de ses pensées. Cependant, puisqu'il pouvait compter sur l'aide de Kylian et de Sofi, il était maintenant décidé à poursuivre ses recherches tant qu'il lui resterait un souffle de vie.

Grimpow entreprit de décrire à son ami le dessin du pentagone magique et les mots qui apparaissaient au centre et à chacun des angles. La figure n'était guère difficile à imaginer.

– Tu tiens toujours à entrer chez Gurielf Labox ? demanda Kylian. Qu'espères-tu trouver là-bas ?

– Aucune idée. Mais le père de Weienell a peut-être caché des informations qui nous donneraient les clés de cette énigme.

– Il pourrait être dangereux de pénétrer dans cette maison si quelqu'un y vit.

— J'espère que Sofi pourra découvrir quelque chose qui nous aidera, dit Grimpow.

Lui aussi s'inquiétait à l'idée d'être surpris à l'intérieur de la maison comme de vulgaires voleurs, mais il n'y avait aucune autre solution. Il devait absolument élucider la signification cachée du pentagone magique. Bien sûr, la pierre aurait pu lui être utile dans cette recherche, mais il valait mieux qu'elle reste dans sa cachette. La main fantomatique rôdait encore.

— Tu as déjà embrassé une fille sur la bouche ? demanda Grimpow à Kylian pour se distraire de ces pensées angoissantes.

— Une seule fois. Je t'assure que c'était une sensation inoubliable. C'était comme embrasser un fruit juteux et suave. Mais, par la barbe d'Aristote, d'où te vient cette question ?

— Je pensais à Sofi.

Un silence suivit. Le ululement d'une chouette qui nichait dans le jardin de l'hostellerie passa par la fenêtre ouverte.

— Alors, tu ne l'as pas encore embrassée ?

— Non... Je ne sais pas comment m'y prendre.

— Il te suffit d'approcher tes lèvres des siennes, le reste est facile, dit Kylian en bâillant.

Il s'agita, cherchant une position confortable qui l'aiderait à trouver le sommeil.

Grimpow ferma les yeux et, peu à peu, sombra à son tour.

Le lendemain matin, les échos de la terreur qui avait frappé Paris en représailles de la mort de Nogaret se répandirent dans les couloirs et les cloîtres de l'université. Les étudiants ne parlaient pas d'autre chose. Le châtiment des traîtres serait le gibet.

Au milieu de cette agitation, Grimpow et Kylian se dirigeaient vers leur cours d'arithmétique.

– Tu n'as tout de même pas l'intention d'assister à l'exécution de ces nobles, n'est-ce pas ? s'inquiéta Grimpow.

– Et pourquoi pas ? Je n'ai jamais vu personne mourir pendu. Je veux savoir comment se produit la mort par asphyxie.

Certaines images indésirables s'imposèrent à l'esprit de Grimpow, souvenirs d'une époque passée qu'il aurait aimé ne jamais revivre. Il frissonna.

– Moi, je l'ai déjà vu et je t'assure que ce n'est pas une mort agréable.

Kylian sourit avec orgueil, Grimpow oubliait qu'il souhaitait être médecin !

– Par la barbe d'Aristote ! Si la médecine existe, c'est parce que la mort existe, et je m'intéresse à tout ce qui s'y rapporte. Si ces nobles sont pendus en public, je ne suis pas disposé à perdre cette « leçon magistrale » sur l'agonie de plusieurs hommes sur le gibet. Ce genre de choses ne s'apprend pas à l'université.

– Alors, il faudra que tu y ailles seul. Je ne tiens pas à assister à cette leçon sur la brutalité humaine et son mépris pour la vie, dit Grimpow.

En classe d'arithmétique, un maître d'âge moyen à la mine renfrognée leur expliqua la manière de résoudre des problèmes de proportions et d'équations en appliquant les théories du mathématicien Fibonacci. Grimpow comprenait sans difficulté les formules que le professeur inscrivait sur un grand tableau, mais il avait aussi conscience d'analyser ces problèmes avec moins de facilité qu'au moment où il portait la pierre.

L'objet ne modifiait pas sa perception de la réalité, pas plus qu'il ne le transformait en un être unique et invincible, capable d'affronter tous les défis qui se présentaient. Mais quand l'Essence du Mystère était suspendue à son cou ou lorsqu'il la tenait, il avait l'impression que son esprit se dilatait au-delà des limites de la connaissance. À cet instant de ses méditations, il craignit de ne pas être capable de résoudre l'énigme du pentagone magique sans la pierre. Avec elle en son pouvoir, il récupérerait l'assurance qu'il pensait avoir perdue. Toutefois, une petite voix intérieure lui répétait avec insistance de n'en rien faire. Il fallait laisser la pierre en place, sous peine de voir la main fantomatique de ses songes réussir à s'en emparer.

Même s'il tentait de se concentrer sur les explications mathématiques du professeur, Grimpow ne cessait de penser au pentagone magique et à la manière de le résoudre. Soudain, une idée surgit dans son esprit et il dessina un pentagone sur un des parchemins qui lui servaient à prendre des notes.

Puis il traça quelques lignes à l'intérieur et les remplit d'encre noire.

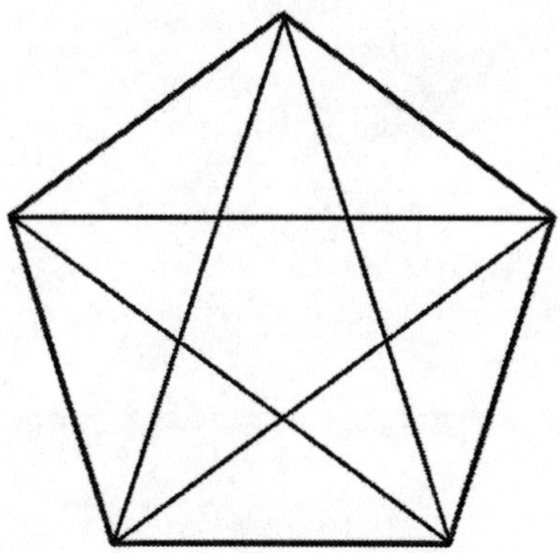

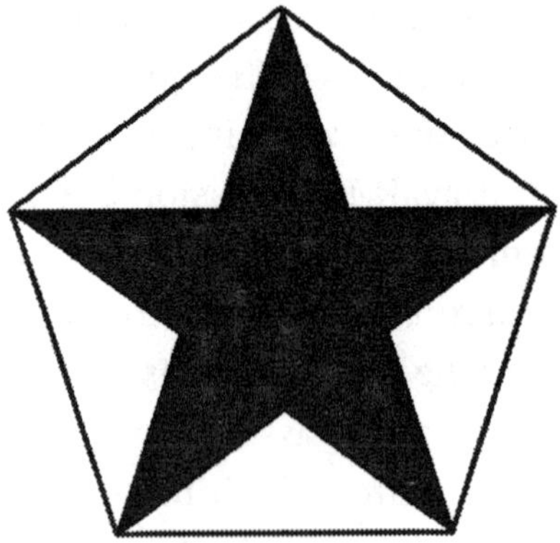

Une étoile à cinq pointes apparut à l'intérieur du pentagone, aussi parfaite que celle qui marquait l'épaule du cadavre de la femme morte depuis des milliers d'années.

XII

Les yeux du chat

Les deux garçons avaient rendez-vous avec Sofi à la tombée du jour, près de l'embarcadère, non loin de la maison de Gurielf Labox. La lumière du soleil couchant éclatait en mille reflets dorés à la surface du fleuve, quelques barques se balançaient au gré des vaguelettes soulevées par une brise légère qui soufflait du sud, enflant les voiles des embarcations qui entraient et sortaient du port.

Sofi arriva un peu en retard.

— Tu as découvert quelque chose, Sofi ?

À l'arrivée de la jeune fille, Kylian, tout à son impatience, ne l'avait même pas saluée avant de s'enquérir des résultats de sa mission.

— Plus que tu ne peux imaginer.

— Quelqu'un vit dans la maison ? renchérit Grimpow, aussi pressé que son ami.

— Elle est occupée par une dame jeune et élégante, qui se couvre la tête d'un voile de soie quand elle sort.

Fière du résultat de ses recherches, Sofi avait envie de céder au plaisir de raconter ses aventures par le menu. Elle distillait donc ses informations, attendant que ses amis l'interrogent.

— Et tu l'as suivie ? demanda Kylian qui ne parvenait pas à cacher sa nervosité.

— Tu aurais pu le parier. Hier soir, je suis allée à la maison et j'ai attendu un moment. La dame est sortie avec un panier au bras...

— Un panier ! Laisse tomber ce genre de petits détails, Sofi ! Nous n'avons pas toute la journée pour écouter ce que tu as à dire, s'agaça Kylian.

— Laisse-la continuer, intervint sèchement Grimpow. Ces petits détails, comme tu dis, peuvent avoir un intérêt.

— D'ailleurs, le panier a son importance, souligna Sofi. Je crois que la dame apportait des provisions à une vieille sorcière qui vit de l'autre côté du fleuve, dans le quartier du port.

Kylian ouvrit de grands yeux.

— Une vieille sorcière ?

— Oui, c'est bien ce que j'ai dit. La vieille s'appelle Malen et vit seule depuis que sa fille a été brûlée l'an passé, avec d'autres sorcières de Montmartre. Elles étaient accusées de célébrer le sabbat dans le bois de Loudun.

— Par la barbe d'Aristote !

— Mais ce n'est pas tout. Ce soir, je suis retournée surveiller la maison avant de vous rejoindre et la dame est repartie rendre visite à la sorcière.

— Sais-tu combien de temps elle s'absente chaque soir ? demanda Grimpow.

— Hier, elle est restée chez la sorcière jusqu'à la nuit tombée. Et aujourd'hui, elle avait aussi un panier. À mon avis, elle va voir la vieille femme chaque soir à la même heure pour lui porter son dîner.

— Alors, nous avons le temps de visiter la maison, déclara Grimpow.

Kylian n'était pas rassuré, une terrible malédiction protégeait peut-être la demeure des intrusions.

— Et si cette femme est aussi une sorcière ?

— Je t'ai déjà dit que c'est une dame, tu n'as rien à craindre de ses pouvoirs magiques, dit Sofi.

Grimpow regarda Kylian pour le rassurer.

— Vous n'êtes pas obligés d'entrer. Quelqu'un doit surveiller la rue, au cas où cette dame reviendrait plus tôt que prévu.

— Je t'accompagne ! lança Sofi sans hésiter.

— Et toi ? demanda Grimpow à Kylian.

— Eh bien, ce n'est pas que j'aie peur, mais il vaut mieux que je fasse le guet dehors. Si la dame revient, vous entendrez un sifflement prolongé et je l'aborderai pour vous laisser le temps de vous sauver.

Lorsque les lanternes des tavernes s'allumèrent et que celles-ci commencèrent à se remplir, les trois compagnons quittèrent l'embarcadère. De nombreux étudiants de l'université déambulaient dans les ruelles du quartier Latin. Ils s'attroupaient en petits groupes bavards au coin des rues, ou cherchaient simplement un endroit tranquille pour dîner et passer un moment loin des livres et des amphithéâtres.

La pénombre commençait à s'emparer de la ville et la rue où vivait autrefois Gurielf Labox était déserte à cette heure. Les trois amis s'approchèrent de la maison et explorèrent les alentours du regard pour s'assurer que nul ne les observait. Sofi s'accrocha à la corniche de la porte et l'escalada lestement. Puis elle dénicha la clé cachée dans la partie supérieure, pendant que Kylian et Grimpow suivaient ses déplacements avec anxiété. Ils auraient été bien incapables de faire preuve d'une telle agilité. Les mains de Sofi semblaient s'accrocher à la pierre tels des doigts de lézard.

La clé en main, la jeune fille regagna le sol d'un bond et ouvrit la porte. Elle laissa passer Grimpow et le suivit à l'intérieur, où régnait un silence sépulcral. La lumière était encore suffisante pour qu'ils puissent se dispenser de bougie.

– Tu sais ce que nous cherchons ? questionna Sofi, qui se demandait par où commencer.

– Pas encore, mais préviens-moi si quelque chose attire ton attention.

Un petit vestibule s'ouvrait devant eux. La cuisine se trouvait sur la droite, face à une salle meublée d'une grande table, entourée de banquettes et de quelques fauteuils. Au fond, une porte ouvrait sur la cour de derrière, près d'un escalier qui conduisait aux étages supérieurs.

– Le laboratoire et la bibliothèque de Gurielf Labox sont dans le grenier. Sa fille Weienell et Salietti m'ont parlé de cette partie de la maison. Ils observaient le ciel de là-haut quand ils vivaient ici, expliqua Grimpow.

Il ne pouvait réprimer le tremblement nerveux de sa voix.

Les deux jeunes gens gagnèrent la partie supérieure de la maison sans s'arrêter dans les chambres. Sur le palier, un autre petit escalier en colimaçon menait au grenier. La porte était fermée. Grimpow la poussa lentement, comme s'il hésitait à profaner ce lieu, maintenant livré au silence, où Weienell et son père avaient passé la majeure partie de leurs existences.

Quand ils entrèrent dans la pièce, Grimpow éprouva l'étrange sensation d'être observé par une présence fantomatique. Il fut parcouru d'un frisson. C'est alors qu'il vit les yeux jaunes d'un chat noir qui le fixait, assis sur le rebord d'une des fenêtres du grenier.

— Pauvre animal, on dirait que ça ne lui plaît pas de rester tout seul ici, dit Sofi.

Elle s'approcha du félin avec l'intention de le caresser.

— Fais attention, ces chats noirs sont aussi farouches et traîtres que des possédés, la mit en garde Grimpow.

Mais Sofi l'ignora et avança lentement la main, jusqu'à toucher le doux pelage sombre. Le chat miaula et s'étira pour mieux accueillir la caresse. La jeune fille le prit dans ses bras d'un geste tendre.

— Je me suis toujours bien entendue avec les chats, ils savent distinguer les gens.

— On dirait qu'il ne te considère pas comme une étrangère, admit Grimpow.

Il ne cessait de regarder de tous côtés, fasciné par cet endroit rempli de manuscrits, de cartes célestes et de toutes sortes d'instruments et d'ustensiles pour observer le ciel. Dans un coin, il découvrit un petit laboratoire alchimique.

— Qu'est-ce que c'est ? demanda Sofi.

D'un geste du menton, elle désigna un objet métallique et brillant, sans cesser de caresser le chat. Grimpow s'en approcha.

— C'est un télescope, un instrument astronomique que Gurielf Labox utilisait pour observer les étoiles.

Poussée par la curiosité, Sofi montrait tous les objets dont l'usage lui échappait. Avec obligeance, Grimpow lui donnait le nom de chaque instrument et expliquait son fonctionnement : astrolabes, sphères armillaires, sextants, miroirs, compas... De nombreux parchemins étaient déroulés sur une table ronde, mêlés à des tables planétaires, des cartes célestes et des dessins exécutés par Gurielf Labox. Grimpow en montra un particulièrement réussi à Sofi. C'était la reproduction d'une sphère armillaire, que les professeurs utilisaient pour enseigner à leurs étudiants les mouvements des planètes, des satellites et des étoiles autour de la Terre.

— Comment en sais-tu autant sur ce sujet ?

L'étendue des connaissances de Grimpow éveillait l'admiration de Sofi.

— Pendant mon séjour à l'abbaye de Brinkdum, j'ai étudié l'astronomie avec le frère Rinaldo de Metz. Ce n'est pas très difficile à comprendre lorsqu'on a un bon maître.

Le garçon passa aussi le bout des doigts sur le dos des manuscrits qui garnissaient les étagères, comme s'il cherchait à détecter la moindre vibration, la plus légère sensation tactile, si faibles soient-elles. Il était persuadé qu'en se concentrant sur ces perceptions, il trouverait une piste qui l'aiderait à déchiffrer le pentagone magique. Mais, malgré ses efforts, il n'arriva à aucun résultat probant. S'il avait porté la pierre, nul doute qu'elle se serait illuminée à l'approche du moindre objet en relation avec elle.

— Nous devrions partir avant le retour de la dame, dit-il, l'air découragé.

Sofi fut touchée par la déconvenue de Grimpow.

— Ce que tu cherches est peut-être caché dans une autre partie de la maison. Si tu veux, nous pouvons revenir demain.

— Je crois que ça vaudrait mieux.

— Tu es déçu ?

— Seulement un peu. Je pensais trouver un indice qui m'aiderait à résoudre l'énigme du pentagone magique, reconnut le garçon.

Il se força à lui adresser un léger sourire. Pas question que Sofi le prenne en pitié !

Ils redescendirent l'escalier en colimaçon et Grimpow s'arrêta sur le palier. Soudain, une sensation étrange le poussa vers une des pièces. C'était la chambre de la dame, mais aussi celle que Weienell avait occupée pendant des années. Le visage de son amie et celui de Salietti s'imposèrent à lui. Un bref instant, il se demanda où ils se trouvaient et s'ils seraient bientôt réunis tous les trois. Cependant, l'étrange sensation s'accentuait, comme pour l'avertir qu'une invisible et mystérieuse essence l'appelait à grands cris. Lorsqu'il franchit le seuil, son regard fut immédiatement attiré par une petite table, près du lit à baldaquin. Un livre y était posé, rédigé dans un alphabet symbolique qui lui était familier.

XIII

Mme de Châtelet

Plus tôt dans l'après-midi, Agnès Lebuy avait rendu visite à cette amie de sa mère dont Malen lui avait révélé l'existence la veille. Mme de Châtelet vivait dans un luxueux manoir de l'île de la Cité, facilement identifiable grâce à ses deux tours pointues qui surplombaient le pont de Saint-Denis. Agnès avait revêtu sa plus belle robe et posé un voile doré sur ses cheveux. Malen lui avait conseillé de montrer le médaillon du serpent qui se mordait la queue à Mme de Châtelet. Elle le reconnaîtrait et ainsi, ne douterait pas de l'identité d'Agnès. Cela dit, d'après la vieille sorcière, il suffirait à la dame de la regarder dans les yeux pour savoir que sa visiteuse était la fille d'une sorcière de la Lignée, tant leur ressemblance était grande.

Un serviteur vêtu d'un pourpoint aux couleurs éclatantes ouvrit la porte de l'hôtel particulier, puis s'inclina légèrement devant la belle dame qui attendait dehors et lui demanda ce qu'elle désirait.

– Je souhaite voir Mme de Châtelet, dit la jeune femme.

– Je suis au regret, mais madame est très occupée et n'a pas prévu de recevoir de visiteurs avant quelques jours. Je vous prie de l'en excuser.

— Je dois absolument lui parler, il est très important qu'elle me reçoive aujourd'hui. Dites-lui que c'est son amie Agnès Lebuy qui m'envoie la voir, insista la jeune femme.

Le majordome l'invita à entrer d'un geste aimable de la main.

— Entrez, je vais voir ce que je peux faire pour vous.

Il referma la porte et la pria d'attendre dans l'entrée. Agnès contempla le vaste vestibule circulaire. Le plafond voûté, reposant sur de hautes colonnes rondes, était décoré de fresques représentant des paysages et des personnages mythologiques. Au centre de l'espace, un large escalier se divisait en deux, sous des vitraux aux couleurs vives, en forme d'ogive, comme ceux de Notre-Dame.

Le majordome revint peu après.

— Suivez-moi, je vous prie. Madame vous attend dans son cabinet.

Agnès était à la fois intriguée et émue. La personne qu'elle allait rencontrer avait le même âge que sa mère. Elle devinait aussi que la première Agnès Lebuy était souvent venue dans cet endroit et avait foulé les marches de ce grand escalier. Un bref instant, elle imagina que ce n'était pas elle qui se trouvait là, mais sa propre mère, que le temps n'avait pas passé, que sa mère n'était pas morte et qu'elle-même n'était pas encore venue au monde.

À l'entrée d'Agnès dans son cabinet, Mme de Châtelet crut voir surgir le fantôme de son amie défunte.

— Oh, mon Dieu ! C'est impossible...

Mme de Châtelet porta la main à sa bouche comme pour contenir sa stupéfaction.

— Je suis Agnès, la fille d'Agnès Lebuy, confirma la jeune femme.

– Je sais, je sais… Mais j'étais persuadée que tu étais morte à la naissance… murmura Mme de Châtelet, qui n'en croyait pas ses yeux.

– Une femme appelée Malen s'est occupée de moi en gardant le secret sur mon identité.

La dame se leva, s'approcha d'Agnès et l'étreignit avec tendresse, sans pouvoir contenir ses pleurs. Puis elle caressa le visage de la jeune fille et sécha ses larmes.

– Tu es aussi belle que ta mère et les mêmes astres brillent dans ton regard.

Elle lui prit la main et l'entraîna vers deux fauteuils surmontés d'une tapisserie délicatement brodée de bleu et d'or. Agnès l'examina avec curiosité.

– C'est ta mère qui m'a offert cette tapisserie, elle l'a brodée elle-même. Elle représente la Terre, les quatre éléments qui la composent, terre, feu, eau et air. La planète est entourée des douze constellations du zodiaque. Mais viens donc, assieds-toi près de moi, nous avons beaucoup à nous dire.

Malgré le bonheur exprimé à la voir, Agnès percevait une profonde mélancolie dans les paroles de Mme de Châtelet, comme si une atroce souffrance lui tenaillait le cœur.

XIV

La dernière étoile

Sofi et Grimpow sortirent de la maison ; le garçon portait le livre sous le bras. Kylian attendait toujours dehors, sans quitter des yeux l'endroit par où pourrait arriver la dame que Sofi lui avait décrite comme une belle femme vêtue avec élégance, à la tête recouverte d'un voile de soie. Heureusement, personne ne s'était montré depuis que ses deux compagnons étaient entrés dans la maison. Lorsqu'il les vit arriver, il poussa un soupir de soulagement.

– Par la barbe d'Aristote ! Je pensais que vous ne sortiriez jamais, protesta-t-il en faisant de grands gestes.

– Trêve de jérémiades, Kylian. Nous ne sommes pas restés là-dedans si longtemps, répliqua Sofi.

– Ça m'a semblé un siècle. De plus, la nuit est tombée.

– Ça n'a pas été non plus une partie de plaisir pour nous, lui précisa Grimpow.

– Au moins nous avons trouvé quelque chose d'intéressant, murmura Sofi.

Kylian la fixa d'un œil incrédule.

– C'est vrai ?

– Regarde toi-même, dit Grimpow en lui montrant le manuscrit qu'il venait de prendre dans la maison.

— Tu l'as volé ? demanda Kylian.

— Non. Seulement emprunté.

Cela dit, Grimpow n'avait pas l'intention de le rendre. Ce livre n'appartenait pas à la dame inconnue qui vivait dans la maison, mais à l'ancien maître des lieux, le sage Gurielf Labox. Le garçon comptait remettre l'ouvrage à Weienell lorsqu'il la reverrait.

Ils s'éloignèrent de la maison et repartirent vers l'embarcadère. Les lanternes des tavernes donnaient assez de lumière pour leur permettre de jeter un œil sur le mystérieux manuscrit, avant que Kylian et Grimpow ne quittent Sofi pour repartir vers l'hostellerie de l'université.

— Tu peux comprendre ces signes ? demanda Kylian.

Le jeune étudiant ne cessait d'être surpris par tout ce qu'il avait vu et entendu depuis qu'il fréquentait Grimpow.

— C'est un type de symboles runiques utilisés par les sages de la société de l'Ourobore pour coder leurs messages et leurs études sur le cosmos. J'ai déjà vu d'autres caractères comme ceux-là en parcourant le Chemin Invisible.

— Et que raconte ce livre ? voulut savoir Sofi.

Il se faisait tard et elle ne devait pas tarder à regagner sa demeure. Dans le cas contraire, sa mère remarquerait son absence et la criblerait de questions à son retour. Sofi pouvait sortir librement, mais il y avait certaines limites.

En dépit de la faible luminosité, Grimpow lisait avec rapidité. Les trois compagnons étaient impatients d'en savoir plus sur le texte crypté du manuscrit. Ils ne doutaient pas d'y trouver la solution de l'énigme du pentagone magique.

— Le manuscrit s'intitule *Ouro : la dernière étoile* et parle d'une galaxie située aux confins de l'univers. Son étoile la plus brillante est Ouro, formée d'une infinité de cristaux de bore.

– Et que diable peut bien être le bore ? demanda Kylian.

Il préférait entendre quelque chose de plus intéressant qu'une nouvelle leçon d'astronomie.

– Selon ce qui se dit ici, il s'agit d'une poudre stellaire très brillante, qui produit une lumière différente de celle du soleil.

– Comme la lumière de la pierre ? demanda Sofi.

Elle se souvenait de la lueur bleue qu'elle avait vue surgir de la main de Grimpow, lorsqu'il lui avait montré l'Essence du Mystère, cette nuit où ils avaient regardé les étoiles.

– Je crois que tu as raison. Le manuscrit parle d'un gros rocher ardent qui s'est abattu sur la Terre, il y a des milliers d'années, et qui venait d'Ouro. Il est aussi question d'une pierre trouvée par une femme à l'endroit où ce rocher est tombé. Cette femme n'avait pas de nom, mais elle portait une marque en forme d'étoile sur l'épaule...

– Par la barbe d'Aristote ! C'est sans doute la femme momifiée de la bibliothèque souterraine ! s'exclama Kylian.

L'apprenti médecin n'avait oublié aucun détail de l'histoire que Grimpow leur avait racontée, mais celui-ci n'entendit pas sa remarque, fasciné par ce qu'il venait de découvrir dans le manuscrit codé.

– Regardez !

Le mystérieux pentagone magique dessiné par Gurielf Labox apparaissait sur la largeur d'une page.

– Ce sont des planètes... ! Les cinq planètes qui tournent autour d'Ouro.

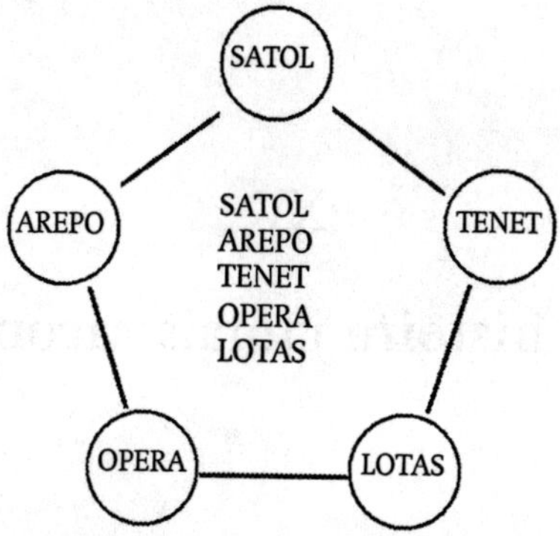
SATOL
TENET
LOTAS
OPERA
AREPO
SATOL
AREPO
TENET
OPERA
LOTAS

XV

Une histoire jamais racontée

Agnès et Mme de Châtelet conversaient avec animation depuis un moment. L'une parlant de la longue amitié qui l'avait unie à la première Agnès Lebuy, l'autre racontant une partie de son enfance auprès de Malen. Soudain, la jeune femme eut une extraordinaire prémonition : un voleur venait de pénétrer dans sa maison. Un élancement lui traversa le crâne et se transforma rapidement en l'image mentale du jeune garçon qui portait la pierre. Une image brouillée, qui semblait lui arriver à travers les yeux de son chat noir. Elle tenta de se concentrer sur cette vision, mais les paroles de Mme de Châtelet l'empêchaient de voir l'intrus et la personne qui l'accompagnait. En effet, elle percevait la présence d'une énergie différente de celle du garçon dans le territoire qui maintenant lui appartenait.

La rage affleura à son visage, dissimulée par une moue imprécise, qui n'échappa cependant pas à Mme de Châtelet.

– Qu'est-ce qui t'arrive ?

– Non, non, ce n'est rien. Je suis seulement un peu abasourdie par tout ce que la vieille Malen m'a raconté sur ma mère, et que vous venez de me confirmer.

— Ta mère était une femme extraordinaire, dit Mme de Châtelet avec un sourire.

La grande dame toussota pour tenter de se débarrasser du nœud qui lui encombrait la gorge. Même si elle ne regrettait pas de l'avoir près d'elle, la fille de son infortunée amie Agnès n'était pas venue lui rendre visite au moment le plus opportun. Au moins, grâce à la jeune femme, elle pouvait échapper pendant quelques heures à ses tourments et se rappeler le temps jadis. Elle continua donc l'évocation de ces souvenirs.

— Elle aurait vécu très heureuse si le monstre qui a fini par dévorer sa vie n'était apparu dans son existence. Ce fut comme si un être diabolique s'était déguisé en fringant chevalier pour l'entraîner en enfer.

Agnès sut que c'était le moment de lui poser la question qui l'avait amenée jusqu'ici.

— Qui était ce noble dont vous me parlez ? Malen n'a pas voulu me dire son nom, ma mère lui a fait jurer sur son lit de mort qu'elle ne me le révélerait jamais. C'est pour cela qu'elle m'a envoyée vous parler.

— Il s'agit du duc Gauthier, un homme malfaisant et sinistre dont tu ne dois jamais approcher.

— Je ne le connais pas, dit Agnès pensive.

Elle était satisfaite de voir les pièces désordonnées de son existence s'organiser peu à peu, même si le résultat ne lui était pas agréable.

Le regard de Mme de Châtelet se perdit dans un espace qu'Agnès ne pouvait voir.

— Je ne comprends toujours pas comment il a pu te laisser la vie sauve, après avoir appris que tu n'étais pas sa fille, dit-elle, presque pour elle-même.

– Je me suis souvent posé la même question.

– Mais il y a peut-être une raison qui explique tout, dit Mme de Châtelet.

– Que voulez-vous dire ?

– Que le duc Gauthier n'a pas eu le courage de tuer une sorcière de la Lignée.

– Il connaissait la vraie nature de ma mère ?

– Bien évidemment. Le duc l'a menacée de la livrer à l'Inquisition si elle n'acceptait pas de l'épouser.

Agnès comprenait la terreur que sa mère avait dû éprouver à la perspective d'être enfermée, torturée et brûlée vive sur un bûcher. Impossible de lui reprocher d'avoir accepté pour époux un homme qu'elle méprisait. D'ailleurs elle-même avait accepté de servir l'inquisiteur Boulvar de Goztell comme une esclave, allant jusqu'à empoisonner le conseiller Nogaret par crainte de revivre les horribles souffrances qu'elle avait déjà endurées une année entière dans les geôles du Temple.

– Savez-vous si ma mère aimait un autre homme ?

– En tout cas, pas quelqu'un que je connaissais. Le duc Gauthier refusait de la laisser sortir ou de voir quiconque. Cependant, elle n'acceptait pas ce despotisme et s'échappait du palais en cachette chaque fois qu'elle le pouvait.

– Elle venait vous rendre visite ?

– Après son mariage, nos rencontres se sont raréfiées. Elle ne voulait pas me causer de problèmes en venant me voir. Je savais qu'elle retrouvait en secret un des maîtres de l'université de Paris, mais elle ne m'a jamais dit qu'elle était amoureuse de l'un d'entre eux. Avant d'apprendre qu'elle allait avoir un enfant, ses seules passions ont toujours été l'alchimie et l'astronomie. La dernière fois que je l'ai vue, elle était si heureuse que nous avons dansé de joie, comme deux petites filles. Ensuite, je n'ai plus eu de ses nouvelles jusqu'au jour où j'ai appris sa mort pendant l'accouchement. Le duc Gauthier a fait courir le bruit que l'enfant était morte à la naissance.

— Et elle ne vous a jamais confié le nom de mon véritable père ?

Mme de Châtelet lui prit la main et la caressa.

— Je suis navrée, Agnès, j'aimerais t'aider à le retrouver, crois-moi. Mais ta mère ne m'a jamais raconté ton histoire.

La porte du cabinet s'ouvrit devant le majordome. Mme de Châtelet se leva et le fixa d'un regard anxieux.

— Des nouvelles ?

— Oui, madame, la pire nouvelle à laquelle nous pouvions nous attendre.

XVI

Les planètes d'Ouro

Dès qu'il arriva à l'université, Grimpow alla rejoindre Anatole Pempius et Edmond de Tocqueville. De son côté, Kylian s'attarda dans un des cloîtres avec d'autres camarades de cours. Ils devaient se retrouver plus tard dans leur chambre. Tous deux pensaient qu'il valait mieux que les maîtres continuent à ignorer que Kylian et Sofi étaient au courant de l'existence de la pierre et aidaient Grimpow à découvrir le secret des sages. Le garçon était conscient que ses maîtres n'approuveraient pas son indiscrétion, mais depuis le départ de Weienell et de Salietti, il avait besoin de quelqu'un à ses côtés pour l'aider à poursuivre sa tâche. Seul, il ne pourrait réussir et n'aurait même pas le courage d'essayer.

Il trouva Anatole Pempius et Edmond de Tocqueville dans une des petites maisons réservées aux professeurs, juste à côté de l'hostellerie des étudiants. La nuit s'était refermée sur Paris et une brume épaisse montait du fleuve, envahissant le quartier Latin. La demeure de Tocqueville comportait une pièce au rez-de-chaussée qui faisait office de cabinet de travail et de bibliothèque, une petite cuisine et deux chambres à l'étage, chacune meublée d'une couchette. Il y recevait Anatole Pempius depuis son arrivée.

Une bougie allumée éclairait faiblement la pièce.

— Tu es donc entré seul chez Gurielf Labox, résuma Anatole.

Il jeta un regard en coulisse à Edmond ; les deux hommes ne savaient s'ils devaient réprimander Grimpow ou le féliciter pour son audace.

— Exactement. J'ai profité de l'absence de la dame qui vit là-bas maintenant. J'ai pris la clé que Weienell avait cachée au-dessus de la porte. Et voilà ce que j'ai trouvé, dit Grimpow.

Et il offrit à Anatole Pempius le manuscrit d'un geste plein d'orgueil.

Les deux maîtres observèrent le livre mystérieux et restèrent muets d'étonnement devant le texte crypté avec les symboles secrets de l'antique société de l'Ourobore. Ils avaient tous deux entendu parler d'un château qui dressait ses murailles dans les étoiles, mais aucun des deux n'avait la moindre idée de l'origine de ce manuscrit qui en faisait mention. Tous les deux conclurent que Gurielf Labox en savait bien plus qu'ils ne l'avaient imaginé sur la femme morte depuis des milliers d'années. Toute l'histoire de la pierre philosophale commençait à s'emboîter : la roche ardente qui tomba du ciel, la femme surgie de la brume qui très longtemps après avait trouvé la pierre, que l'on appela la « sorcière » et dont le cadavre gisait intact dans la bibliothèque souterraine de l'université, l'étoile qu'elle portait sur l'épaule, les sorcières de la Lignée qui descendirent d'elle et protégèrent le secret des sages en Orient, le mariage d'une princesse de Jérusalem avec un noble français appelé Aidor Bilbicum durant la première croisade, l'information obtenue alors sur la pierre et un objet prodigieux enterré dans le temple de Salomon, le transport de ce mystérieux artefact par les neuf chevaliers templiers jusqu'à Paris, la naissance de la société de l'Ourobore pour protéger le secret et garder la pierre, la présence des sorcières de la Lignée parmi les sages du passé, les recherches sur le cosmos et une galaxie lointaine dont l'étoile la plus brillante était Ouro, autour de laquelle tournaient cinq planètes appelées Satol, Arepo, Tenet, Opera et Lotas...

Tout était rapporté dans le manuscrit. À la fin de leur lecture, les deux hommes échangèrent un regard incrédule.

– Tu connaissais ce manuscrit de Gurielf Labox ?

– Non, je n'ai jamais su qu'il avait écrit une œuvre pareille, ni qu'il connaissait l'existence des sorcières de la Lignée.

– Mais ce livre n'a pas été écrit par le père de Weienell ! s'exclama Grimpow. Il est signé par une femme. Regardez la dernière page du texte.

Il reprit le manuscrit et le feuilleta avec précipitation.

Anatole Pempius traduisit les symboles à voix haute.

– « Agnès Lebuy, année 1292. »

– Ça a été écrit par une femme, voilà maintenant vingt ans ! murmura Edmond de Tocqueville.

– Cette femme devait être une sorcière de la Lignée, une descendante de la gisante de la bibliothèque, c'est pour cela qu'elle connaît l'histoire de la pierre et de cette lointaine étoile dont elle portait la marque sur son épaule, risqua Anatole Pempius.

– Oui, elles étaient chargées de protéger les indices qui permettent de trouver le secret des sages. Même les anciens membres de la société de l'Ourobore ne les connaissaient pas. Ainsi, elles s'assuraient qu'aucun d'entre nous ne puisse dévoiler le lieu où était caché le secret si l'Inquisition l'emprisonnait et le torturait, dit Edmond.

Anatole Pempius se lissa la barbe.

— Je me demande où Gurielf a pu trouver ce manuscrit et pourquoi il ne nous en avait jamais parlé.

— Je ne vois qu'une seule explication. Il a dû penser que cet ouvrage n'était pas utile pour résoudre le pentagone magique, répondit Tocqueville.

— Si c'était le cas, Gurielf Labox se serait trompé, intervint Grimpow.

— D'où te vient pareille certitude ? demanda Anatole Pempius.

— Il y a quelque chose que vous n'avez pas vu.

Grimpow montra quelques symboles inscrits sous le pentagone magique.

Les deux maîtres échangèrent un nouveau regard. Puis Edmond de Tocqueville prit la chandelle, approcha la lumière du manuscrit et à l'instant interpréta la ligne de caractères plus petits qui était passée inaperçue.

— « À l'endroit où sont placées les planètes, tu dois poser les sphères. Mais à rien ne te servira, sans la lumière de l'étoile qui les fait tourner », lut-il comme s'il prononçait un sort.

Mais Grimpow semblait déjà penser à autre chose.

— Je dois retourner chercher la pierre, dit-il.

XVII

Dans la brume

Agnès ouvrit la porte et entra lentement, comme si elle craignait de trouver quelqu'un à l'intérieur. Le chat noir ronronnait sur le sol et se frotta sur la robe de sa maîtresse. La jeune femme s'accroupit et le prit dans ses bras. Elle pouvait encore percevoir la présence du garçon dans la maison et bougea la tête d'un côté et de l'autre, humant le reste des arômes qui imprégnaient encore l'atmosphère. Puis elle fixa le chat noir dans les yeux, comme si elle pouvait y voir ce qui s'était passé chez elle pendant qu'elle rendait visite à Mme de Châtelet.

– Oui, il était ici, n'est-ce pas ? demanda-t-elle à haute voix.

Le chat miaula.

– Peu importe, nous nous occuperons de cet intrus. Maintenant, j'ai quelque chose qui te fera plaisir, dit-elle.

Elle retourna ouvrir la porte, posa le chat et lui montra une souris qu'elle avait assommée sur le seuil, à son arrivée.

– C'est pour toi. La pauvre bête avait aussi l'intention d'entrer sans invitation.

Le chat engloutit sa proie d'un coup de dent, se lécha les babines avec satisfaction et rentra dans la maison. Agnès ferma la porte, alluma une lampe à huile et monta lentement l'escalier. Son ombre dansait sur les murs, formant d'étranges silhouettes spectrales. À chaque pas, elle se demandait ce que le garçon était venu chercher. Elle s'arrêta sur le palier, éleva la lumière vers l'ouverture qui montait au grenier, puis éclaira sa chambre.

Une colère irrépressible saisit Agnès. Le livre des sorcières de la Lignée, celui que sa mère avait confié à Malen, il y a près de vingt ans, avait disparu. Elle hurla de rage, maudissant mille et une fois le garçon de la pierre. Il l'avait emporté. Il avait volé l'unique bien qu'elle possédait réellement : les mots que sa mère avait écrits peu de temps avant de mourir.

Elle changea de robe et jeta une grande cape noire sur ses épaules. Lorsqu'elle se dirigea vers la porte, le chat noir fit mine de la suivre.

— Non, cette fois, tu restes ici, lui dit Agnès.

Elle ferma la porte et se mit en route dans la brume.

Si c'était nécessaire, elle était prête à parcourir tout Paris pour débusquer le garçon dans la tanière où il se terrait. Et quand elle l'attraperait, elle le livrerait à l'inquisiteur avec la pierre.

Peu lui importait que ce vil individu finisse sur le bûcher, même s'il n'était qu'un gamin. Elle n'était pas une dame noble et bonne comme sa mère, ni une femme savante, pas plus qu'une sorcière de la Lignée. Elle était simplement la sorcière de Montmartre, une vulgaire guérisseuse comme l'avait été Malen toute sa vie, qui feignait de passer un pacte avec diable pour inspirer de la terreur aux ignorants. Elle avait appris que les faibles ne triomphaient jamais, qu'il était nécessaire de servir les puissants comme Boulvar de Goztell pour recueillir les miettes qui tombaient de leur table. De même, elle n'entendait rien aux légendes, aux étoiles ou aux serpents qui se mordaient la queue et ne ressentait nul intérêt pour l'astronomie et les mystères du cosmos, qui passionnaient tant sa mère.

En revanche, ce livre était le seul objet qui la reliait à sa famille et elle était capable de tuer pour le récupérer. Ce ne serait pas la première fois et elle avait fini par faire taire ses remords, même si la mort de Nogaret avait condamné au gibet les nobles accusés de trahison. L'époux de Mme de Châtelet était l'un d'eux. Elle l'avait su quand le majordome était venu informer sa maîtresse que le roi avait signé la sentence des condamnés. Ceux-ci devaient être exécutés d'ici quelques jours, lorsque l'on aurait fini de monter le gibet devant le parvis de Notre-Dame. Même le chagrin inconsolable de Mme de Châtelet ne l'avait pas émue. Elle avait appris à survivre seule et pendant qu'elle était enchaînée dans les cachots de la tour du Temple, personne ne s'était préoccupé de ses tourments. Pour rien au monde, elle ne retournerait là-bas.

Les rues de Paris étaient plongées dans les limbes d'une obscurité blanchâtre et éthérée. Un halo flou et changeant drapait les bâtiments, leur donnant l'allure d'esprits errants en quête d'un impossible repos. Agnès se laissa porter par son instinct. Quelques instants avant de sortir, elle perçut de nouveau l'attraction invisible de la pierre. Sa vision avait retrouvé sa clarté antérieure et elle avait pu la localiser avec précision. L'Essence du Mystère se trouvait à quelques rues de là, dans le quartier Latin, un peu plus au sud. Elle parcourut quelques venelles rocailleuses qui semblaient flotter au milieu du néant et arriva sur la place de l'université, immergée dans la brume. Le silence était si intense qu'Agnès n'entendait que sa propre respiration. Elle s'approcha de la porte de l'hostellerie des étudiants et leva la tête vers le premier étage. Elle sourit. Le garçon de la pierre était là, dans une chambre, avec un autre jeune de son âge. La porte de l'hostellerie était ouverte. Agnès entra furtivement et monta les escaliers. Tout le monde semblait endormi à cette heure de la nuit. Elle actionna le verrou et pénétra dans la chambre. Il lui suffit de jeter un œil dans l'obscurité pour voir le livre qu'elle cherchait, ouvert près d'une couchette. Elle le ramassa et s'approcha du jeune porteur de la pierre sans faire de bruit. À cette distance, elle percevait les battements de son cœur.

XVIII

Le fantôme est réel

Le cri désespéré de Grimpow réveilla Kylian en sursaut. Quelque chose était arrivé à son compagnon de chambre ! Grimpow était assis sur sa couche, la respiration haletante, les yeux exorbités, tel un somnambule.

– Que se passe-t-il ?

– Elle était là ! Juste là ! bredouilla Grimpow le doigt tendu devant lui.

Kylian suivit du regard la direction indiquée par son ami, sans comprendre à quoi il faisait allusion. Il ne voyait rien dans le noir.

– Il n'y a rien ici.

– Je t'assure que je l'ai vue ! C'était elle !

– Par la barbe d'Aristote ! De qui parles-tu, par tous les diables ?

– De la dame de la maison. Elle était là tout à l'heure, juste devant moi, elle m'observait dans l'obscurité. Elle avait les yeux brillants comme ceux du chat noir que nous avons vu dans le grenier. J'ai senti qu'elle se rapprochait, qu'elle me prenait la pierre et qu'elle allait m'arracher le cœur avec ses mains de fantôme. C'était horrible !

Encore bouleversé, Grimpow avait la main crispée autour de

la bourse de lin suspendue à son cou. La pierre était toujours en place. Plus tôt dans la soirée, il était redescendu dans la bibliothèque souterraine en compagnie d'Anatole Pempius et d'Edmond de Tocqueville, et avait repris l'Essence du Mystère. Il en avait besoin pour progresser, même s'il était conscient de la menace que représentait la main fantomatique.

– Allez, oublie ça, ce n'était qu'un cauchemar, le rassura Kylian. Tu n'as perdu ni la pierre ni ton cœur, même s'il est un peu plus agité qu'il ne le faudrait. L'aube n'est pas très loin, tu devrais te rendormir.

– Ce n'était pas un cauchemar. La pierre s'est illuminée pour m'avertir.

Le garçon sauta de son lit et alluma une chandelle.

– Elle a pris le livre ! s'exclama-t-il.

Alors Kylian crut que lui aussi se réveillait d'un mauvais rêve, ou qu'il rêvait encore.

– Par tous les diables, c'est incroyable ! Hier soir, je l'ai posé ici, juste à côté de ton lit.

Grimpow était également plongé dans la perplexité.

– Comment a-t-elle pu savoir que c'était nous qui l'avions volé ?

– J'espère qu'elle n'est pas ce que je pense...

Malgré son inquiétude, Kylian ne put réprimer un bâillement.

– Tu crois qu'Anatole Pempius et Edmond de Tocqueville ont quelque chose à voir avec tout ça ?

– Oh, non ! Ils sont tes maîtres et ils te font confiance. S'ils avaient voulu garder le manuscrit, il leur aurait suffi de dire qu'ils devaient le ranger ailleurs...

– Va droit au but !

– D'accord. Tu te souviens de la vieille sorcière dont nous a parlé Sofi ?

– Je ne crois pas qu'elle soit impliquée. Personne ne pourrait deviner une chose pareille. Même pas une sorcière.

– Les véritables sorcières de la Lignée ont des pouvoirs magiques, pas vrai ?

– C'est vrai, reconnut Grimpow.

Le doute et la peur envahissaient son esprit. Il avait déjà perçu une première fois cette présence fantomatique près de lui, la nuit où il avait dormi près du feu de camp des comédiens. Déjà à cette occasion, il avait eu la sensation que la main était mue par la volonté de s'emparer de la pierre, comme si l'objet lui appartenait, ou avait été en sa possession très longtemps avant, avant même que les sages de l'Ourobore connaissent son existence. C'était effectivement ce que disait le manuscrit de la dernière étoile. Kylian avait raison, sans le savoir, il avait trouvé l'explication de la mystérieuse disparition du manuscrit : la dame était sans doute une sorcière de la Lignée. Personne d'autre n'aurait été capable de retrouver la trace de la pierre. Mais, si tel était le cas, pourquoi ne l'avait-elle pas prise pendant qu'il dormait ?

– Je dois retourner dans cette maison, dit enfin Grimpow.

– Tu as perdu l'esprit ? Maintenant que la dame sait que tu es déjà entré chez elle, elle t'attendra avec les soldats du guet pour t'arrêter comme un voleur. Ils te couperont les mains s'ils t'attrapent là-bas !

Mais Grimpow avait d'autres intentions.

– Cette fois, je frapperai à la porte et j'attendrai qu'elle m'ouvre.

XIX

Quelque chose a changé

L'aube approchait, mais la brume étendait encore ses voiles sur la ville. Malgré la distance qui les séparait, Agnès et Grimpow se trouvaient dans une situation identique. Allongés sur leurs lits respectifs, les yeux ouverts dans le silence et l'obscurité, aucun d'eux ne parvenait à s'endormir. Sans le savoir, alors qu'ils ne se connaissaient même pas, ils pensaient l'un à l'autre. Chacun avait la conviction que quelque chose avait changé dans sa vie, cette nuit-là. Agnès était heureuse d'avoir récupéré le manuscrit et Grimpow n'était pas aussi contrarié qu'il l'avait imaginé : après tout, le livre ne lui appartenait pas. Agnès songeait aux histoires que Malen lui avait racontées, réfléchissait à la destinée de sa mère et de toutes les sorcières de la Lignée dont l'épaule était frappée de la marque à l'étoile depuis la nuit des temps. De son côté, Grimpow évoquait l'existence turbulente qui était la sienne depuis la découverte de la pierre et le début de son voyage sur le Chemin Invisible ; il essayait de se représenter tous les sages qui l'avaient portée tour à tour pendant des siècles. Deux vies, deux mondes, deux destins qui les conduisaient vers une fin énigmatique. Par ailleurs, aucun des deux ne se doutait qu'ils allaient se rencontrer sous peu.

Lorsque le jour pointa enfin, Agnès se rendit à la tour du Temple pour voir l'inquisiteur. Le nouveau conseiller royal aurait pu s'installer au Louvre comme son prédécesseur, mais Boulvar de Goztell avait préféré continuer à vivre dans sa forteresse particulière, loin de l'ostentation et des intrigues de la cour.

Agnès comptait aborder plusieurs sujets avec le moine, dont un lui semblait particulièrement important. Un garde la conduisit dans une des chapelles de la tour, où le dominicain pratiquait ses oraisons matinales.

– J'ai trouvé la pierre, comme je vous l'ai promis, dit Agnès.

L'inquisiteur ne cacha pas sa satisfaction ; il espérait ce moment depuis si longtemps.

– Tu l'as apportée ?

– Non, je ne l'ai pas encore, mais je vous la remettrai moi-même, dès demain.

– Eh bien, tu aurais dû attendre demain pour venir me voir. Et n'oublie pas de m'amener aussi le garçon, je veux regarder cet apprenti sage dans les yeux. Nous avons un vieux compte à régler, tous les deux.

Le moine se dirigea à grands pas vers la porte de la chapelle, comme si d'autres questions plus urgentes réclamaient son attention.

– Je souhaitais justement vous parler de lui.

– Il est arrivé quelque chose que je dois savoir ? demanda-t-il en s'arrêtant.

– Ce n'est qu'un enfant... Vous ne pouvez pas l'enfermer dans cette tour.

– Les cachots de cette forteresse regorgent de jeunes truands qui volent et assassinent comme des adultes. Son cas n'est en rien différent.

— Mais ce garçon n'a jamais fait de mal à personne.

— Laisse-moi être juge de ses actes. Le démon use des plus subtils déguisements pour semer la graine de l'hérésie dans l'esprit des innocents.

— Vous savez que le diable n'a rien à voir avec cela, répondit Agnès, dans un élan de courage.

— Tu ne pensais pas de la même manière lorsque je t'ai tirée du cachot. Avec qui as-tu donc passé un pacte pour retrouver la pierre et son porteur, si ce n'est avec le diable ? Celui que tu considères maintenant comme un enfant sera demain un hérétique qui cherchera à expliquer les mystères du cosmos pour nier notre foi.

Agnès s'agenouilla devant l'inquisiteur et s'adressa à lui d'une voix douce, presque suppliante.

— Je vous en prie, laissez-moi m'occuper de ce garçon.

— Désolé, Agnès, mon devoir est de tuer le serpent avant que son venin mortel n'en finisse avec notre monde. Telle est la volonté de Dieu.

XX

L'appel du destin

Grimpow choisit de ne pas parler à Anatole Pempius et à Edmond de Tocqueville des événements de la nuit. Ils ne pourraient comprendre pourquoi il avait décidé de continuer sans leur aide, appuyé par un garçon et une fille incapables de lui prêter main-forte si un danger le menaçait. Mais Grimpow était résolu à prendre son destin en mains. C'est pour cela qu'il n'avait pas voulu leur révéler la disparition du manuscrit sur Ouro et encore moins que le livre avait été dérobé dans sa chambre par un fantôme. D'abord, il devait s'assurer qu'il s'agissait bien de la mystérieuse dame qui vivait maintenant chez le vieil érudit. Il souhaitait aussi vérifier que cette femme était réellement une sorcière de la Lignée, comme celles dont parlait le texte, ainsi que l'avait suggéré Kylian. Or, il n'avait pas trouvé d'autre moyen que de se rendre là-bas et de s'entretenir avec elle. À ses yeux, c'était la meilleure option, si périlleuse soit-elle. Mais Kylian était contre ce projet et, tout au long des cours de la matinée, il adressa des signes pressants à Grimpow, tentant de le persuader de renoncer à cette folie.

À midi, les deux adolescents se retrouvèrent au milieu de leurs condisciples qui se bousculaient dans les galeries et les cloîtres de l'université. Kylian put enfin exprimer son désaccord à haute voix. Grimpow se cabra.

— Mais cette nuit, tu disais toi-même que cette dame pouvait être une sorcière de la Lignée !

— Cette nuit, j'ai dit n'importe quoi, tout ce que je voulais, c'était me rendormir.

— Je pensais que tu t'intéressais à cette affaire autant que Sofi et moi.

La dernière chose que souhaitait Kylian était de donner à son ami l'impression qu'il hésitait à s'impliquer.

— Je suis intéressé, protesta-t-il. C'est pour cela que je cherche une explication rationnelle à cette disparition. As-tu envisagé qu'un autre étudiant ait pu voler le livre ?

— Tu ne crois même pas à ce que tu dis, mon vieux. Réfléchis donc un peu. Hormis nous deux, Sofi, maître Pempius et maître Tocqueville, personne ne savait que nous avions ce manuscrit. Et je suis de plus en plus certain de ce qui s'est passé dans notre chambre la nuit dernière.

Résigné, Kylian écarta les bras, acceptant la théorie de Grimpow.

— Bon, admettons que tu aies raison. Mais si cette dame est une sorcière de la Lignée, comme tu le penses, tu ne devrais quand même pas aller lui rendre visite. Si tu te retrouves seul avec elle, cela peut devenir dangereux.

— Tu en as de bonnes, toi ! À moins de lui parler, je ne vois pas comment éclaircir le mystère.

— Tu devrais au moins consulter maître Pempius et maître Tocqueville, ils sauraient comment résoudre le problème.

Grimpow foudroya son ami du regard.

— C'est absolument hors de question. Je ne leur ai pas

demandé la permission avant notre expédition chez Gurielf Labox et je n'ai pas l'intention de le faire maintenant. Je ne suis plus un enfant, je dois prendre mes propres décisions, même si elles sont mauvaises.

– Alors, Sofi et moi allons t'accompagner. De toute façon, je serais étonné que ta chérie te laisse rencontrer une si belle sorcière tout seul, au cas où il te viendrait l'idée de te jeter dans ses bras, souligna Kylian en riant.

– Ce que tu peux être stupide par moments !

Mais malgré sa nervosité, Grimpow s'esclaffa avec son ami.

Tous deux rejoignirent le point de rendez-vous habituel et attendirent Sofi en bavardant. Dès qu'elle arriva à l'embarcadère, ils l'informèrent de la disparition du livre.

– Tu es certain que c'était elle ? demanda la jeune fille, incrédule.

– Aussi certain que je te vois en face de moi.

– Eh bien, allons lui parler, dit Sofi avec détermination. Même si c'est une sorcière comme tu le crois, je ne pense pas qu'elle soit malfaisante.

Aucun des trois ne soupçonnait la présence d'un observateur, tapi derrière quelques barques délabrées.

Kylian frappa avec force à la porte de la maison. Le cœur battant, les trois compagnons attendirent la réponse. Selon les calculs de Sofi, la dame n'était pas encore partie porter son dîner à la vieille sorcière à qui elle rendait visite chaque soir, dans une ruelle puante du port, sur l'autre rive du fleuve. Mais personne ne répondit. Kylian s'apprêtait à frapper de nouveau lorsque le battant s'ouvrit avec lenteur, dévoilant une belle femme qui les considérait avec un léger sourire.

– Tiens, tiens, regarde donc qui nous avons là ! dit Agnès,

s'adressant au chat, blotti dans ses bras. Il me semble que ces jeunes gens connaissent déjà cette maison.

Les visiteurs ne surent quoi répondre. Même Grimpow, qui avait passé la matinée à imaginer sa rencontre avec la mystérieuse dame, fut incapable d'articuler un mot. Seul le chat émit un bref miaulement et se tortilla un instant dans les bras d'Agnès, avant de regagner le sol d'un bond. Puis il s'approcha de Sofi en ronronnant.

— Je vois que vous avez déjà fait connaissance, constata Agnès.

— Il est très câlin, dit Sofi, un peu confuse.

Elle s'accroupit et le prit dans ses bras ; le félin s'étira sous ses caresses.

— Nous nous connaissons aussi tous les deux, même si nous n'avons pas encore été présentés, n'est-ce pas, Grimpow ? dit la jeune femme.

Le garçon acquiesça, sans quitter du regard les mains de la dame. Aucun doute, il s'agissait bien des mains fantomatiques qu'il avait vues dans ses rêves, mais, loin d'être osseuses et crochues comme il se les représentait, elles étaient blanches et délicates.

— Je suis ici pour vous parler. Voici mes amis, Sofi et Kylian, répondit-il, surmontant son appréhension.

Tous deux adressèrent un sourire contraint à Agnès. Celle-ci les invita à pénétrer dans la maison. Sofi entra sans hésiter, suivie de Grimpow. Kylian ferma la marche, manifestant plus de réticence. L'apprenti médecin regarda de tous côtés, s'attendant peut-être à voir un corbeau voletant au-dessus de leurs têtes, de grandes toiles d'araignée drapées sur les murs et les plafonds, des crapauds et des couleuvres sur le sol, des escargots et des cafards dans les coins, ou un balai volant appuyé derrière la porte que la dame venait de refermer. Mais il n'y avait rien de tel, le seul animal était le chat noir que Sofi continuait à caresser avec plaisir.

Pour Agnès, cette visite inopinée s'avérait une excellente surprise. Si elle savait avec certitude que sa route croiserait de nouveau celle de Grimpow, elle n'aurait jamais imaginé que ce garçon à l'expression espiègle aurait le courage de venir à sa rencontre dans sa propre maison. Cependant, aurait-il fait preuve d'une telle audace s'il avait su qu'elle comptait s'approprier la pierre qu'il possédait ? D'un geste, elle invita les trois compagnons à prendre place autour de la table.

– Je suppose que tu es venu présenter tes excuses pour avoir volé un livre dans cette maison, dit la jeune femme.

– Ce manuscrit ne vous appartient pas. Il était à Gurielf Labox. Lui et sa fille Weienell habitaient ici avant vous.

– C'est ce sage qui t'a envoyé récupérer son bien ?

– Gurielf Labox est mort au printemps de l'année dernière. Je suis venu prendre des objets qui lui appartenaient et j'ai trouvé le manuscrit. C'est pour cela que je l'ai emporté, expliqua Grimpow.

Il se garda bien de parler de l'énigme du pentagone magique et des indices qu'il cherchait pour la résoudre.

– Ce livre est le mien, pas celui du sage dont tu parles. C'est pour cette raison que j'ai pris la peine d'aller le reprendre, hier soir.

– Comment saviez-vous que c'était moi qui l'avais ?

– Le chat me l'a dit.

Un frisson parcourut l'échine de Kylian. Pas de doute, la dame était une sorcière.

— Nous regrettons notre erreur, s'excusa-t-il. Mon ami n'avait pas l'intention de vous offenser. S'il avait su que ce livre était votre bien, il l'aurait laissé à sa place.

Son principal objectif était d'éviter que la dame ne se mette en colère et les foudroie d'un souffle magique, ou les transforme en crapauds, voire en rats de cloaque, simplement en prononçant un maléfice.

— J'accepte tes excuses, Kylian, même si ce n'est pas à toi de les exprimer, dit Agnès d'un ton aimable.

Mais Grimpow n'avait nulle intention de faire amende honorable.

— Vous êtes une sorcière de la Lignée ? demanda-t-il, sans plus de détours.

Sofi cessa de caresser le chat et ouvrit grand ses yeux bridés. Mais Agnès esquiva la question.

— Que sais-tu des sorcières de la Lignée ?

— Tout ce que raconte le manuscrit. Si je l'ai emporté, c'était pour le lire.

Cette fois, ce fut au tour d'Agnès d'être étonnée.

— Tu peux comprendre ces signes ?

— Tout comme vous, j'imagine.

— Tu te trompes, je n'ai jamais réussi à déchiffrer ces étranges symboles.

La dame se leva et quitta la pièce sans rien ajouter. Kylian profita de l'occasion pour glisser quelques mots à ses deux amis.

— Par la barbe d'Aristote ! Si tu la provoques, nous ne sortirons pas vivants de cette maudite maison. Il vaudrait mieux que tu lui présentes des excuses et que nous partions d'ici avant qu'il ne soit trop tard, dit-il à voix basse.

Sofi devança Grimpow.

– Calme-toi, Kylian. Cette dame ne nous fera aucun mal, murmura-t-elle entre ses dents.

– Et comment en es-tu aussi certaine ? Elle a des pouvoirs diaboliques et ce chat n'est peut-être pas ce qu'il semble. Je parie qu'il est envoûté...

Il s'interrompit en voyant Agnès apparaître subitement dans la pièce. Elle portait le manuscrit et le tendit à Grimpow.

– Aurais-tu la gentillesse de me le lire ? demanda-t-elle avec amabilité.

D'un geste instinctif, le garçon porta la main à sa poitrine, sortit la pierre de la bourse de lin et la lui tendit.

– Vous devriez essayer. Ceci vous aidera peut-être.

Il était le premier à ne pas comprendre son propre geste. À peine quelques instants plus tôt, il craignait que les mains fantomatiques de la sorcière ne lui arrachent la pierre. C'était comme si les yeux de cette jolie enchanteresse l'avaient aussi ensorcelé, ou comme si la pierre elle-même désirait échapper à son emprise. Cependant, la sensation ne lui était pas étrangère, il l'avait déjà éprouvée en laissant l'Essence du Mystère aux mains de la femme morte depuis des milliers d'années, même si en cet instant, il ne pensait pas à la gisante.

D'un air incrédule, Agnès fixait la paume du garçon. Une petite lueur bleutée commençait à émaner du fragment de minéral. De l'autre côté de la table, Sofi et Kylian assistaient à la scène avec incrédulité. Après tout ce qui était arrivé, ils ne parvenaient pas à croire que leur ami offrait la pierre à cette femme, quelle que soit son identité. Même les yeux jaunes du chat noir étaient fixés sur la main de Grimpow.

— Qu'est-ce que c'est ? demanda Agnès, feignant de découvrir l'objet, mais réellement fascinée par cette prodigieuse lumière bleue.

— Prenez-la sans crainte et essayez de déchiffrer le manuscrit, je vous en prie, insista le garçon.

La main tremblante d'Agnès s'approcha de celle de Grimpow. La lueur s'intensifia jusqu'à former un large halo bleuâtre entre leurs doigts. Alors, tous deux sentirent leurs pensées entrer en contact par l'intermédiaire de cette lumière inexplicable, puis se fondre dans une infinité d'images et de souvenirs, comme s'ils appartenaient à un seul esprit et à un seul corps. Leur méfiance mutuelle se dissipa, ils n'avaient plus besoin du truchement des paroles pour exprimer leurs sentiments. La pierre magique les avait unis, ils devaient maintenant se soumettre à l'appel du destin.

La pierre en main, Agnès ouvrit le manuscrit que sa mère avait rédigé à son intention, plus de vingt ans auparavant. Elle commença à lire en silence. Dès le premier regard, elle eut le sentiment que les signes appartenaient à une langue qui lui était familière depuis toujours. Les trois jeunes gens l'observaient avec fascination. Les jolis traits d'Agnès s'illuminaient peu à peu pour composer l'image d'une beauté divine. La métamorphose lente, mais perceptible, atteignit son apogée lorsque la jeune femme acheva sa lecture.

— Savez-vous qui était Agnès Lebuy ? demanda Grimpow.

Agnès referma le manuscrit et le serra sur sa poitrine, pensive. Elle ne répondit pas tout de suite, comme si la voix du garçon lui parvenait entre les brumes d'un songe.

— C'était ma mère... Elle est morte en me mettant au monde, dit-elle enfin.

Les trois compagnons échangèrent des regards lumineux. Leurs derniers doutes venaient de s'évanouir.

– Vous comprenez maintenant ? dit Grimpow. Votre mère a rédigé ce livre pour vous transmettre l'histoire des sorcières de la Lignée. Elle voulait que vous continuiez à protéger les clés de l'énigme qui permet d'accéder au secret des sages. Elle a caché les cinq planètes du pentagone magique et comptait sur vous pour les retrouver, et pour les protéger comme elle l'avait fait avant de mourir.

– Les cinq planètes du pentagone magique... murmura Agnès.

– Nous vous aiderons à les trouver, assura Grimpow.

La jeune femme leur montra son médaillon.

– Ma mère m'a aussi laissé ceci. Je le porte depuis mon enfance.

– L'Ourobore ! s'exclama Sofi sans pouvoir contenir son enthousiasme.

– Vous avez aussi la marque d'une étoile sur votre épaule ? voulut savoir Kylian.

Les événements de la soirée étaient si incroyables qu'il était convaincu que la dame les avait tous envoûtés.

Agnès fit glisser le tissu qui lui couvrait l'épaule et laissa apparaître une petite marque en forme d'étoile sur sa peau, qui semblait émettre une lumière intense identique à celle de la pierre.

Le visage de Grimpow trahit son émotion ; il ne s'était pas trompé. Il revoyait l'image de la femme morte depuis des milliers d'années et de son épaule marquée d'une étoile.

– De toute évidence, vous êtes la dernière sorcière de la Lignée.

Bien sûr, Agnès le savait, grâce aux récentes révélations de Malen, mais jusqu'à cet instant, la véritable portée de ce fait lui avait échappé. Maintenant, elle n'avait plus aucun doute. Qu'elle le veuille ou non, elle était l'unique descendante d'une antique race de femmes qui avaient veillé sur le secret de la sagesse humaine depuis les lointains temps des cavernes. Il dépendait d'elle que ce merveilleux héritage continue à vivre ou soit perdu à jamais.

— Venez avec moi, j'ai trouvé quelque chose qui vous sera peut-être utile pour résoudre le mystère du pentagone magique.

Ils suivirent Agnès au grenier, enchantés à l'idée qu'elle leur fournirait une piste qui les mènerait aux cinq planètes dont parlait le manuscrit.

— Par la barbe d'Aristote !

Kylian émit un long sifflement, séduit par la beauté de cette pièce pleine de livres et d'objets merveilleux, que Sofi et Grimpow connaissaient déjà.

Agnès se dirigea vers une grande sphère posée sur un trépied de bronze, rangée dans un coin. L'objet avait la couleur d'un ciel nocturne frappé d'une pléiade d'étoiles et pouvait tourner autour d'un axe de métal saillant du pôle supérieur, terminé par une petite boule dorée. La jeune femme appuya sur cette extrémité, on entendit un claquement et la sphère s'ouvrit comme un melon coupé en tranches. Un plan du labyrinthe souterrain de l'université de Paris apparut, accompagné de cinq cercles dessinés en rouge, portant chacune une inscription : Satol, Arepo, Tenet, Opera et Lotas.

— Ce sont les planètes du pentagone magique ! Gurielf Labox connaissait leur emplacement ! s'écria Grimpow, aux anges.

Agnès aussi avait de quoi être heureuse. Toutefois, la joie d'avoir réussi à comprendre le manuscrit légué par sa mère se teinta soudain d'un profond sentiment d'amertume. Sa mission personnelle était bien plus sinistre que celle du jeune garçon, et sa propre vie était en jeu.

Elle se tourna vers Grimpow et s'apprêta à lui rendre la pierre.

— Non. Gardez-la... Cette pierre vous appartient.

XXI

Une œuvre du diable

Voilà ! Agnès l'avait enfin en sa possession, même si ce n'était que pour peu de temps. Boulvar de Goztell l'avait libérée afin qu'elle découvre la cachette de la pierre philosophale et la lui rapporte. Maintenant, elle devait exécuter sa partie du pacte, sous peine de retrouver les infernales geôles de la tour du Temple, où le dominicain la renverrait sans pitié.

D'une certaine manière, elle aspirait à poursuivre la tâche inachevée de la première Agnès Lebuy, mais cela lui semblait impossible. Son âme ne lui appartenait plus, puisqu'elle l'avait remise au démon. D'ailleurs, elle ne savait pas exactement si la pierre était tombée entre ses mains pour accomplir l'œuvre du diable, ou guidée par la puissante attraction que son lignage exerçait sur l'Essence du Mystère. Malgré les sensations fabuleuses qui l'avaient saisie au contact de la surface polie du minéral, elle avait la conviction que devenir une véritable sorcière de la Lignée comme sa mère était hors de portée. Jamais elle ne pourrait surmonter sa terreur devant la perspective de revivre l'enfer de la prison.

Avant la tombée de la nuit, Agnès se rendit dans le bazar d'un orfèvre sur le pont de l'île de la Cité, avec l'intention d'acheter un petit coffret où ranger la pierre. Puis elle alla accomplir sa promesse.

L'inquisiteur traitait d'importants problèmes du royaume au Louvre, dictant à un moine des documents qui devaient recevoir la signature du roi. Un serviteur lui annonça qu'une dame désirait le voir de toute urgence. Aussitôt, il congédia son scribe.

– Voulez-vous me laisser, je vous prie. Nous continuerons à un autre moment.

Le copiste se leva, s'inclina légèrement devant le conseiller et quitta la pièce. Sur le seuil, il adressa un signe de tête courtois à la jeune femme qui patientait à la porte.

Agnès entra et s'approcha de la table de travail de l'inquisiteur.

– Tenez, voilà ce que vous vouliez, dit-elle sans préambule.

Les mains de Boulvar de Goztell se refermèrent d'un geste avide sur le coffret doré que lui tendait la sorcière de Montmartre. Puis il l'ouvrit avec lenteur et contempla la pierre qui luisait à l'intérieur comme un étrange et précieux joyau. La convoitise et la satisfaction faisaient étinceler le regard du moine. Ce qu'il désirait depuis si longtemps était enfin en son pouvoir : le *lapis philosophorum* qui contenait toute la sagesse de l'univers et offrait l'immortalité. Il la saisit avec précaution, comme s'il craignait d'être foudroyé par un éclair, mais il ne sentit que le contact de la surface lisse.

– Je croyais que lorsqu'on la touchait, il se passait des choses prodigieuses, dit-il.

– Elles existent, messire, même si vous ne pouvez pas encore les percevoir. Les pouvoirs magiques de la pierre ont besoin d'un peu de temps pour vous accepter comme leur nouveau seigneur et maître. Donnez-la-moi et vous verrez.

Boulvar de Goztell posa la gemme au creux de la paume d'Agnès. Celle-ci referma les mains et une lueur bleutée filtra entre ses doigts. L'inquisiteur fut parcouru d'un long frisson, comme si une étoile s'était brusquement allumée devant lui.

— Ce prodige est vraiment une œuvre du diable ! s'exclama-t-il.

— Dorénavant, le Prince des Ténèbres sera à votre service et non plus à celui des sages, dit Agnès, en lui rendant l'objet.

— Et qu'est-il advenu du garçon qui portait l'Essence du Mystère ? Je t'avais demandé de l'amener avec toi. Tant que lui et ses protecteurs seront vivants, le péril de l'hérésie continuera à nous menacer.

Agnès trembla sous le regard impitoyable de l'inquisiteur.

— Il a réussi à fuir quand je lui ai pris la pierre.

— Tu crois que tu peux me tromper avec cette fable stupide ?

— Ce jeune homme est très astucieux. Il s'est libéré de mes enchantements avant que je parvienne à dominer sa volonté.

— Mensonges ! cria le moine en abattant le poing sur la table. Où l'as-tu trouvé ?

— Sur l'île de la Cité, près de Notre-Dame. Ne vous inquiétez pas, messire. Le diable m'a mené jusqu'à lui et il recommencera. Cette fois, je préparerai un puissant sortilège pour m'assurer de l'obéissance de ce garçon et je vous le livrerai à la tour du Temple.

L'inquisiteur caressa de nouveau la pierre et la rangea dans le coffret.

— Aujourd'hui, je serai indulgent envers toi, car tu m'as apporté l'Essence du Mystère. Mais je serai bientôt à bout de patience, alors attrape ce maudit gamin ou tu regagneras ton cachot.

– Je ne vous décevrai pas une fois de plus, vous pouvez en être certain, affirma-t-elle, feignant le détachement devant les menaces du moine.

Agnès se dirigea vers la porte, mais s'arrêta avant de sortir et regarda l'inquisiteur.

– Je peux vous entretenir d'un sujet confidentiel ?

– Je t'écoute.

– Connaissez-vous le duc Gauthier ?

– J'ai entendu dire que c'est un frère bâtard du roi, mais je ne l'ai jamais rencontré. Il n'est jamais présent à la cour. Pourquoi m'en parles-tu ?

– C'était l'époux de ma mère.

XXII

Questions sans réponses

Sofi était rentrée, mais n'avait pas quitté ses amis sans leur arracher la promesse qu'ils ne descendraient pas sans elle dans le labyrinthe souterrain pour chercher les cinq planètes du pentagone magique. Kylian n'était guère enthousiaste à l'idée de prendre le risque de faire entrer une fille dans l'université. Les femmes n'y étaient pas admises, et seules les servantes qui nettoyaient les amphithéâtres étaient autorisées à pénétrer le soir dans les cloîtres et les galeries. Mais Sofi avait contourné l'argument. Avec ses cheveux courts et une cape d'étudiant comme les leurs, elle passerait inaperçue. Et en dépit de ses réticences, Kylian avait accepté de lui en procurer une.

Les deux garçons regagnèrent la Sorbonne en commentant leur prodigieuse rencontre avec la sorcière de la Lignée. Kylian revint sur la décision de Grimpow.

— Avant de lui laisser la pierre, tu aurais dû au moins attendre que maître Pempius et maître Tocqueville soient informés de l'existence de cette dame.

— Je croyais t'avoir déjà dit que dorénavant, j'étais responsable de mes propres choix. Pour l'instant, je n'ai pas l'intention de parler de toute cette histoire à Anatole et encore moins à maître Tocqueville. Et je compte sur toi pour tenir aussi ta langue.

– Mais si elle n'est pas vraiment celle que tu penses, en fin de compte ? Tu ne la connais même pas.

– C'est la dernière sorcière de la Lignée et cela me suffit. Tu as bien vu la lumière quand elle l'a prise. La pierre réagit seulement entre les mains de ceux qui sont prédestinés. C'est elle qui choisit ses porteurs.

– Et jusqu'à présent, c'était toi qui la possédais ! Pourquoi es-tu tout à coup convaincu que cette femme est l'élue ?

– J'ai trouvé l'Essence du Mystère par hasard, même si elle m'a accepté. Mais j'ai toujours su qu'elle ne m'était pas destinée. C'était comme si je devais la rendre à sa véritable origine, pour rétablir l'équilibre qui s'est rompu à la mort de la première Agnès Lebuy.

– Je parie que cette dame t'a ensorcelé pour que tu lui donnes la pierre. C'est une sorcière, tu te souviens ? insista Kylian.

– C'est toi qui refuses d'accepter la réalité. Les sorcières de la Lignée n'ont rien à voir avec ce qu'on en dit dans les légendes. Nous n'avons à craindre aucune malédiction diabolique de cette dame.

– Ça ne t'a pas traversé l'esprit de te demander comment elle en était arrivée à vivre chez maître Labox ? À t'entendre, Weienell avait été comme une mère pour toi, ces derniers mois...

– Je n'ai pas changé d'avis. Chaque jour, elle me manque un peu plus.

– Mais cette sorcière ne la connaît même pas !

– Où veux-tu en venir ?

– Je trouve très étrange qu'elle habite la maison Labox. Qui lui a donné la permission de s'y installer ?

— Ça n'a aucune importance !

— Tout au contraire. Réfléchis un peu, Grimpow !

— Aucune idée… Il est possible que sa mère et Gurielf Labox aient été amis…

— À mon humble avis, cette sorcière de la Lignée cherchait la même chose que nous. Sachant que ni maître Labox ni sa fille ne reviendraient jamais, elle a emménagé dans la maison jusqu'à ce qu'elle trouve.

— Mais elle nous a donné le plan du labyrinthe de la bibliothèque pour nous aider à découvrir les cinq planètes du pentagone magique. Qu'est-ce qu'il te faut d'autre comme preuve pour te convaincre qu'elle est de notre côté ?

Kylian répondit par une autre question.

— Et si elle voulait se servir de nous pour que nous lui apportions ce qu'elle cherche ? Elle a déjà obtenu la pierre et maintenant, elle espère mettre la main sur les cinq planètes du pentagone magique. Quand elle aura toutes les clés en son pouvoir, elle sera en mesure de trouver le secret des sages.

— Je n'y vois rien à redire. C'est à cette dame qu'il revient de le protéger, comme l'ont fait sa mère et toutes les sorcières de la Lignée depuis que le secret des sages est arrivé à Paris, voilà plus de deux cents ans. En fin de compte, c'était exactement notre objectif, avant de prendre connaissance de l'histoire que raconte *Ouro : la dernière étoile.*

— Je ne pensais pas à ce qui se passerait si elle le gardait…

— Là, il faut que tu m'expliques.

— Elle pourrait le remettre à quelqu'un de plus puissant et redoutable…

— L'inquisiteur Boulvar de Goztell ?

— C'est toi qui as prononcé son nom.

Le raisonnement de Kylian frappa l'esprit de Grimpow comme la masse de fer d'un bourreau. Son sang se figea dans ses veines et son cœur manqua plusieurs battements. Et si son ami avait vu juste ? Comment avait-il pu être assez stupide pour ne pas voir clair dans les intentions de la dame ? L'aurait-elle vraiment ensorcelé et poussé à lui remettre la pierre, comme le prétendait Kylian ? Si c'était vrai, tout était perdu. Boulvar de Goztell s'emparerait de l'Essence du Mystère. Alors, les efforts des sorcières de la Lignée pendant des milliers d'années, le sacrifice et les morts de tous les sages, y compris celle des pères de Weienell et de Salietti, auraient été vains. Ils auraient tous disparu dans le néant pour rien. En se laissant dominer par sa naïveté, il les avait tous trahis. Il avait échoué à parcourir le Chemin Invisible, et avait finalement livré à l'inquisiteur l'objet qu'il avait mis tant de soin à protéger de sa convoitise. L'avenir s'annonçait funeste et incertain, tel un monde de ténèbres.

Cependant, il finit par se dire que ce n'était pas lui, mais la pierre qui avait décidé de rester entre les mains de la dernière sorcière de la Lignée, car elle avait enfin trouvé son origine. Et cela, nul ne pourrait le lui reprocher, même si Kylian et sa propre conscience s'acharnaient à le culpabiliser.

XXIII

La véritable conspiration

La main gantée du duc Gauthier se referma autour du coffret que lui tendait l'inquisiteur. L'homme observa fixement l'objet un long moment, sans se risquer à l'ouvrir, puis il l'examina sous tous les angles avant de le poser sur la table. Pas un trait de son visage n'avait bougé. Le bandeau noir qui lui couvrait l'œil droit lui conférait une inexpressivité cadavérique, accentuée par les ombres dansantes des torches. Celles-ci mettaient aussi en relief le mot « Kôt », gravé dans l'enceinte sacrée de la société secrète.

Selon toutes les légendes, la pierre contenue dans le coffret possédait un pouvoir extraordinaire capable de dévoiler les recoins les plus prodigieux de l'univers et de conduire à l'immortalité. Mais, à la différence de Philippe le Bel, le duc Gauthier ne ressentait aucune curiosité pour ces énigmes, et la vie éternelle n'avait pas le moindre charme à ses yeux. En revanche, l'Essence du Mystère était la clé indispensable pour accéder à son objectif réel : le secret des sages, conservé depuis plus de deux cents ans par les Templiers. Le moment de déclencher la véritable conspiration approchait. Les jours du souverain de France étaient comptés. Sous peu, Gauthier serait le nouveau maître du royaume. Avec le secret des sages en son pouvoir, il serait invincible.

– Demain, à la tombée du jour, les traîtres seront pendus. Sans ses barons, le roi sera aussi vulnérable qu'un nouveau-né, dit le moine.

– Vous avez fait du bon travail, je vous en félicite.

L'inquisiteur s'inclina pour recevoir les éloges du duc.

– Quand désirez-vous ouvrir la porte ? demanda-t-il.

– Laissons passer un peu de temps, il convient de ne pas se précipiter. Avec les exécutions, le climat de la cour est loin d'être paisible.

– D'ici peu, le roi compte offrir une chasse et une grande fête aux nobles de Paris pour leur faire oublier ces jours amers de mort et de trahison.

– Sait-on déjà où se tiendront les festivités ? demanda le duc.

– Ce sera dans le château de la Bastille et les forêts qui l'entourent.

– Aucun doute, notre bon sire désire régaler ses vassaux.

– Vous y assisterez ? s'enquit Boulvar de Goztell.

– Cette magnifique fête me semble fort prometteuse, je ne la manquerais pour rien au monde, même le trône de France. Mettez tout en place, c'est l'occasion rêvée.

– Je m'arrangerai pour que cela ressemble à un accident.

– Je fais confiance à votre habileté pour n'éveiller aucun doute.

– S'il y en a, les soupçons tomberont une nouvelle fois sur les templiers rebelles. Aux yeux de tous, la malédiction du grand maître du Temple se sera réalisée. Philippe le Bel mourra avant l'arrivée de l'hiver, comme l'hérétique l'a prophétisé sur le bûcher, dit Boulvar de Goztell.

— Ainsi, nous pourrons en finir une fois pour toutes avec les templiers qui se terrent encore. Après la mort du roi, tout le royaume criera vengeance.

— Et vous acclamera comme son nouveau monarque, conclut l'inquisiteur avec révérence.

Le duc Gauthier prit le coffret, l'ouvrit et contempla un instant son contenu. Puis il s'approcha d'une petite niche et y déposa la pierre.

— Bien, arrangez-vous pour que rien ne manque, Goztell. Quand le moment arrivera, je saurai vous récompenser comme promis. Nous nous verrons demain, devant le gibet de Notre-Dame, dit le duc, mettant un terme à la visite.

— J'aimerais ajouter quelque chose.

— Parlez. Qu'est-ce qui vous trouble ? demanda le duc, intrigué par l'expression préoccupée du moine.

— La sorcière de la Lignée m'a interrogé sur vous.

— Elle a découvert mon nom ?

— Elle sait que vous étiez l'époux de sa mère.

— Vous auriez dû la brûler sur le bûcher avec toutes celles que vous avez trouvées dans le bois de Loudun.

— Sans elle, nous n'aurions pas obtenu la pierre.

— Alors, défaites-vous de cette maudite sorcière, nous n'en avons plus besoin.

— Je préférerais attendre que nous ayons résolu le mystère du secret des sages. Elle peut nous être encore utile.

— À votre guise, mais ne comptez pas sur sa loyauté. Je connais bien ce genre de jeteuse de sorts.

— Quand l'heure sera venue, les sorcières de la Lignée disparaîtront de la face de la Terre.

XXIV

Le gibet de Notre-Dame

Des cauchemars peuplés de monstres, de démons et de fantômes hantèrent la nuit de Grimpow. Mais, le lendemain matin au réveil, ses terreurs s'étaient dissipées. En se levant, il se répétait qu'il avait fait le bon choix en remettant la pierre à la sorcière de la Lignée et n'en éprouvait aucun remords. Au moins, un antique lien de sang unissait la jeune femme à l'Essence du Mystère, ce qui n'était pas son cas. Personne ne pouvait échapper aux pièges du destin, songea-t-il, se souvenant des paroles de Salietti. Quelque chose lui disait que l'objet était plus en sécurité entre les mains de la dame qu'entre les siennes. Il ne désirait qu'une chose : que Kylian se trompe et que l'inquisiteur ne s'en empare pas. En tout cas, il leur restait encore à découvrir les cinq planètes du pentagone magique. Ensuite, on verrait bien par quels nouveaux chemins la recherche du secret des sages les conduirait.

Pour l'instant, il devait se dépêcher s'il voulait éviter d'être en retard au cours d'astronomie de maître Auguste Annu. Kylian devait déjà être parti déjeuner depuis un moment, car son lit était défait et la chambre vide. Son ami avait probablement rejoint les autres étudiants en médecine pour les prier de l'autoriser à les accompagner quand ils iraient assister à l'exécution des traîtres sur le gibet de Notre-Dame. La mort exerçait sur lui une irrésistible attirance, mystérieuse et invisible, comme les aimants que maître Annu utilisait en cours pour expliquer les lois physiques de l'attraction entre les masses des corps célestes, qui faisaient tourner les planètes autour du Soleil.

Mais Grimpow avait en tête une espèce d'attraction différente, celle qu'il ressentait pour Sofi. Il était incapable de comprendre d'où venait son affection pour cette jeune fille aux cheveux courts et au caractère rebelle, qui désirait devenir comédienne quand elle serait grande. Lorsqu'il y pensait, un chatouillis agréable fourmillait au creux de son estomac, une émotion silencieuse et inexplicable qui lui donnait l'impression de toucher les étoiles.

Ce soir-là, Sofi rejoignit Grimpow près de l'embarcadère, à l'heure habituelle. Ils commencèrent à longer le fleuve à pas lents.

— Et Kylian ? demanda la jeune fille

— Il a préféré aller voir l'exécution publique de Notre-Dame avec d'autres étudiants. Nous le retrouverons plus tard, au moment d'entrer dans le labyrinthe de la bibliothèque.

— Je ne comprends pas comment il peut avoir envie de regarder mourir quelqu'un sur la potence.

— Moi non plus. Mais il prétend que ça l'intéresse d'observer l'agonie d'un pendu. Il veut être médecin, comme tu le sais.

— Et toi... Que veux-tu devenir ?

— J'hésite encore. Je laisserai le destin décider pour moi.

— Le destin ?

– Eh bien, je me dis que quelque chose se passera au moment voulu. Il se passe toujours quelque chose, même si nous ne savons pas quoi. Regarde ce qui est arrivé hier avec la sorcière de la Lignée.

Sofi perçut la préoccupation de son ami.

– Ça t'inquiète, ce qui s'est passé hier soir ?

– Il est vrai que je n'aurais jamais imaginé une chose pareille. Avant cette visite, je croyais que la pierre m'appartenait. Mais ensuite...

– Si tu n'avais pas décidé d'aller discuter avec elle, tu n'aurais pas appris tout ce que tu sais maintenant. Le destin t'a mené jusqu'à elle parce que tu la cherchais.

– Kylian est d'un avis différent. Il pense que c'est la dame qui me cherchait pour s'emparer de l'Essence du Mystère.

– Ne fais pas attention à Kylian, il croit encore que la sorcière de la Lignée nous a tous ensorcelés.

– Je suis content que tu le prennes ainsi.

– Cette femme me paraît un peu étrange, mais il n'y a pas de méchanceté dans son regard. Tu regrettes de lui avoir donné la pierre ?

Grimpow réfléchit un instant en silence.

– Je n'ai jamais été aussi certain de quelque chose de ma vie, finit-il par déclarer.

– Alors, oublions tout ça ! Prenons une barque et allons faire un tour sur le fleuve.

– Et si le propriétaire nous voit ?

– C'est un ami de mon père, il ne se passera rien.

Sofi le prit par la main et l'entraîna à sa suite. Un soleil gigantesque plongeait vers l'ouest, laissant un sillage de couleurs incandescentes à l'horizon.

— Tu n'as jamais pensé à monter sur une de ces barques et à partir parcourir le monde ? demanda Sofi.

Elle empoigna les avirons et entra dans l'eau.

— Je préfère rester sur la terre ferme, je trouve ça plus sûr que cette barque, dit Grimpow en souriant. De plus, je ne crois pas que nous irions bien loin avec cette paire d'avirons.

— Un jour, je quitterai Paris.

— Et où iras-tu ?

— Je ne sais pas, dans un endroit lointain. Dans le Sud, il y a du soleil et des fleurs toute l'année.

— Moi, j'irai à Florence avec Weienell et Salietti quand ils reviendront.

— Ne dis pas ça. Je ne veux pas que nous soyons de nouveau séparés.

— Tu m'embrasseras quand je partirai ? demanda Grimpow.

Sofi lâcha les avirons, se pencha vers lui et posa les lèvres sur les siennes.

Les cris lointains de la populace qui avait accouru dans l'île pour assister à l'exécution des traîtres sur le parvis de Notre-Dame leur parvenaient, depuis l'autre rive du fleuve. Pour Kylian, qui se trouvait devant le gibet avec des étudiants plus âgés, ces huées étaient assourdissantes. Saisi d'effroi, il mesurait la ligne fragile et terrible qui séparait la vie de la mort.

La foule poussa un rugissement lorsque la charrette qui transportait la cage des prisonniers apparut sur la place. Onze hommes rompus par la douleur et la terreur regardaient d'un air humilié la mer de visages crispés crachant des insultes. Femmes et hommes, enfants et vieillards, nul ne voulait perdre une miette du macabre spectacle. Onze cordes disposées le long d'un immense gibet attendaient les condamnés.

Torturés par les bourreaux, les captifs avaient confessé un crime qu'ils n'avaient jamais commis : un complot contre le roi. Le reste importait peu. Dans un instant, ils seraient morts, suspendus à la potence, livrés aux caprices du vent.

XXV

Les cinq sphères

Le lendemain, Kylian et Grimpow avaient rendez-vous avec Sofi devant l'hostellerie de l'université pour entrer dans la bibliothèque souterraine. En l'attendant, les deux amis s'étaient installés à l'ombre d'un saule et l'apprenti médecin narrait l'agonie des traîtres sur le gibet avec force détails. L'heure convenue finit par arriver, puis par passer, et Sofi ne se montrait toujours pas.

— Tu es certain que nous devions nous retrouver ici et pas à l'embarcadère, comme d'habitude ? s'inquiéta Kylian.

— Bien sûr, elle doit mettre la cape avant d'entrer dans l'université et je lui ai dit que tu la lui donnerais sous l'arbre, devant l'hostellerie.

L'apprenti médecin repartit dans une description colorée du moment où le bourreau avait actionné le levier, ouvrant les trappes sous les pieds des condamnés, dont les corps étaient tombés dans le vide. Aux oreilles de Grimpow, les paroles de Kylian se fondaient dans un bourdonnement confus auquel il ne prêtait plus attention. Son esprit était entièrement consacré à l'évocation du baiser de Sofi, à la douceur de ses lèvres. Il ne comptait pas partager cette exquise expérience avec son ami. C'était son secret, un secret qui n'appartenait qu'à Sofi et à lui, ou du moins en était-il persuadé.

– Qu'est-ce qui a bien pu lui arriver, à ton avis ? demanda soudain Kylian.

– Aucune idée, elle est ponctuelle d'habitude.

– Nous devrions y aller avant la tombée de la nuit, suggéra Kylian, qui se laissait gagner par la nervosité. Nous ne savons pas combien de temps il faudra passer en bas.

– Calme-toi. Attendons encore un moment et si on ne la voit toujours pas, alors on partira sans elle.

Les branches du saule oscillaient au-dessus de leurs têtes, agitées par le vent qui commençait à souffler avec force. De petits tourbillons de feuilles mortes tournoyaient autour de leurs jambes. Le ciel était maintenant couvert, son obscure couleur grisâtre annonçait la tempête.

– Ah, la voilà ! s'exclama Kylian.

La jeune fille arrivait en courant par le fond de la ruelle qui menait aux jardins de l'hostellerie.

Grimpow se leva d'un bond. Sofi avait eu un problème. À sa manière de se retourner constamment, il comprit qu'elle fuyait quelqu'un, mais ne voyait personne la poursuivre.

– Que se passe-t-il ? demanda-t-il avec inquiétude quand elle les rejoignit.

Sofi respirait avec difficulté, hors d'haleine après sa course.

– C'est Richard... Il m'a espionnée. Il sait tout ce que nous avons fait ensemble ces derniers jours et il n'a pas cessé de me poser des questions sur vous et les endroits où nous sommes allés. Il a aussi menacé de révéler à mes parents que je te vois en cachette et que tu m'entraînes dans des aventures dangereuses...

— Il t'a suivie jusqu'ici ? demanda Kylian, qui jetait des regards inquiets dans la direction d'où venait la jeune fille.

— Je ne crois pas. J'ai fait un détour par le marché et j'ai réussi à le semer dans la foule. C'est pour ça que je suis en retard...

— Qu'est-ce que tu penses faire, maintenant ? Tu devrais peut-être retourner chez toi et tout raconter à tes parents avant que Richard ne le fasse. De cette manière, ils connaîtront ta version avant la sienne, lui conseilla Grimpow.

Il se sentait responsable des ennuis de Sofi.

— Si je rentre, je ne pourrai pas revenir. De plus, Richard est peut-être déjà allé les trouver quand il a perdu ma piste.

— Alors, n'en parlons plus, dit Kylian d'un ton décidé en offrant la cape à Sofi. Tiens, mets-la. Avec ça, tu passeras pour un étudiant.

À cette heure de l'après-midi, les couloirs et les cloîtres de l'université étaient peu fréquentés. Sofi ne cessait de regarder de tous côtés, comme si elle avait conquis un paradis interdit aux femmes, et encore plus aux jeunes filles de son âge. Pour le moment, elle était si heureuse d'être là, vêtue comme Grimpow et Kylian, qu'elle oublia rapidement Richard et ses menaces, même si elle avait conscience que rien ne serait plus comme avant.

— Attendez ! souffla Kylian.

Il venait de remarquer Anatole Pempius et Edmond de Tocqueville qui se promenaient dans un des cloîtres, conversant à voix basse.

— Passons par ici, ajouta l'apprenti médecin.

Obéissant à son injonction, Grimpow et Sofi se glissèrent discrètement le long d'un mur de pierre.

À partir de cet instant, Grimpow prit la tête de la petite expédition. Ils traversèrent plusieurs couloirs, prenant soin de se faire discrets, et arrivèrent enfin à la galerie voûtée et à l'escalier situé à droite qui descendait dans les profondeurs obscures de l'université. Le garçon s'y engagea le premier, suivi de Sofi.

– Pourvu que je n'aie pas à me repentir d'avoir fait ta connaissance, commenta Kylian qui ferma la marche.

– Il est encore temps de faire demi-tour, rétorqua Grimpow, mi-figue mi-raisin.

– Et te laisser tous les honneurs de la découverte ? Tu rêves, mon ami.

– Alors, tais-toi. Quelqu'un pourrait nous entendre, répliqua Sofi.

– Là-dessous, il ne doit y avoir que des rats et des cafards.

À mesure qu'ils avançaient, le passage se faisait plus étroit. Quelque chose frôla le pied de Sofi, qui étouffa un cri.

– Ce n'est qu'un rat, la rassura Grimpow.

– Je t'avais prévenue, souligna Kylian, fier de sa clairvoyance.

Grimpow prit la lampe à huile allumée posée dans un coin et ils continuèrent vers le bout du tunnel. Le mur rugueux hérissé de crochets de fer apparut devant eux.

– Tiens-moi la lampe, dit-il à Kylian. Je vais essayer de me souvenir de la combinaison qui ouvre l'entrée dans le sol.

– Le sol ? Alors nous devons encore descendre ?

Envahi par la nervosité, Kylian n'arrivait pas à maîtriser sa langue. Mais Grimpow ne lui répondit pas, trop occupé à se remémorer les gestes d'Edmond de Tocqueville, quand celui-ci l'avait conduit auprès de la gisante millénaire.

— Tu vas y arriver ? demanda Kylian, un peu plus calme.

— Je crois que oui, mais je ne me souviens plus très bien du dernier mouvement. Il me semble que c'est ce crochet-ci.

— Allez, n'hésite pas. Si ça ne fonctionne pas, tu pourras toujours réessayer, dit Sofi.

— À condition que nous ayons droit à plusieurs tentatives. Si je me trompe, il est possible que je ne puisse pas recommencer.

— De toute façon, nous n'avons pas d'alternative, souligna Kylian.

Grimpow tira les crochets dans l'ordre qu'il avait gardé en mémoire et attendit que le sol bouge sous leurs pieds. Mais rien ne se produisit. Avant que Kylian et Sofi ne commencent avec leurs questions, il réitéra l'opération en changeant le dernier geste.

La dalle de pierre frémit sous leurs pieds.

— Il a réussi ! Il a réussi ! cria Sofi, d'une voix émue.

En bas, tout était sombre. Grimpow alluma plusieurs des lampes posées sur les tables d'étude de la première salle.

— Par la barbe d'Aristote ! Il y a plus de livres ici que dans la mythique bibliothèque d'Alexandrie, s'exclama Kylian.

Sofi regarda autour d'elle, avec l'impression de pénétrer dans un territoire enchanté. Elle n'avait jamais rien vu de pareil à cette immense salle aux murs de livres.

Grimpow déplia le plan du labyrinthe.

— Prenez une lampe chacun. Nous en aurons besoin, là-dedans.

— Où est le cadavre de la femme ? voulut savoir Kylian.

L'idée qu'un corps humain puisse rester intact depuis si longtemps lui paraissait d'un intérêt extraordinaire pour la médecine.

– Elle se trouve dans une chambre secrète, où je ne sais pas aller. De toute façon, nous n'avons pas le temps de nous distraire maintenant. Selon le plan de Gurielf Labox, il reste encore un long chemin à parcourir avant d'atteindre l'endroit où sont dissimulées les cinq planètes.

– Et que se passera-t-il si les lumières s'éteignent pendant que nous sommes là-dedans ? demanda Sofi.

La perspective de rester prisonnière de cet endroit singulier ne lui plaisait en aucune façon.

– Il vaut mieux que tu ne penses pas à ça, pour l'instant. Je ne suis pas très certain que nous arrivions à en sortir.

– Tu aurais dû prendre la pierre avec toi. Sa lumière nous aurait mieux éclairés que ces vieilles lampes à huile, lui reprocha Kylian.

Le sous-entendu n'échappa pas à Sofi.

– Laisse tomber cette histoire de pierre. Grimpow a décidé de la donner à la sorcière de la Lignée et il a ses raisons.

– Par la barbe d'Aristote ! Ce n'était qu'une remarque innocente, Sofi. J'ai bien conscience que toi et moi n'avons pas notre mot à dire dans cette histoire.

Grimpow jeta un regard amusé à Kylian. Connaissant bien son ami, il n'éprouvait pas le moindre ressentiment, l'apprenti médecin n'avait aucune intention de se montrer blessant.

– Là n'est pas la question, Kylian. Mais je préfère résoudre l'énigme du pentagone magique sans l'aide de la pierre. J'ai besoin de savoir ce que je peux accomplir sans elle.

– Il vaudrait mieux se mettre en route. Nous sommes là pour trouver l'endroit indiqué par le plan, n'est-ce pas ? intervint Sofi, coupant court à la dispute.

Tous les trois avancèrent dans le labyrinthe de la bibliothèque comme des âmes en peine en quête de rédemption dans la profonde obscurité d'un lieu inconnu. Les petites flammes des lampes projetaient un faible halo autour de leurs pieds et faisaient danser les ombres de leurs corps sur les rayons chargés d'épais manuscrits, comme une insolite sarabande de spectres aux silhouettes mouvantes et sans substance.

D'après le plan de Gurielf Labox, il fallait d'abord partir vers le fond, tourner à droite, puis à gauche et continuer dans d'interminables zigzags. Ils finirent par se demander s'ils ne faisaient pas des détours capricieux autour du même point. Mais Grimpow savait que tant qu'ils n'abandonnaient pas le tracé indiqué, ils seraient sur la bonne piste. Les trois compagnons avançaient donc en silence, s'efforçant de se concentrer pour ne manquer aucun changement de direction, aucun couloir sans fin. Cependant, à un certain moment, Sofi regarda derrière elle et s'arrêta net. Kylian n'était plus là !

Très inquiète, elle s'approcha de Grimpow et lui toucha l'épaule.

— Kylian a disparu, dit-elle à voix basse.

— Zut ! Où diable est-il passé ?

Le garçon s'apprêtait à l'appeler à grands cris, mais Sofi le bâillonna de sa main libre.

— Chuuuuuut ! Nous ne sommes peut-être pas seuls, ici, murmura-t-elle.

L'image de la sorcière de la Lignée traversa l'esprit de Grimpow comme un éclair et celle de l'inquisiteur Boulvar de Goztell lui succéda. Était-il possible que l'un d'entre eux, voire les deux, les ait suivis jusqu'au labyrinthe de la bibliothèque pour les tuer et leur voler le plan de Gurielf Labox ? Le pauvre Kylian pourrait avoir eu raison en soupçonnant la jeune femme de mauvaises intentions. S'il était arrivé quoi que ce soit à son ami, Grimpow savait qu'il ne pourrait se le pardonner... Mais que faire maintenant ? se demanda-t-il, submergé par une avalanche de doutes et de craintes.

– Depuis combien de temps l'as-tu perdu de vue ?

– Je ne sais pas, mais cela fait un moment que je n'ai pas regardé derrière moi. Je croyais qu'il nous suivait...

– Il a pu prendre du retard et s'est égaré en essayant de nous rattraper.

– Retournons sur nos pas sans faire de bruit, suggéra Sofi.

– Si nous quittons l'itinéraire que montre le plan de Gurielf Labox, nous ne le retrouverons jamais au milieu de ce labyrinthe.

– Eh bien, nous placerons des livres par terre pour savoir par où nous sommes passés. Ainsi nous pourrons rebrousser chemin jusqu'ici.

Grimpow approuva l'astucieuse proposition de Sofi. En revenant sur leurs pas, ils posèrent des livres choisis au hasard à chaque croisement pour marquer leur trajet. Le cœur battant, ils se glissaient dans l'obscurité en silence. Si quelqu'un d'autre se trouvait dans cette bibliothèque souterraine, il aurait pu les suivre sans qu'ils perçoivent sa présence. Mais pas très loin d'eux, ils distinguèrent une faible lueur.

– Continuons sans lumière, proposa Sofi, plus décidée que Grimpow à aller voir de quoi il s'agissait.

Ils s'accroupirent près d'une étagère et s'approchèrent d'un pas furtif. Peu à peu, ils purent constater que la lueur provenait d'une lampe à huile posée à terre.

– C'est sans doute la lampe de Kylian, dit Sofi.

– Et où est-il ?

— Je ne peux pas le distinguer d'ici. Nous allons devoir nous approcher.

À mesure qu'ils avançaient, ils discernaient un corps couché sur le sol dans la pénombre.

— C'est Kylian !

— Que fait-il allongé par terre ?

— On dirait qu'il lit un manuscrit.

— Quel imbécile, grommela Grimpow.

Il attrapa deux gros volumes sur une étagère voisine et les laissa tomber à plat. Le bruit résonna comme un coup de tonnerre. Kylian fit un bond acrobatique et se retrouva sur ses pieds.

— Que diable te passe-t-il par la tête ? lui reprocha Grimpow, irrité.

— Par la barbe d'Aristote ! Tu m'as fait une de ces peurs !

— Nous avons failli mourir d'inquiétude ! lui cria Grimpow.

Sofi ne savait pas si elle devait rire ou se mettre en colère.

— Ne recommence jamais ça. Nous pensions qu'il y avait quelqu'un d'autre dans le labyrinthe et qu'il t'était arrivé quelque chose, dit-il.

En découvrant la pâleur du visage de ses amis, Kylian, atterré, mesura la portée de son imprudence.

— Je suis désolé, désolé... Mais en passant par ici, j'ai remarqué ces livres de médecine. Ce sont des écrits du grand Galien et je n'ai pas résisté à l'envie d'y jeter un œil. Quand j'ai relevé la tête, vous aviez avancé et je ne savais plus par où vous étiez partis. C'est pourquoi j'ai décidé d'attendre sur place que vous reveniez me chercher, au lieu de me perdre dans ce labyrinthe. Je n'ai pas pensé que...

– Laisse tomber ! l'interrompit Grimpow, avec un geste tranchant du revers de la main.

– Bien. Reprends ta lampe et allons-y. Passe devant, cette fois, je ne te quitte plus des yeux, murmura Sofi.

Les livres placés sur le sol en guise de repères les ramenèrent à l'endroit où ils avaient constaté la disparition de Kylian. Grimpow consulta de nouveau le plan de Gurielf Labox et montra l'emplacement où devraient se trouver les cinq planètes. Leur destination n'était plus très éloignée. Deux tournants consécutifs à droite, un autre à gauche, une nouvelle fois à droite, puis quelques pas vers le fond et après un virage vers la gauche, le dernier couloir.

– Ça doit être ici, dit Grimpow, devant les étagères qui entouraient le passage sans issue où ils avaient abouti.

– Et maintenant, que devons-nous chercher ? demanda Sofi.

À ses yeux, cet endroit du labyrinthe ne se distinguait en rien de toutes les allées qu'ils venaient de parcourir, hormis qu'on ne pouvait pas avancer plus loin.

Grimpow leva la lampe et la déplaça en cercle, autour de lui, dissipant l'obscurité.

– Je ne sais pas, Sofi. Il doit y avoir quelque chose : un signe, un objet, un code, un levier... Quelque chose qui dissimule la clé permettant d'accéder aux cinq planètes du pentagone magique.

– Ici ! s'exclama Kylian, illuminant avec sa lampe le dos de quelques manuscrits rangés sur l'étagère du fond.

Grimpow le rejoignit et déchiffra le titre gravé en grandes lettres sur le dos de cuir d'un livre.

– *Les Cinq Sphères*, lut-il.

Sofi se rapprocha d'eux, regrettant de ne pas savoir lire.

Kylian était ravi d'avoir découvert la piste. Il semblait clair que les cinq sphères avaient une relation avec les cinq planètes.

— Nous devrions peut-être le prendre ? suggéra-t-il.

— Cet honneur te revient, c'est toi qui l'as trouvé.

Kylian retira le livre du rayonnage et souffla dessus pour enlever l'épaisse couche de poussière qui le recouvrait. Et, comme si son souffle possédait un pouvoir magique, les rayons du fond qui fermaient le couloir commencèrent à glisser sur le côté, dévoilant une paroi de pierre, sur laquelle se détachait une grande plaque de bronze, gravée des cinq noms des planètes du pentagone magique.

SATOL
AREPO
TENET
OPERA
LOTAS

— Les planètes ! s'exclama Grimpow.

— Mais comment arriverons-nous à entrer ? demanda Sofi, contemplant d'un regard émerveillé ce qui ressemblait à une porte secrète.

— J'ai déjà vu des cryptogrammes comme ceux-là. Nous avons besoin d'un code qui nous permettrait d'interpréter le message occulte dans ces mots, expliqua Grimpow.

— Regardez ça ! dit Kylian qui venait d'ouvrir le manuscrit des cinq sphères.

Toutes les pages du livre étaient écrites en latin, comme un traité d'astronomie, sauf la dernière, qui ne portait qu'une longue suite de numéros :

42 51 45 33 23 31 54 13 43 22 44 12

– C'est le code pour résoudre le cryptogramme ! s'exclama Grimpow sans hésiter. Au moins, nous aurons une piste pour parvenir à ouvrir cette porte secrète.

– Il y a des lettres et des chiffres. Quel rapport peut-il y avoir entre eux ? s'interrogea Kylian.

– Je suis désolée de ne pas pouvoir vous aider, dit Sofi.

À cet instant précis, elle décida de demander à Grimpow de lui apprendre à lire et à écrire dès qu'ils sortiraient de ce labyrinthe. Elle venait de découvrir la magie des mots.

– Ne t'inquiète pas, il s'agit seulement de trouver le lien qui donne un sens à ces nombres.

– Ils sont regroupés deux par deux, souligna Kylian.

Grimpow se souvint de la pierre et de son pouvoir, mais il refusait d'admettre qu'il était incapable de résoudre cette énigme sans elle. Il réfléchissait de toutes ses forces, son regard faisait la navette entre les noms des planètes gravés sur la plaque et les chiffres reportés dans le livre que Kylian gardait ouvert à la bonne page. Le garçon finit par constater que tous les nombres du code étaient compris entre un et cinq, tant pour le chiffre des unités que dans celui des dizaines. Il ne s'agissait sans doute pas non plus d'un hasard si les cinq mots comportaient cinq lettres chacun.

– Je crois que j'ai la solution, dit-il soudain en montrant les grandes lettres de bronze.

– Cela a un rapport avec le fait que chacun des noms des planètes peut se lire de droite à gauche, de gauche à droite, de haut en bas et de bas en haut ? demanda Kylian.

— Non, c'est plus simple que cela.

— Alors, explique, si tu veux bien. Sofi et moi avons hâte de savoir.

— La longue suite codée des chiffres du manuscrit indique la position des lettres du message crypté dans chacun des cinq mots.

— Je ne comprends pas, je ne me suis jamais bien débrouillé en mathématiques, s'excusa Kylian.

— Il s'agit de douze groupes de deux chiffres chacun, qui équivalent à douze lettres. Le premier chiffre indique l'ordre des mots, le second correspond à l'ordre des lettres de ce mot.

— Tu veux dire que le chiffre 42 signifie que, du quatrième mot, qui est OPERA, nous devons prendre la deuxième lettre ?

— Exactement, la lettre P. Et pour le deuxième chiffre, qui est 51, le cinquième mot est LOTAS et la première lettre est le L.

— Et que dit ce message crypté ? voulut savoir Sofi qui ne comprenait pas très bien de quoi parlaient leurs amis.

— Attends, je n'ai pas encore tout lu, mais je te le dirai d'ici un moment, si Kylian me donne au fur et à mesure les chiffres qui apparaissent sur le livre.

— Mais ça n'ouvrira pas la porte.

— Elle s'ouvrira si j'appuie sur chacune des lettres qui composent le message crypté.

Grimpow s'approcha de la plaque de bronze et poussa la lettre P vers l'intérieur du mur. Puis Kylian lui énonça chaque numéro à deux chiffres du manuscrit jusqu'à compléter les douze lettres du message, que Grimpow pressait à mesure qu'il les retrouvait parmi les noms des cinq planètes du pentagone magique. Finalement, il obtint une expression compréhensible :

— « Planeta Terra » ? Que diable signifie tout cela ? demanda Kylian.

— Peut-être que les cinq planètes de l'étoile Ouro étaient, il y a très longtemps, sur la planète Terre.

— Par la barbe d'Aristote ! Mais les planètes sont dans le ciel, pas sur Terre !

— Une fois, j'ai lu le texte d'un sage qui disait que ce qui était en haut était en bas, et réciproquement, expliqua Grimpow, qui omit de préciser qu'en réalité, il n'avait pas très bien compris la véritable signification de cette affirmation.

Puis il poussa la dernière lettre et la porte de bronze pivota sur ses gonds.

Devant eux, s'ouvrit un passage obscur et étroit, dont il était impossible de deviner la destination. Sofi se rendit compte que sa lampe, à court d'huile, n'allait pas tarder à s'éteindre. Elle souffla sur la flamme et demanda à Kylian de l'imiter. Pour l'instant, la lampe que portait Grimpow serait suffisante pour éclairer l'intérieur du couloir, les deux autres resteraient en réserve pour le moment où ils en auraient besoin, expliqua-t-elle. Mais, une fois de plus, Kylian n'était pas d'accord avec Sofi.

— Je n'ai aucune intention d'entrer là-dedans sans avoir ma lumière personnelle en main. Je préférerais avoir la tête tranchée plutôt que de ne rien y voir.

Sofi n'insista pas. Elle se contenta de suivre Grimpow, qui avait déjà franchi l'entrée et explorait le début du tunnel. Les parois rugueuses de pierre semblaient se rapprocher à mesure qu'ils avançaient. Mais Grimpow pensa qu'il s'agissait seulement d'un effet d'optique dû à l'obscurité qui régnait au-delà du cercle lumineux.

Au bout de quelques mètres, le sol se déroba brusquement sous les pas du garçon et il n'eut pas le temps de reculer. Il poussa un cri et glissa dans le vide. Lâchant la lampe, il chercha instinctivement à se retenir à quelque chose. Par bonheur, ses mains trouvèrent une prise inespérée au bord de la fosse, pendant que la faible lumière de la lampe tombait dans l'abîme et disparaissait dans une noirceur infinie. Sofi se rua vers Grimpow et le saisit par les poignets.

— Je ne pourrai pas tenir longtemps, balbutia le garçon.

— À l'aide ! Aide-moi, Kylian ! cria Sofi.

Elle avait l'impression qu'elle n'aurait pas assez de force pour retenir Grimpow, qui commençait à glisser.

Kylian ne savait pas encore ce qui s'était passé devant lui, mais il posa sa lampe à terre et se précipita près de Sofi.

— Prends-le par un bras et je prends l'autre ! dit-il en découvrant son ami suspendu au-dessus de ce précipice sans fond.

Tous les deux hissèrent Grimpow de toutes leurs forces, jusqu'à ce qu'il soit en sécurité. Pendant que Sofi pleurait de soulagement, Kylian tentait de retrouver son souffle, épuisé par l'effort.

— Par la barbe d'Aristote ! Que s'est-il passé ? demanda-t-il.

— J'ai dû marcher sur quelque chose qui a activé ce piège, répondit Grimpow. Sans vous, je me serais écrasé en bas et...

— Bon. Il est clair qu'à partir de maintenant, nous devrons faire plus attention à l'endroit où nous mettons les pieds, dit Kylian.

Il piétina autour de lui pour éprouver la fermeté du sol.

À ce moment, on entendit un claquement et la trappe se referma devant eux, comme si elle n'avait jamais existé.

– Tu crois que nous pouvons continuer ? demanda Sofi.

Kylian ramassa sa lampe et avança avec lenteur sur la dalle refermée.

– Je te le dirai quand je serai passé.

L'apprenti médecin acheva enfin sa prudente traversée et arriva sauf de l'autre côté. Grimpow et Sofi le suivirent, en faisant attention à chacun de leurs pas, comme si leur vie en dépendait. Ils craignaient de rencontrer d'autres pièges en route, mais, en atteignant ce qui ressemblait au bout du tunnel, ils ne virent qu'une petite lumière, scintillant au milieu de l'obscurité. Abasourdis par cette trouvaille insolite, ils se rapprochèrent à pas lents. Cinq sphères de métal précieux, à peine de la taille d'une orange, tournaient en suspension autour de la lueur, traçant une parfaite orbite circulaire. Elles étaient si près qu'ils auraient pu les toucher.

– Ce sont les cinq planètes de l'étoile Ouro ? demanda Kylian.

Le jeune étudiant était convaincu que ce spectacle ne pouvait être produit que par un acte de sorcellerie.

– Je crois que ce sont les cinq sphères qui ouvrent la porte du secret des sages. C'est ce qui est écrit dans le livre de la sorcière de la Lignée. « À l'endroit où sont placées les planètes, tu dois poser les sphères. Mais à rien ne te servira, sans la lumière de l'étoile qui les fait tourner. »

– Tu vas les emporter ?

Sofi craignait de rompre l'enchantement de ce spectacle lumineux, qui semblait exposer une partie de l'univers à son regard.

— Je ne peux pas agir autrement, nous sommes précisément venus pour ça, dit Grimpow.

Une à une, il prit les sphères, comme s'il cueillait des fruits défendus, puis les passa à Kylian et à Sofi. Elles ne pesaient rien, mais paraissaient cependant façonnées dans un métal plus dur et plus lourd que l'or. Ensuite, Grimpow les rangea dans sa sacoche. Lorsqu'il saisit la dernière, la lumière de la petite étoile qui brillait au centre disparut. Les trois amis échangèrent des regards perplexes. Soudain, ils perçurent une quatrième présence derrière eux. En se retournant, ils découvrirent le joli visage d'Agnès Lebuy, la sorcière de la Lignée.

XXVI

Les maîtres et la sorcière

Anatole Pempius et Edmond de Tocqueville écoutaient avec fascination Grimpow leur parler des cinq sphères qu'il avait rapportées de la bibliothèque souterraine de l'université, grâce au plan de Gurielf Labox et avec l'aide de ses amis. L'énigme du secret des sages semblait de plus en plus proche de sa résolution.

– Et tu dis que c'est la dame qui vit maintenant dans la maison qui t'a procuré ce plan ? demanda Anatole Pempius, sans cesser de se gratter la barbe.

– C'est bien cela. La dame s'appelle Agnès Lebuy...

– Agnès Lebuy, la femme qui a écrit le manuscrit *Ouro : la dernière étoile* ? voulut savoir maître Tocqueville, déconcerté.

– Il s'agit de sa fille. Elle est dehors, attendant de s'entretenir avec vous et maître Edmond. Je crois que cette personne est la dernière sorcière de la Lignée, même si elle l'ignorait jusqu'à présent...

Grimpow continua à leur rapporter ses découvertes depuis qu'il avait décidé de se fier à cette dame. Jusque-là, il ne semblait pas s'être trompé. Elle était la véritable et unique héritière du secret des sages. Il avait pu le vérifier cette nuit même, lorsqu'elle les avait surpris dans la salle où étaient cachées les cinq sphères du pentagone magique.

– Comment êtes-vous arrivée jusqu'ici ? lui demanda Grimpow, une fois remis de sa surprise.

– La pierre m'a guidée.

– Tenez, ce sont les cinq sphères du pentagone magique. Le plan de Gurielf était exact, dit Grimpow en lui offrant sa sacoche.

– Garde-les. Maintenant que tu les as trouvées, tu pourras ouvrir la porte du secret des sages.

– Mais nous n'en connaissons pas encore l'emplacement, souligna Kylian.

– Il est conservé dans la tour du Temple.

Grimpow eut la chair de poule.

– Comment l'avez-vous su ?

– Je suis une sorcière, tu as oublié ?

– Il est impossible de pénétrer dans la tour du Temple, assura Sofi.

Le seul fait d'entendre ce nom suffisait à la faire trembler de tous ses membres. C'était sans doute l'endroit le plus terrifiant et le mieux protégé de Paris.

– Je sais comment m'y prendre, mais vous devrez me faire confiance, dit Agnès.

Kylian ne dit mot, mais il ne pouvait toujours pas se résoudre à oublier entièrement ses préventions.

Plus tard, la dame les avait guidés à travers les galeries de la bibliothèque souterraine jusqu'à la chambre ronde où gisait la femme morte depuis des milliers d'années. Aucun des trois amis ne se risqua à lui demander comment elle avait trouvé ce lieu secret, ni comment elle avait ouvert la porte de la salle, même s'ils soupçonnaient le rôle de la pierre philosophale magique dans l'opération.

– Vous vous ressemblez comme deux gouttes d'eau ! s'exclama Kylian en découvrant le visage du cadavre.

Sofi fixa Agnès avec des yeux ronds, comme si son image s'était dupliquée. Puis les trois amis examinèrent la petite marque étoilée sur l'épaule gauche des deux femmes. À la seconde où Agnès prit la main de la gisante, les étoiles émirent une forte lueur. L'espace d'un instant, Grimpow se dit que la morte était sans doute sa mère, sa grand-mère, son arrière-grand-mère ou celle d'une des sorcières de la Lignée dont elle descendait.

– Sais-tu quand le corps de cette femme est arrivé ici ?

– Non, mais maître Pempius et maître Tocqueville doivent le savoir. Si vous le désirez, je peux leur demander de vous recevoir, je suis certain qu'ils seront enchantés de discuter avec vous. Ils ignorent encore tout des derniers événements.

– Vous n'avez rien à craindre, vous pouvez nous croire, dit Kylian.

Il était soulagé en songeant qu'Anatole Pempius et Edmond de Tocqueville allaient enfin être informés de ce qui se passait. Si la jeune sorcière les avait ensorcelés, les deux maîtres ne tarderaient pas à éventer le piège.

Mais à en juger par la manière dont les deux savants reçurent la belle Agnès Lebuy, Kylian aurait juré qu'ils avaient aussi été victimes du même sort, simplement en croisant son regard. Aucun des deux hommes ne semblait avoir le moindre doute sur l'identité de la mystérieuse dame. De toute évidence, ils étaient également convaincus qu'elle était une sorcière de la Lignée, à l'instar de celles dont parlait le manuscrit que Grimpow leur avait montré. De plus, tous deux étaient désireux de connaître les détails de la vie de la jeune Agnès. Tout indiquait qu'une partie de l'histoire du secret des sages leur était inconnue, et s'était perdue dans l'oubli après la mort de la précédente sorcière de la Lignée.

— Visiblement, votre mère vous a légué ce livre pour que vous appreniez l'existence du secret des sages et de sa cachette, conclut Edmond de Tocqueville.

— J'ai su qu'elle rencontrait fréquemment un maître de cette université. Avez-vous une idée de son identité ? demanda-t-elle.

Les deux hommes échangèrent un regard embarrassé, comme si chacun comptait sur l'autre pour répondre.

— Difficile à dire, après tant d'années, marmonna Anatole Pempius.

— Si Gurielf Labox était encore en vie, il aurait peut-être pu vous renseigner. C'était le seul qui semblait avoir quelques notions sur les sorcières de la Lignée et leur relation avec le secret des sages, ajouta Edmond de Tocqueville.

Assis silencieusement près de la dame, Grimpow et Kylian suivaient la conversation avec intérêt.

— Mais quelqu'un a bien dû déposer le cadavre de cette femme dans la salle secrète de la bibliothèque, argua Agnès.

— C'était peut-être ce maître de l'université qui était l'ami de votre mère. La seule chose qu'Edmond et moi savons est que Gurielf Labox avait laissé un écrit avant de quitter Paris. Mais dans ses documents, nous n'avons trouvé qu'une note cryptée sur la manière d'accéder à la chambre dérobée de la bibliothèque et le parchemin avec le dessin du pentagone magique. Par ailleurs, nous ignorions également la présence du corps de la première sorcière de la Lignée, expliqua Anatole Pempius.

– En tout cas, tout semblait indiquer qu'après la mort de votre mère, un certain événement a poussé ce maître de l'université à cacher le cadavre dans la bibliothèque souterraine, près des cinq sphères du pentagone magique, ajouta Edmond de Tocqueville. De nombreuses années plus tard, Gurielf Labox a trouvé une piste essentielle et a réussi à éclaircir une partie du mystère. Seul son assassinat par Boulvar de Goztell l'a empêché d'achever son travail.

– Vous voulez dire que cet inquisiteur pourrait savoir que ce corps existe ? demanda Agnès, surprise.

– C'est possible. Tout comme il est informé de l'existence de la pierre et de celle du secret des sages. Boulvar de Goztell a de nombreux éléments en sa possession.

Grimpow se permit d'intervenir :

– Mais maintenant, tout est presque éclairci, dit-il en regardant Agnès. C'est vous qui devez ouvrir la porte du secret des sages, pas nous.

– Tu connais l'emplacement du secret des sages ? demanda Anatole Pempius, incrédule.

– Il se trouve à la tour du Temple, laissa échapper Kylian, incapable de tenir sa langue.

– Vous en êtes certains ? Il y a quatorze ans, le roi et l'inquisiteur Boulvar de Goztell n'ont rien découvert quand ils ont donné l'assaut à la forteresse des Templiers. Ils n'ont réussi qu'à les arrêter tous et à les livrer au bûcher, dit Edmond de Tocqueville.

– Ils ont peut-être trouvé la porte, mais n'ont pas su comment l'ouvrir, suggéra Agnès.

— En tout cas, entrer dans cette forteresse est une opération difficile et périlleuse. Ça revient à se jeter dans la gueule du loup.

Grimpow allait expliquer qu'Agnès connaissait un moyen de le faire sans danger, mais il se tut et fit signe à Kylian de ne pas trop bavarder.

— Attendons le retour de Weienell et de Salietti avant de prendre une décision. Je ne pense pas qu'ils tarderont à rentrer de Florence, conclut Anatole Pempius, sans cacher sa préoccupation.

Troisième partie

LA TOUR DU TEMPLE

I

La plaie ouverte

Malgré l'heureuse perspective du prochain retour de Weienell et de Salietti, Grimpow ne parvenait pas à surmonter sa tristesse. Il n'avait pas revu Sofi depuis le soir où ils avaient exploré les souterrains de l'université. Avant de regagner la place Maubert, elle l'avait prévenu qu'une fois que Richard aurait révélé leurs activités à ses parents, ceux-ci ne la laisseraient plus sortir, sinon en compagnie de son cousin ou d'un de ses frères. Grimpow se rendait néanmoins chaque fin d'après-midi près de l'embarcadère et passait un long moment à contempler les jeux de la lumière à la surface de l'eau, évoquant sans se lasser le visage de Sofi.

Tout était différent depuis qu'elle n'était plus près de lui. Même Kylian ne manifestait plus d'intérêt pour l'animation des tavernes qu'il aimait tant observer auparavant. L'apprenti médecin avait déclaré à Grimpow que s'il souhaitait se lamenter pendant des heures sur les berges du fleuve, mieux valait qu'il reste seul, car la mélancolie, ce mal qui asséchait l'esprit, était aussi contagieuse qu'une terrible épidémie. Mais Grimpow appréciait ces instants de solitude. Après l'effervescence des amphithéâtres, le temps semblait se figer, lui ôtant toute possibilité de progrès. Plus rien n'avait d'importance à ses yeux. Il ne pensait plus à la sorcière de la Lignée et à la manière de pénétrer dans la tour du Temple pour accéder au secret des sages, convaincu que cela ne lui incombait plus.

Cette fois, Grimpow entendit une voix s'élever derrière lui, et se dit d'abord que Kylian l'avait finalement rejoint.

– Inutile de continuer à venir ici ! Tu ne la reverras jamais.

En se retournant, Grimpow découvrit le visage arrogant de Richard. Le cousin de Sofi se tenait debout sur la coque d'une barque échouée. Il s'était sans doute tapi derrière cette embarcation pour les épier, soir après soir, sans qu'ils soupçonnent sa présence.

– Laisse-moi tranquille, répliqua Grimpow. Tu as déjà obtenu ce que tu désirais. Que me veux-tu encore ?

– Que tu quittes Paris. Il n'y a pas assez de place pour nous deux, ici.

– Jusqu'à présent nous ne nous sommes jamais croisés par hasard, que je sache. Et si tu n'étais pas venu me chercher, ce soir, on aurait continué à ne pas se voir.

Richard cracha par terre avec mépris.

– Je ne peux pas vivre dans la même ville que l'assassin de mon père.

– Je n'ai pas tué ton père !

– Ah bon ? Parce que tu crois vraiment que ces soldats nous auraient attaqués, s'ils n'avaient pas voulu vous capturer, toi et ces maudits hérétiques ?

Poings serrés, le regard flamboyant de rage, Richard sauta de la barque et s'avança vers Grimpow. Il s'arrêta à quelques pouces du jeune garçon. Celui-ci ne ressentait nulle crainte, même si son adversaire était plus grand et plus robuste.

— Personne ne pouvait deviner ce qui allait arriver. N'importe lequel d'entre nous aurait pu mourir, ce jour-là.

— Mais ça ne s'est pas passé ainsi !

— Je suis désolé, Richard... Je suis vraiment désolé de ce que tu as subi.

— Je me fiche de tes excuses !

Grimpow vit la main de Richard passer devant ses yeux en un geste fugace. Il ne sentit rien jusqu'à ce qu'il lève les doigts à son visage et palpe l'estafilade qui saignait sur sa joue droite.

— Si je te revois ici, je te trancherai la gorge, siffla le jeune comédien d'un ton venimeux.

Puis il rangea prestement son petit poignard sous son justaucorps et détala.

Lorsque Grimpow entra dans la chambre de l'hostellerie, Kylian était allongé sur son lit, lisant un volumineux livre de grammaire à la lumière d'une bougie.

— Par la barbe d'Aristote ! Dans quel pétrin es-tu encore allé te fourrer ?

— C'est Richard, le cousin de Sofi.

Kylian ferma le volume, se leva d'un bond et saisit le visage de son ami, pour l'empêcher de bouger.

— Laisse-moi voir... La plaie n'est pas très profonde, mais tu as de la chance qu'il n'ait pas touché l'œil. Tu aurais pu te faire éborgner.

— Tu ne joues pas au médecin avec moi, n'est-ce pas ?

— Nous devons avertir Pempius et Tocqueville.

— Non, non. Je ne veux pas qu'ils l'apprennent ! Tu crois que tu pourrais me soigner ?

– Je ne saurai pas recoudre ça, mais je connais quelqu'un qui pourra s'en charger aussi bien que le plus célèbre chirurgien de Paris. Ne bouge pas d'ici, je reviens tout de suite.

Peu après, Kylian poussa la porte de la chambre et entra, accompagné d'un étudiant en médecine plus âgé qu'eux.

– Comment as-tu récolté cette estafilade ?

– Je suis tombé sur un bout de fer aiguisé, prétendit Grimpow.

L'étudiant avait apporté une pièce de cuir, une aiguille et un mince fil de boyau de porc. Il tendit à Grimpow le morceau de cuir.

– Il vaudrait mieux que tu mordes là-dedans, ça risque de faire un peu mal.

II

N'oublie jamais qui tu es

Il pleuvait à seaux sur Paris. Des nuages gris et impénétrables formaient une dense couverture au-dessus de la ville. Tels les coups de griffes de fantômes géants, les éclairs zébraient le ciel, suivis des grondements apocalyptiques du tonnerre. Agnès sortit de chez elle, emmitouflée dans sa grande cape à capuche. La boue profonde des ruelles solitaires ralentissait sa progression, déjà entravée par la terrible tourmente. Dans son esprit, un chœur de voix invisibles lui clamait de livrer le garçon qui portait la pierre à l'inquisiteur, alternant avec celles qui la priaient en silence de s'en abstenir.

Si Grimpow tombait entre les griffes de l'Inquisition, il finirait sur un bûcher, condamné comme hérétique. Mais si elle ne l'amenait pas à la forteresse du Temple, une mort horrible s'abattrait sur elle pour avoir abusé Boulvar de Goztell. Agnès ne voyait pas d'alternative ; sa propre survie dépendait de son obéissance au dominicain, même si elle se méprisait d'avoir opté pour ce parti. Grimpow lui faisait confiance et il aurait le cœur brisé en apprenant qui l'avait dénoncé. Par ce geste, elle ne trahirait pas seulement le garçon et ses amis, mais aussi toutes les sorcières de la Lignée, qui durant des milliers d'années avaient veillé sur le secret des sages. Seulement, la peur de la souffrance s'était profondément inscrite dans les os d'Agnès comme l'eau qui imprégnait ses vêtements pendant qu'elle marchait sous la pluie vers la maison de la vieille Malen. La première Agnès Lebuy avait aussi succombé à la crainte en cédant au chantage du duc Gauthier. Sa mère avait accepté d'épouser cet homme malfaisant pour éviter de répondre d'une accusation de sorcellerie devant l'Inquisition. Cette pensée était son unique consolation.

Malmenée par le vent, la porte ouverte battait contre le mur. À l'intérieur, tout était calme et la faible lumière qui filtrait par le fenestron de la petite pièce dissipait à peine la pénombre. Agnès referma soigneusement, puis appela Malen, sans obtenir de réponse. Il était pourtant improbable que la vieille sorcière soit sortie par un temps pareil. La jeune femme entra dans la chambre et découvrit Malen, allongée sur sa paillasse.

– Que se passe-t-il ? Tu es malade ? demanda-t-elle avec douceur.

Elle s'installa au bord du lit et caressa le visage ridé.

– Ma fille chérie, mon heure est arrivée. J'aurai bientôt quitté ce monde.

Malen n'avait plus qu'un filet de voix.

– Ne dis pas ça. Je vais préparer une décoction avec tes herbes et tu te sentiras mieux, tu verras.

Agnès alluma une chandelle et la plaça dans une niche du mur. Puis elle revint vers Malen et lui tâta le front. Malgré le froid qui régnait dans la maison, la fièvre consumait le vieux corps.

– J'espérais que tu arrives à temps pour que je puisse te dire adieu. Maintenant, je peux partir en paix. La mort est là, impatiente de m'emporter.

— Oh ! Malen, tu ne peux pas me laisser seule ! Pas si vite. J'ai tant besoin de toi...

— Ma fille chérie, n'oublie jamais qui tu es.

Agnès lui prit la main, luttant contre les larmes.

— J'ai peur, Malen. Je suis terrorisée...

La vieille sorcière ouvrit grand les yeux, sourit à Agnès, puis ferma les paupières pour toujours.

Agnès pleura longuement, effondrée près du corps inerte. Cette femme avait été sa mère, la seule qu'elle ait connue, celle qui avait pris soin d'elle depuis le jour de sa naissance. Puis elle caressa une dernière fois le visage de Malen et recouvrit le cadavre d'un drap.

La tempête continuait à rugir au-dessus des toits fragiles. Étroitement emmitouflée dans sa cape, Agnès parcourut les ruelles du port, traversa le quartier des tanneurs, franchit la première enceinte et se dirigea vers le cimetière de Montmartre. Là, elle frappa à la porte d'une petite cabane sans fenêtre et attendit qu'on lui ouvre.

Le fossoyeur fut étonné en découvrant cette dame, immobile sous la pluie.

— Que désirez-vous, en ce jour de tempête ?

Elle rabattit sa capuche sur son dos.

— Tu ne me reconnais pas ?

— Agnès ! Tu es la fille de Malen ! Comment est-ce possible ? Je croyais que tu étais morte avec les autres sorcières de Montmartre, la nuit du sabbat de Loudun.

Un sourire illumina le visage piqué de petite vérole du croque-mort. Cet homme d'âge moyen, un peu bossu, était un vieil ami de Malen et connaissait Agnès depuis toujours.

– J'ai passé un an dans les cachots de la tour du Temple, murmura-t-elle sans s'étendre.

– Mais ne reste pas plantée dehors. Entre donc.

La cabane était modestement meublée : une table, un banc de bois et, dans un coin, un grabat directement posé sur le sol de terre.

– Malen est morte, dit Agnès.

Le fossoyeur se signa.

– Oh, je suis désolé ! Notre heure à tous arrive tôt ou tard...

– Tu t'occuperas d'elle ?

– Bien sûr...

Agnès sortit une pièce d'or et l'offrit à l'homme qui la repoussa de la main.

– Inutile. Je ne veux rien. La pauvre Malen a toujours été très généreuse avec moi. Sans ses herbes, je serais enterré depuis longtemps.

– Prends, tu commanderas une dalle de la meilleure qualité à un tailleur de pierres, où sera gravé son nom.

À regret, il empocha l'argent.

– Quand auras-tu le temps de creuser la tombe et de la préparer ?

– La journée est sombre et la nuit viendra vite, mais tout sera prêt avant le crépuscule.

À la tombée du jour, Agnès retourna au cimetière de Montmartre. Près d'une fosse ouverte dans la terre, le corps de Malen était étendu, enveloppé d'un linceul. Le fossoyeur et un aide soulevèrent le cadavre, le descendirent dans la sépulture, puis le recouvrirent à l'aide de pelles. Tout se passa en silence. Il continuait à pleuvoir, les gouttes d'eau roulaient sur le visage d'Agnès, se mêlant à ses larmes.

III

Un cadeau tombé du ciel

À cause de sa blessure au visage, Grimpow n'assista pas aux cours de la journée. Après une grasse matinée, il s'installa à la table d'étude de sa chambre, observant les cinq sphères qui flottaient autour de lui, en reportant quelques notes sur les parchemins que lui avait dénichés Kylian. Depuis l'époque où le frère Rinaldo de Metz lui enseignait l'astronomie dans l'abbaye de Brinkdum, il avait envie de rédiger un ouvrage au sujet de ce qu'il avait appris sur le cosmos et ses mystères depuis qu'il portait la pierre. Il souhaitait aussi traiter de ces merveilles de l'avenir dont il avait eu un aperçu dans le labyrinthe de la cathédrale de Chartres, avant de commencer sa nouvelle vie dans Paris. De plus, toute l'histoire du pentagone magique et des cinq planètes de l'étoile Ouro lui inspirait une infinité de pensées qu'il avait l'intention d'analyser dans son livre. Le titre était déjà choisi : *Le Manuscrit des prodiges cosmiques*. Vers midi, tandis qu'il finissait d'écrire ses premières notes sur le parchemin, Kylian entra dans la chambre et l'interrompit.

—Laisse un peu tomber ces sottises de sage et mange quelque chose avant de défaillir, dit-il.

Il posa sur la table un grand plateau de viande grillée et deux oranges.

– Je n'ai pas faim.

– Cette plaie peut s'infecter, si tu ne te nourris pas.

– Pourquoi ne te trouves-tu pas un vrai malade pour te distraire ?

– Mais je t'ai déjà.

– Je ne suis pas malade ! protesta Grimpow.

– Des blessures plus insignifiantes que les tiennes ont tué de valeureux chevaliers après les batailles. De plus, si tu ne manges pas cette viande, je ne te donnerai pas le présent que je t'ai apporté.

Kylian avait pris l'expression et le ton de celui qui cherchait à faire céder un enfant têtu.

– Un présent ? répéta Grimpow.

– Oui, un cadeau tombé du ciel.

– Ça a quelque chose à voir avec les planètes d'Ouro ?

– Allons, Grimpow ! Sois un peu plus simple. Il existe de nombreuses choses dans le monde qui n'ont aucun rapport avec la pierre philosophale et le secret des sages.

– D'accord, je me rends. De quoi s'agit-il ?

Grimpow saisit un morceau de viande et en prit une bouchée.

– Après les cours, j'ai rencontré quelqu'un sous le saule de l'hostellerie.

Kylian sourit avec malice, s'approcha de la porte et l'ouvrit lentement pour mieux ménager ses effets.

Sofi se tenait dans le couloir, trempée jusqu'aux os sous la cape d'étudiant prêtée par Kylian lors de leur expédition dans la bibliothèque souterraine.

– Sofi !

Grimpow sauta de sa chaise, interloqué. Pendant un instant, seuls les échos de la tempête se firent entendre. Puis Sofi pénétra dans la pièce. L'apprenti médecin s'empressa de refermer la porte.

— Kylian a raison, dit la jeune fille en souriant. Tu dois manger ou tu tomberas vraiment malade.

— Tu t'es sauvée de chez toi ? demanda Grimpow qui n'en pouvait plus de joie.

— Je n'en ai pas eu besoin. Mon père m'a permis de venir te voir à la condition que ni Richard ni ma mère ne l'apprennent.

— J'ai toujours pensé que Goebel était un homme bon.

— C'est lui qui m'a accompagnée jusqu'ici pour éviter d'éveiller les soupçons du reste de la famille. Mais, et toi ? Comment te portes-tu ? Kylian m'a raconté ce qui t'est arrivé avec Richard.

— Allons, ce n'est qu'une égratignure.

Sofi s'approcha de Grimpow et lui caressa la joue.

— Je ne comprends pas que Richard ait pu te faire une chose pareille. Il n'était pas comme ça avant.

— Pour lui, je suis toujours coupable de la mort de Baunach. Mais je ne peux pas l'en blâmer. De toute façon, il ne veut rien entendre.

— Cesse de te tourmenter, si tu es responsable de quelque chose, c'est d'avoir sauvé la vie de mon père.

— Tu as promis de manger ton déjeuner. Alors, pour l'instant, tais-toi, tu auras tout le temps de bavarder plus tard. Sofi n'est pas pressée, dit Kylian.

Grimpow finit par se rendre aux arguments de son ami et ne tarda pas à terminer la viande et les oranges. Entre-temps, Sofi leur avait raconté ce qui s'était passé chez elle. Lorsque

Richard avait révélé à ses parents qu'elle voyait l'hérétique en cachette, sa mère s'était mise dans une colère noire et l'avait presque giflée. Mais son père avait crié encore plus fort qu'il se chargeait de régler le problème une fois pour toutes. Il l'avait emmenée dans sa chambre en l'empoignant par le bras. Là, il lui avait adressé un clin d'œil et avait feint de lui donner une bonne correction, frappant la paillasse avec une courroie en cuir, pendant que Sofi poussait de grands cris, simulant la douleur. Puis Goebel s'était arrangé pour lui parler seul à seule et lui avait demandé des nouvelles de Grimpow, de Weienell et de Salietti. Ensuite, il lui avait promis de l'aider à revoir son ami, à condition qu'elle jure de ne pas se fourrer dans les ennuis.

– Alors, tu ne devrais pas nous accompagner lorsque nous irons à la tour du Temple avec la sorcière de la Lignée. Ça risque d'être dangereux et tu devras rompre ta promesse, commenta Kylian en souriant, sans quitter des yeux les cinq globes en suspension au-dessus de la table.

– Détrompe-toi, Kylian, j'ai croisé les doigts en prêtant serment. De plus, après tout ce que nous avons traversé ensemble pendant tous ces jours, il n'est pas question que j'abandonne maintenant.

Grimpow roula le brouillon du *Manuscrit des prodiges cosmiques* et l'attacha avec un ruban. Puis il recueillit les cinq sphères et les rangea dans sa sacoche.

– Je me suis dit que nous devrions parler avec la sorcière de la Lignée avant le retour de Weienell et de Salietti.

– Pourquoi es-tu aussi pressé ? s'enquit Kylian. Avec tes deux amis, ce sera plus sûr. Tu devrais tenir compte de l'avis de maître Pempius. Il pense qu'il vaut mieux les attendre.

— Je te le répète, je tiens à résoudre cette affaire sans leur aide. La dame nous a assuré qu'elle savait comment entrer dans la tour du Temple sans courir de danger. Nous n'avons besoin de personne d'autre.

— Elle nous a aussi demandé de lui faire confiance, souligna Kylian.

Sofi fronça les sourcils.

— Que veux-tu dire ? Pourquoi devrions-nous nous méfier d'elle ?

— Je serais bien incapable de te donner un argument précis. En tout cas, quelque chose me déplaît chez cette femme.

— Tu crois encore qu'elle nous a ensorcelés ? s'enquit Grimpow avec ironie.

— Appelle ça comme ça te chante, mais j'ai peur que, sans nous en rendre compte, nous ne fassions exactement ce qu'elle souhaite.

— Si tu as raison, nous ne tarderons pas à le découvrir. Allons lui rendre visite.

Protégés par leurs capes d'étudiants, ils se lancèrent sous la pluie. Mais ils ne trouvèrent personne chez Agnès Lebuy.

IV

La porte fermée

Munis de torches, les douze chevaliers de la société secrète Kôt descendirent dans les geôles de la tour du Temple, guidés par Boulvar de Goztell. Les claquements métalliques de leurs armures rythmaient leur pas lourd. Tous avaient le visage dissimulé derrière des heaumes. Dans l'étroit escalier en colimaçon, l'humidité des murs luisait à leur passage, accrochant la lumière. Plus bas, l'espace s'élargissait pour former une grande enceinte, percée de plusieurs portes de bois renforcées d'épaisses barres de métal. L'une menait aux cellules des prisonniers, une autre à la salle de torture, une troisième conduisait à une petite pièce destinée aux gardiens et la quatrième communiquait avec un long couloir qui paraissait sans fin. C'est celle-ci que Boulvar de Goztell ordonna d'ouvrir au geôlier qui était venu à leur rencontre. L'homme s'exécuta, puis referma derrière le dernier chevalier.

La galerie souterraine était moins étroite qu'on aurait pu s'y attendre. Ses parois étaient tapissées de centaines de crânes humains alignés en un macabre empilement. Le passage débouchait dans une grande salle, qui en d'autres temps avait été un lieu de réunion des moines soldats de l'ordre du Temple.

— La voilà ! dit Goztell.

Le duc Gauthier s'arrêta près de lui.

— Voici donc la mystérieuse porte des Templiers.

Devant eux se dressait un gigantesque portail de bronze à deux battants. Au centre, un pentagone se détachait en relief, cinq cavités circulaires creusaient les angles et une plus petite tenait le milieu. L'inquisiteur se souvint d'un autre jour, déjà lointain. Le roi, qui convoitait les trésors cachés de l'ordre du Temple, avait envoyé ses troupes à l'assaut de la forteresse et Boulvar de Goztell était entré dans cette même salle, à la fin des combats. Mais à l'époque, personne, pas même les nombreux templiers qui furent torturés avant d'être livrés aux flammes du bûcher, ne fut capable de lui dire comment ouvrir cette mystérieuse porte.

— Elle est restée fermée pendant plus de deux cents ans, mais nous avons enfin en notre possession la seule clé qui existe.

— La pierre philosophale ! cria le duc Gauthier.

Il leva le coffret qu'il portait pour le montrer au reste des chevaliers, réunis en demi-cercle autour de lui. Puis il le remit au dominicain et tous dégainèrent leurs épées, redoutant ce qui pouvait survenir.

— Le secret des sages nous permettra de dominer le monde ! s'exclama à son tour le moine.

— Ouvrez la porte !

L'inquisiteur sortit la pierre, avança de quelques pas et se plaça devant l'imposant portail des Templiers. Le cœur battant, il l'éleva jusqu'à la cavité qui marquait le centre du pentagone et l'y posa. Tous attendirent, le souffle coupé, persuadés que l'ouverture serait instantanée. Mais rien ne se produisit.

– Cette maudite sorcière nous a trompés ! tonna le duc Gauthier, fou de colère.

– Non. Non, c'est impossible !

V

Une vérité contre une autre

En proie à une profonde tristesse, Agnès s'était couchée de bonne heure. Sans prendre la peine de se déshabiller, elle s'était allongée sur son lit, les paupières baissées sur ses yeux pleins de larmes, comme si elle souffrait de les garder ouverts. Le chat noir pelotonné près de l'oreiller ronronnait pour la consoler. Mais Agnès était inaccessible au réconfort. L'image de Malen restait vive dans sa mémoire, le bon visage avait la même clarté que si sa mère adoptive était encore devant elle. De même, les dernières paroles de sa vieille protectrice résonnaient sans cesse dans son esprit : « N'oublie jamais qui tu es ! »

Cependant, en dépit de ce qu'elle avait appris sur les sorcières de la Lignée, sur sa mère et l'homme qui l'avait obligée à l'épouser, Agnès était bien en peine de dire qui elle était en réalité. Elle pouvait même supposer que son vrai père avait été ce maître de l'université que la première Agnès Lebuy visitait en secret. Malgré tout, la même question continuait à s'imposer : « Qui suis-je ? »

De sa chambre, Agnès entendit les sabots de plusieurs chevaux s'approcher et s'arrêter devant la maison. Effrayée, elle regarda par la fenêtre. Dans la rue, des cavaliers revêtus de brillantes armures mirent pied à terre. Boulvar de Goztell les accompagnait. Elle prit à peine le temps de sécher ses larmes, se lissa les cheveux et dévala l'escalier aussi vite que possible. Lorsqu'elle ouvrit la porte, l'inquisiteur s'apprêtait à saisir le marteau.

– Par le diable ! Tu m'as juré que ton âme m'appartenait quand je t'ai tirée des cachots du Temple !

Abasourdie par les invectives du moine, la jeune femme recula.

– De quoi parlez-vous, messire ? Que se passe-t-il ?

Le dominicain entra dans la maison, suivi du duc Gauthier, dont le visage était toujours masqué par son heaume. En découvrant Agnès, l'homme s'arrêta, pétrifié. Sa beauté égalait celle de sa mère, dont elle était la parfaite réplique. Un sentiment confus l'envahit, mélange de colère, d'amour, de haine. Puis il s'efforça de contenir ses émotions. Il confierait à Goztell le soin d'en finir avec cette maudite sorcière, cette fille du diable.

– Tu m'as trompé ! Tu nous as tous trompés ! La pierre que tu m'as rapportée n'ouvre pas la porte des Templiers, continua à hurler le moine.

– Calmez-vous, messire. Je ne vous trahirais pour rien au monde, vous le savez. Mais pour déverrouiller cette porte mystérieuse, vous avez besoin des cinq sphères du pentagone magique. J'avais justement l'intention de venir vous en parler demain.

Les explications de la jeune femme n'apaisèrent pas la fureur de Boulvar de Goztell. Un pentagone avec cinq cavités circulaires aux angles figurait bel et bien sur la porte, mais c'était la première fois qu'il entendait quelqu'un mentionner ces sphères.

— Trêve de bavardages ! N'essaie pas de me duper une fois de plus avec tes subtils artifices.

— Croyez-moi, je vous en prie. Ces sphères sont en possession du jeune homme nommé Grimpow.

L'inquisiteur se rapprocha d'Agnès et la fixa avec sévérité.

— Où se trouve cet hérétique ?

— À l'université. Il loge dans l'hostellerie des étudiants.

Même si Agnès se méprisait pour sa lâcheté, le mal était fait, elle ne pouvait pas rattraper ses paroles. La terreur qui la tenaillait était plus puissante que sa volonté.

— Et qui s'occupe de protéger le garçon, là-bas ?

— Pour ce que je sais, maître Anatole Pempius et maître Edmond de Tocqueville prennent soin de lui.

— Si tu me trompes de nouveau, je découperai ta peau en lanières et je te dépècerai comme un chien.

L'inquisiteur fit signe au duc Gauthier qui n'avait pas dit un mot, et tous deux se disposèrent à partir.

— Attendez ! cria Agnès, rassemblant son courage. Je souhaiterais vous parler d'autre chose.

— Je t'écoute.

— Seule à seul...

Le duc entraîna le moine un peu à l'écart, lui donna une petite dague et lui glissa à l'oreille :

— Tuez-la, sinon je devrai m'en occuper personnellement.

Puis il rejoignit les chevaliers qui patientaient à l'extérieur.

— Vous le saviez, n'est-ce pas ? demanda Agnès, dès qu'elle se retrouva seule avec l'inquisiteur.

— De quoi, parles-tu ?

— De ma mère. Vous saviez qu'elle était une sorcière de la Lignée, chargée de veiller sur les clés du secret des sages.

— Cela n'a aucune importance, maintenant. Par ailleurs, tu es une devineresse, ce me semble. Quel besoin as-tu de mes révélations ?

Le regard d'Agnès se fit si pénétrant que le dominicain se sentit forcé de détourner les yeux.

— Détrompez-vous, messire, j'ai besoin d'apprendre la vérité. La nuit du sabbat de Loudun, vous m'avez épargnée parce que vous saviez que j'étais la seule sorcière de la Lignée survivante. J'étais la seule à pouvoir vous conduire à la pierre philosophale et au secret des sages dont ma mère avait assuré la protection jusqu'à sa mort. C'est pour cette raison que vous m'avez envoyée vivre ici, dans la maison du sage Gurielf Labox, n'est-ce pas ? Vous espériez que je trouve quelque chose qui vous soit utile. Cette légende à propos des filles du diable que vous m'avez racontée n'était qu'un mensonge de votre invention.

— La vérité ? C'est ce que tu veux ?

— Oui. Une vérité contre une autre.

— Ta mère était une femme trop savante, qui dominait les arts de l'alchimie et de l'astronomie, une véritable menace pour notre foi. Le duc Gauthier l'avait dénoncée comme sorcière à l'Inquisition parce qu'elle refusait d'en faire son mari, mais elle a fini par céder. Je la soupçonnais déjà de connaître le secret de la pierre philosophale et l'endroit où elle était cachée. Ensuite, j'ai appris qu'elle voyait souvent un maître de l'université, appelé Noël Dubec. Malheureusement, je ne pouvais ni la traduire en justice ni la soumettre à la question car elle était devenue l'épouse du frère bâtard du roi. Après sa mort, j'ai arrêté Dubec et il a tout avoué sur le chevalet. La pierre était en possession de ta mère, mais elle l'a remise à quelqu'un avant de disparaître et Dubec ignorait l'identité de cette personne. Il a aussi déclaré que seule l'Essence du Mystère pouvait ouvrir la porte de la tour du Temple qui protégeait le secret des sages, celui que les Templiers ont rapporté de Jérusalem, il y a plus de deux siècles. Depuis, je l'ai cherchée sans trêve, mais sans succès. La nuit du sabbat de Loudun, j'ai vu l'étoile qui marque ton épaule et j'ai su que tu étais la fille de cette maudite sorcière. C'est alors que j'ai décidé de te laisser la vie, en pensant qu'un jour ou l'autre, tu me serais utile pour retrouver la pierre. Et j'ai eu raison.

– Qui était mon vrai père ?

– Noël Dubec.

Agnès sentit un nœud se former dans sa gorge.

– Il est mort sur le bûcher ?

– Non. Il a été égorgé par le duc Gauthier.

VI

Le feu purificateur

Brandissant leurs torches, les douze chevaliers et l'inquisiteur galopaient dans la nuit obscure de Paris, éclairant brièvement au passage les rues du quartier Latin. La Sorbonne n'était pas très loin et ils ne tardèrent pas à arriver devant l'imposant édifice de pierre. De grandes colonnes flanquaient les portes ouvertes que les cavaliers franchirent sur leurs montures, sous le regard ébahi des étudiants réunis dans le premier cloître. En peu de temps, de nombreux jeunes gens accoururent de tous côtés, intrigués par la présence de cette troupe armée.

Du haut de son cheval, Boulvar de Goztell s'adressa à un étudiant paralysé par la crainte.

– Conduis-nous chez maître Edmond de Tocqueville, ordonna-t-il.

Le jeune homme mena le moine et ses compagnons vers une cour ceinte d'arbres, toute proche. Là, il leur montra une des petites maisons où logeaient certains professeurs. Les chevaliers mirent pied à terre, et trois d'entre eux défoncèrent la porte que leur avait désignée leur guide. Sans plus d'avertissement, ils empoignèrent Edmond de Tocqueville et Anatole Pempius qui bavardaient dans la pièce du bas et les traînèrent à l'extérieur. Déconcertés, les deux maîtres assistèrent avec horreur au saccage de leur demeure. Les inconnus vidèrent l'endroit de tous les meubles et de tous les manuscrits qu'il contenait. En quelques instants, une haute pile d'objets et de débris s'accumula au milieu de la cour. Sur un signe du dominicain, plusieurs hommes y mirent le feu avec leurs torches.

Edmond de Tocqueville reprit un peu ses esprits et finit par reconnaître Goztell parmi les assaillants.

— Vous ne pouvez pas pénétrer dans l'université sans un ordre du roi ! hurla-t-il.

— Je représente le pouvoir du roi ! répliqua l'inquisiteur, qui s'approcha du vieux maître et le gifla avec violence. Et maintenant, taisez-vous, sinon je vous coupe la langue.

Anatole Pempius se débattait avec énergie, cherchant à échapper à la poigne de ses gardiens, mais ne réussit pas à se libérer.

— Vous paierez pour cette humiliation, je vous le jure ! cria-t-il.

— Gardez vos protestations pour le moment où vous serez sous les fers du bourreau. Vous pourrez hurler alors autant que vous voudrez.

Les flammes du feu purificateur dévoraient les effets et les livres amoncelés. Un tourbillon de flammèches montait dans l'air sombre, dans un épais panache de fumée. Attirés par le tumulte, les étudiants se pressaient autour de la cour, observant la scène avec stupeur. Kylian Dulongval avait suivi le mouvement et assistait aussi au désastre, complètement atterré. Ses pires prédictions s'étaient réalisées.

— Et maintenant, débusquons ce maudit gamin ! cria l'inquisiteur au duc Gauthier et aux autres cavaliers.

Dès que Kylian entendit ces paroles, il se lança dans une course éperdue vers l'hostellerie. La vie de son ami était en danger, il avait à peine le temps de l'avertir.

Lorsqu'il fit irruption dans la chambre, Grimpow était installé à sa table de travail, absorbé dans la rédaction de ses notes sur *Le Manuscrit des prodiges cosmiques.* Au visage défait de Kylian, le garçon mesura immédiatement la gravité de la situation.

– Que se passe-t-il ?

Essoufflé par sa galopade effrénée, l'apprenti médecin parvenait tout juste à parler.

– Tu dois partir tout de suite... ! L'inquisiteur a arrêté Pempius et Tocqueville ! Je les ai vus... Et maintenant, il vient te chercher !

Grimpow était paralysé par la panique. Même dans ses pires cauchemars, il n'avait jamais imaginé qu'une chose pareille pouvait arriver.

– Je... Je ne sais pas où aller... balbutia-t-il.

– Chez Sofi. Elle pourra te cacher, jusqu'à ce que nous trouvions une solution pour te tirer de là.

Tout en parlant, Kylian rassembla les parchemins et aida Grimpow à ranger les cinq sphères qui flottaient au-dessus de la table dans la sacoche. Puis il ouvrit la fenêtre pour permettre à son ami de s'enfuir.

– Allez, vas-y ! Il n'y a pas de temps à perdre.

– Et toi ?

– Je n'ai rien à redouter de l'inquisiteur.

À cet instant, un grand fracas se fit entendre et la porte s'ouvrit avec violence. Boulvar de Goztell se dressa sur le seuil, suivi par le duc Gauthier et deux cavaliers brandissant leurs épées.

— Attrapez-le ! ordonna le moine.

Un des hommes s'avança vers Grimpow, déjà debout sur le rebord de la fenêtre.

— Saute, Grimpow ! Saute !

Kylian se jeta sur le chevalier et parvint à le retenir assez longtemps pour que son ami s'agrippe au lierre qui passait le long de l'ouverture et se laisse glisser jusqu'au sol.

Le visage crispé de rage, le moine désigna Kylian.

— Emparez-vous de celui-là ! Lui aussi finira sur le bûcher !

Puis il se pencha par la fenêtre et regarda Grimpow disparaître dans les ténèbres.

VII

La fuite dans l'obscurité

Grimpow s'éloigna autant que possible de l'université, parcourant à toute allure les rues du quartier Latin, sans cesser de regarder derrière lui. Personne ne le suivait, cependant, il ne tarda pas à percevoir des bruits de cavalcade provenant de différentes directions. Ces cavaliers étaient à sa recherche, sans l'ombre d'un doute. Il devait trouver rapidement un abri, ou ses poursuivants finiraient par l'attraper avant qu'il ne parvienne à la maison de Sofi. Peu à peu, telle une invisible toile d'araignée, la peur lui serra la poitrine à l'asphyxier. Le souffle de plus en plus court, il craignait de s'évanouir, terrassé au milieu de sa course folle. Par ailleurs, il n'était pas convaincu que l'idée de chercher refuge chez Sofi était très judicieuse. Il avait déjà causé trop de problèmes à cette famille pour leur demander de nouveau leur aide.

Les nuages se dissipèrent dans le ciel nocturne, laissant visible une lune entourée d'une aura argentée. Les maisons à colombages semblaient guetter en silence le jeune intrus. À chaque coin de rue, Grimpow redoutait qu'un des sbires de Goztell ne soit tapi dans l'ombre, prêt à l'assaillir. Le pauvre Kylian n'avait pas hésité à risquer sa propre vie pour favoriser sa fuite et se trouvait sans doute entre les griffes de l'inquisiteur. Qu'adviendrait-il de son fidèle ami, désormais ? Et de ses maîtres, Anatole Pempius et Edmond de Tocqueville ? Finiraient-ils tous les trois sur un bûcher, devant Notre-Dame ?

Un insupportable sentiment d'horreur et de tristesse s'empara de Grimpow, comme s'il était l'être le plus solitaire et le plus malheureux de la Terre. Malgré ses efforts pour affronter les difficultés avec la seule aide de Sofi et de Kylian, il avait échoué dans son rôle de porteur de la pierre et failli à sa mission, car le secret des sages n'était toujours pas retrouvé. Et si Kylian avait vu juste en disant que la sorcière de la Lignée l'avait ensorcelé sans qu'il s'en rende compte ? Après tout, c'était peut-être Agnès qui l'avait dénoncé à l'inquisiteur et lui avait révélé sa présence à la Sorbonne ? Mais pourquoi l'aurait-elle fait, puisqu'elle aussi avait été élue par l'Essence du Mystère ?

En arrivant place Maubert, il entendit un hennissement, et un bruit de galopade résonna sur le pavé. Il eut à peine le temps de se réfugier sous une charrette chargée de paille avant que la lueur d'une torche n'apparaisse au coin d'une rue qui débouchait sur la place. Le cavalier portait une armure et un heaume, sa grande cape noire retombait sur la croupe de sa monture ; de toute évidence, il faisait partie de ceux qui le traquaient. Le cœur de Grimpow battait si fort qu'il craignit un instant que le bruit ne trahisse sa présence. L'homme s'approcha de la charrette, dégaina son arme et plongea la lame dans la paille à plusieurs reprises. Puis il s'éloigna lentement, s'arrêtant à l'abreuvoir de la fontaine pour laisser son cheval se désaltérer. Grimpow ne le quittait pas des yeux et le regarda disparaître dans une autre ruelle avec soulagement. Tout en essayant de rassembler assez de courage pour abandonner son abri, il débattait avec lui-même, tâchant de décider s'il irait ou non frapper à la maison de Sofi, toute proche. À la fin, il surmonta ses craintes et se glissa d'un pas furtif le long des façades. En revanche, il cogna à la porte sans hésiter, conscient qu'il courait le risque de se faire repérer en s'attardant trop longtemps à découvert. Goebel Lascour ouvrit en se demandant qui pouvait lui rendre visite à une heure pareille de la nuit. En voyant Grimpow, il n'en crut pas ses yeux.

– Que fais-tu là, mon garçon ? s'exclama-t-il, stupéfait.

– Désolé de vous déranger, messire Goebel, mais je dois parler à Sofi, répondit Grimpow.

Il se glissa dans la maison sans y être invité.

– As-tu perdu l'esprit ? Sofi dort depuis longtemps.

– Il s'est passé quelque chose de terrible... Il faut m'aider, messire Goebel.

Dame Lascour se montra derrière son mari, vêtue d'une grande chemise, une bougie allumée à la main. Elle aussi s'était réveillée en entendant frapper à la porte.

– Mais comment ce freluquet ose-t-il se présenter ici ! Jette-le dehors, immédiatement ! Il a déjà attiré assez de malheurs sur notre famille, dit-elle d'une voix exaltée.

– Rien de ce qui s'est passé n'est sa faute, répliqua Goebel.

– Tu devrais demander leur avis à ton neveu Richard et à sa mère...

L'arrivée inopinée de Sofi dans la cuisine réduisit tout le monde au silence pendant quelques instants. En découvrant Grimpow en conversation avec ses parents, elle pensa qu'elle n'avait pas vraiment quitté son lit et se trouvait en plein rêve. Mais très vite, elle comprit que la situation devait être grave pour que Grimpow se risque à commettre la folie de venir chez elle.

— Que se passe-t-il ? demanda-t-elle, toujours sous le coup de la surprise.

— L'inquisiteur Boulvar de Goztell a arrêté maître Pempius et maître Tocqueville cette nuit. Mais en fait, c'est moi qu'il cherchait. Kylian m'a aidé à m'enfuir, mais j'ai bien peur qu'il subisse un sort pire que le mien.

— Oh, mon Dieu ! S'ils apprennent que le gamin est venu ici, nous brûlerons tous pour hérésie. Tu ne pouvais pas éviter de nous compromettre ? cria la mère de Sofi en se tournant vers Grimpow.

Puis elle enfouit son visage entre ses mains et se mit à sangloter.

— Laisse ce garçon s'expliquer. Nous ne savons pas encore ce qu'il attend de nous, dit Goebel, tentant d'apaiser son épouse.

— Je n'ai nulle part où aller, déclara simplement Grimpow, encouragé par le regard compatissant de Sofi, qui pourtant ne dissimulait pas sa propre crainte.

— Où sont Weienell et Salietti ? demanda le père.

— Ils sont partis dans le Piémont italien après que nous avons laissé votre caravane. Mais Anatole Pempius m'a assuré qu'ils reviendraient bientôt.

— Donne-lui un de nos chevaux, des vivres et qu'il quitte la ville cette nuit, proposa la mère de Sofi. Nous ne pouvons rien faire d'autre pour lui.

Goebel se gratta la barbe.

— Aurais-tu oublié que ce garçon m'a sauvé la vie ?

— Et nous avons payé un prix élevé avec la mort de ton frère Baunach. Tu n'as aucune dette envers lui, insista-t-elle.

Grimpow comprenait l'attitude de la mère de Sofi. Il n'était pas juste qu'il expose de nouveau les comédiens au danger. Ils l'avaient déjà suffisamment aidé, lors de l'assaut des soldats du roi sur la route de Paris.

– Il vaudrait mieux que je parte sans tarder. Je suis désolé de tout ce qui est arrivé...

– Attends ! cria Sofi, les larmes aux yeux. Prends au moins un cheval, tu pourras t'enfuir par les berges du fleuve.

Goebel regarda son épouse et sa fille d'un air grave.

– Grimpow n'ira nulle part cette nuit. Il restera ici, dans les écuries. Demain, après la représentation pour la fête de la chasse du roi, nous déciderons de la marche à suivre.

VIII

La partie de chasse

Dans un des luxueux salons du château de la Bastille, situé à l'extérieur de Paris, Boulvar de Goztell s'entretenait en privé avec le roi de France. Pour commencer la partie de chasse, les nobles et les dames de la cour n'attendaient que l'arrivée du souverain devant les pavillons des jardins.

– Aujourd'hui est un jour béni pour moi, dit Philippe le Bel. J'espère qu'il ne sera pas entaché par de désagréables incidents. J'ai appris qu'il y avait eu des troubles à l'université et que plusieurs maîtres ont été emprisonnés.

– Inutile de vous inquiéter, Majesté. Il ne s'agit que de deux astronomes rebelles qui s'obstinaient à transmettre aux étudiants des théories hérétiques sur la nature de l'univers.

Depuis une des fenêtres, le souverain contemplait la foule élégante et colorée de ses vassaux, qui riaient et conversaient avec animation.

– Mes invités s'impatientent, Goztell… Quel était ce sujet urgent dont vous souhaitiez m'entretenir ?

– Je voulais vous parler de l'Essence du Mystère, Majesté.

L'inquisiteur ouvrit le petit coffret qu'il avait apporté.

– La pierre d'immortalité ! Vous l'avez enfin !

– Tout comme je vous l'avais promis, Sire. Ces maîtres astronomes l'avaient en leur possession.

Le moine tendit la cassette vers le monarque.

– Sans nul doute, c'est un objet merveilleux...

– Vous pouvez la tenir sans crainte, Majesté.

Le roi prit la pierre avec lenteur, comme s'il redoutait de la faire exploser entre ses mains. Il lui paraissait inouï que ce petit morceau de minéral renferme tant de pouvoir. Tous les souverains de la Terre auraient été prêts à sacrifier leur vie pour le posséder, et voilà qu'il lui appartenait. À partir de maintenant, il était immortel, l'unique être humain capable de vaincre la mort. Le seul monarque élevé au rang des dieux.

– Quand pourrai-je ressentir ses prodigieux effets ?

– La pierre vous protège déjà de tout mal qui pourrait vous advenir. Glissez-la dans votre justaucorps de chasse, Sire.

Le roi Philippe fit ce que lui indiquait le moine.

– N'ayez crainte, Goztell. Je vous récompenserai largement.

Le dominicain s'inclina légèrement.

– Ma meilleure récompense est de pouvoir vous servir, Votre Majesté.

– Suivez-moi. Nous ne devons pas faire attendre la noblesse.

Ils quittèrent le salon ensemble et descendirent dans la cour d'armes, puis ils franchirent la grande arche qui surmontait l'entrée du palais et arrivèrent dans les jardins. Les dames et les nobles qui y étaient rassemblés accueillirent leur souverain par des vivats et des applaudissements, qui se mêlaient à la clameur des trompettes et aux abois inquiets des chiens de meute. Sofi et sa famille se trouvaient également présents, réalisant tours et acrobaties en compagnie d'autres troupes de saltimbanques et de bateleurs réunies pour l'occasion. Boulvar de Goztell échangea un regard discret avec le duc Gauthier et porta la main à sa poitrine. C'était le signal convenu qui déclenchait l'ultime étape du complot : l'assassinat du roi. Sur un geste du sénéchal du palais, les sonneurs embouchèrent leurs trompes. Obéissant à la sonnerie, les veneurs se mirent en selle, armés d'épieux. Les aboiements des chiens redoublèrent. Le roi éperonna sa monture, allant au-devant de la mort qui le guettait quelque part dans la forêt.

IX

L'accomplissement de la malédiction

Pour la plus grande satisfaction de l'inquisiteur et du duc Gauthier, la nouvelle se répandit comme une traînée de poudre parmi les nobles et les dames invités de la partie de chasse. Le roi était mort d'une chute de cheval en poursuivant un cerf. Il y avait moins d'un an que Jacques de Molay, le dernier grand maître de l'ordre du Temple, avait été brûlé devant Notre-Dame et, aux yeux de toute la cour, la malédiction qu'il avait lancée contre le roi Philippe et son conseiller Nogaret s'était réalisée comme par l'œuvre du diable. Tous pensaient que la mort des deux hommes en un si court laps de temps était due aux paroles du templier. Seuls l'inquisiteur et les douze conjurés de Kôt connaissaient la véritable raison de ces décès.

Peu après le début de la chasse, le duc Gauthier avait ordonné à deux de ses chevaliers de suivre le roi de près et de saisir la première occasion pour le tuer en simulant un malheureux accident. Mêlés aux nobles hôtes du souverain, les deux membres de la société secrète attendirent avec patience tout au long de la matinée. Puis enfin, Philippe le Bel, lancé à la poursuite d'un cerf blessé, s'éloigna de la meute et des autres chasseurs. Les deux assassins en profitèrent pour l'assaillir, le jeter à bas de sa monture et lui dérober la pierre. Puis ils lui martelèrent le crâne avec une roche, jusqu'à ce qu'il meure à leurs pieds, dans une mare de sang.

Grimpow apprit la disparition du souverain de la bouche de Sofi, lorsqu'elle le rejoignit après avoir quitté la Bastille.

— Et que va-t-il arriver, maintenant ? demanda Grimpow.

— D'après mon père, le duc Gauthier s'apprête à monter sur le trône. Il était le demi-frère du roi.

— Dans ce cas, Boulvar de Goztell sera trop occupé par les funérailles et la succession du royaume pour fouiller la ville à ma recherche.

— À quoi penses-tu ?

Grimpow avait passé la journée caché dans l'écurie près des chevaux, et n'avait pas cessé de réfléchir à sa situation et au meilleur moyen de s'en tirer. Anatole Pempius et Edmond de Tocqueville n'étant plus à l'université, il n'avait aucune raison de retourner à l'hostellerie. Cependant, il pouvait toujours trouver refuge dans la bibliothèque souterraine. Si au moins Kylian avait pu s'échapper, il aurait pu lui apporter de quoi manger et boire dans sa cachette, en attendant l'arrivée de Weienell et de Salietti. C'était sans doute risqué de remettre les pieds à la Sorbonne, mais il ne voyait pas d'autre moyen de résoudre les problèmes qu'il causait à Sofi et à sa famille.

— Je partirai à la nuit tombée, annonça-t-il enfin.

— Mon père a l'intention de t'emmener dans un endroit en dehors de Paris, où tu seras en sécurité.

— Je ne dois pas quitter la ville. Si je m'en vais, Weienell et Salietti ne sauront pas où me trouver quand ils reviendront de leur voyage.

— Et où penses-tu aller ? Tu seras en danger partout.

– Si tu me donnes quelques vivres, je me cacherai dans la bibliothèque souterraine. Lorsque mes amis apprendront ce qui s'est passé, j'imagine qu'ils feront leur possible pour me retrouver. J'ai l'intention de leur laisser un message codé dans ma chambre. Je ne vois pas d'autre solution.

– Tu sais que tu peux compter sur moi pour te procurer ce dont tu as besoin, lui rappela Sofi.

– Merci, mais tu as déjà eu assez de problèmes à cause de moi.

– À ton avis, que vont devenir Kylian et les maîtres ?

– Je préfère ne pas y penser, pour l'instant. J'espère que lorsque Weienell et Salietti seront là, il sera encore temps de leur venir en aide.

Goebel entra dans les écuries.

– Je ne sais pas pourquoi l'inquisiteur te poursuit et cela m'importe peu, mais tu dois comprendre que tant que nous t'abritons dans cette maison, Sofi et sa mère sont en danger. Demain à l'aube, je t'emmènerai dans la grange d'un ami...

– Grimpow a décidé de partir ce soir, père. Il ira se cacher ailleurs.

– C'est vrai, messire Goebel. Je ne sais comment vous remercier de votre aide, mais vous n'aurez plus à vous inquiéter pour moi. Vous avez été très aimables.

– Si telle est ta décision, je te souhaite bonne chance, mon garçon. Je vais t'apporter de quoi manger, la nuit ne va pas tarder...

À cet instant, la porte des écuries s'ouvrit à la volée. Richard et la mère de Sofi franchirent le seuil, suivis par un groupe d'hommes en armures, la tête dissimulée sous des heaumes, l'épée à la main.

Grimpow sut qu'il était perdu, mais il pensa au courage de Kylian et parvint à contenir sa frayeur. Il se leva et regarda fièrement autour de lui. Richard avança vers lui, ramassa la sacoche posée à ses pieds et la remit à un chevalier.

— Je t'avais prévenu de ne plus t'approcher de Sofi, glissa-t-il d'un ton venimeux à l'oreille de Grimpow.

Sofi se tourna vers sa mère d'un air horrifié, incapable de croire à sa traîtrise.

— Comment as-tu pu faire une chose pareille ? dit-elle entre deux sanglots.

— Je suis désolée, ma fille, mais je dois protéger les miens. Je ne voulais pas que nous souffrions encore à cause de ce garçon.

Les chevaliers de Kôt entraînèrent Grimpow, laissant la famille Lascour à ses explications.

X

Personne n'entend sa voix

Le monde avait cessé d'exister pour Grimpow. Plongé dans la plus terrible des obscurités, transi de froid, assoiffé, il s'était pelotonné dans un coin du cachot sur une paillasse humide et pestilentielle, puis avait pleuré toutes les larmes de son corps. De temps à autre, il s'approchait à tâtons de la porte de la petite cellule pour appeler à grands cris Kylian, Anatole Pempius ou Edmond de Tocqueville. S'ils étaient encore en vie, ils devaient être enfermés quelque part dans cet enfer sans lumière, creusé dans les entrailles de la tour du Temple. Mais personne n'entendait sa voix. Où étaient-ils ? Que leur était-il arrivé ? Étaient-ils aussi effrayés que lui, attendant de subir la torture avant de brûler sur le bûcher ? Dans cette terrifiante solitude d'outre-tombe, il avait l'impression qu'ils avaient tous été enterrés vivants.

Il perdit rapidement la notion du temps et crut devenir fou. Une succession de pensées et d'images se bousculaient dans son esprit, il ne parvenait plus à distinguer la réalité du délire de ses cauchemars macabres : cadavres sans visage, fers incandescents, hurlements de terreur, cordes de pendus, têtes décapitées, sang jaillissant à gros bouillons de corps mutilés, grands bûchers flambant devant une foule exaltée... Lorsque la pierre lui avait permis de voir tant de prodiges, tant de beauté, tant de sagesse en l'être humain, tant de magie dans l'univers, il n'aurait jamais imaginé qu'une telle horreur soit possible. Alors, au milieu de l'obscurité, Grimpow ferma les paupières et évoqua Sofi, ses yeux, son sourire, sa voix, la douceur de ses lèvres. Et il rêva qu'il échappait à l'horreur, juste en lui prenant la main.

XI

Luttes pour le trône

Durant plusieurs jours, les partisans du duc Gauthier affrontèrent leurs adversaires autour du château du Louvre. Malgré la purge organisée par Boulvar de Goztell quelque temps plus tôt en faisant pendre comme traîtres les plus fidèles vassaux du souverain défunt, les combats pour la couronne de France commencèrent la nuit où fut connue la mort du roi. Ses fils étaient encore trop jeunes pour lui succéder sur le trône et le duc n'était pas disposé à devenir une simple marionnette entre les mains de ses ennemis. Encore moins maintenant qu'il détenait la pierre philosophale et était sur le point de s'approprier le secret des sages. Mais la haine que lui portaient certains nobles n'avait d'égale que celle qu'ils avaient eue pour Nogaret. Ceux-là avaient pris le parti du fils aîné du souverain défunt et le considéraient comme l'héritier de la couronne, même s'il n'était qu'un enfant. Dans les rues de Paris, les émeutes se multipliaient, menées par les étudiants de la Sorbonne, révoltés par l'arrestation d'Anatole Pempius et d'Edmond de Tocqueville. De peur de se retrouver à leur tour sur le chevalet de torture, plusieurs autres sages de l'Ourobore quittèrent l'université et gagnèrent des abris sûrs. Le chaos et la peur régnaient dans les amphithéâtres.

Malgré les luttes pour le trône et l'agitation dans la ville, Sofi pouvait entrer et sortir librement de chez elle, sans que Richard soit sur ses talons comme son ombre. Depuis la capture de Grimpow, la jeune fille avait du mal à rester près de sa mère. Elle ne lui pardonnerait jamais de l'avoir trahie en informant Richard de la présence de Grimpow dans leurs écuries. Maintenant, elle s'expliquait pourquoi son cousin avait soudain disparu le jour de la partie de chasse. Pendant un long moment, personne n'avait su où il était passé. Pendant ce temps, ce traître était sans doute en train de négocier avec l'inquisiteur en lui proposant de livrer Grimpow à condition que sa famille soit épargnée. Mais ce que ni Richard ni sa mère n'avaient compris, c'est qu'ils lui avaient brisé le cœur.

Elle se trouvait sur la place Maubert, jouant distraitement à détourner du plat de la main le jet d'eau glacée de la fontaine, lorsqu'une voix à peine audible prononça son nom.

— Sofi !

En examinant les alentours, la jeune fille aperçut Kylian qui lui faisait signe, dissimulé au coin d'une rue, et crut être victime d'une hallucination. Elle courut vers lui et le prit dans ses bras, sans retenir ses larmes. Kylian la serra quelques instants contre lui, puis se dégagea pour la regarder dans les yeux.

— Par la barbe d'Aristote ! Que se passe-t-il ? Où est Grimpow ?

— Il y a deux nuits, des chevaliers de l'inquisiteur sont venus l'arrêter chez moi, expliqua Sofi redoublant de sanglots.

— C'est une catastrophe !

Kylian était consterné d'apprendre que son meilleur ami était tombé entre les mains de Boulvar de Goztell. Autant dire que Grimpow était déjà mort.

— Mon père avait accepté de lui donner refuge jusqu'à ce qu'il trouve un endroit plus sûr, mais ma mère et Richard l'ont dénoncé. Tu sais, on croyait que tu t'étais fait prendre, toi aussi, la nuit où Grimpow s'est sauvé de la Sorbonne grâce à ton aide. Il m'a raconté comment tu t'étais jeté sur un des chevaliers qui le poursuivaient, expliqua Sofi, avec plus d'animation.

– J'ai fait ça pour lui laisser le temps de s'enfuir par la fenêtre. Il aurait fait la même chose pour moi.

– En tout cas, tu as été très courageux. Et comment as-tu réussi à leur échapper ?

– Ces chevaliers ne sont pas très rapides dans leurs pesantes armures, tu sais. Quant à l'inquisiteur, il n'a même pas eu le temps de cligner les paupières que j'avais déjà détalé entre ses jambes comme un rat.

Sofi sourit, heureuse de retrouver Kylian. Maintenant qu'il était à ses côtés, ils pourraient trouver un moyen d'aider Grimpow.

– Mais où es-tu resté, jusqu'à présent ?

– Certains de mes amis étudiants m'ont caché dans un compartiment secret de leur chambre, dissimulé par une trappe. Tu n'imagines pas ce qui s'est passé dans les amphithéâtres et dans les rues après l'arrestation de maître Pempius et de maître Tocqueville.

– Je sais, mon père m'a raconté.

– Paris fourmille de soldats du duc Gauthier et ils ont livré de féroces batailles contre leurs ennemis autour du Louvre. Tout le monde n'est pas d'accord pour qu'il devienne le nouveau roi.

– J'ai entendu mon père dire à mes oncles qu'il a l'appui de l'inquisiteur Boulvar de Goztell.

– Je n'ai pas la moindre idée de ce que nous pourrions faire pour aider Grimpow... avant qu'il ne soit trop tard.

Sofi garda le silence pendant un instant, comme si elle craignait d'exprimer ses pensées à haute voix, sachant que Kylian ne partagerait pas son avis.

— Nous pourrions aller voir la sorcière de la Lignée.

— Je suis certain que cette dame est du côté de l'inquisiteur.

— Mais si ce n'est pas le cas ? Et si elle ignore tout ce qui s'est passé ?

Kylian leva les bras au ciel.

— Allons, Sofi, ne sois pas naïve ! Personne d'autre ne savait que Grimpow était à la Sorbonne, sous la protection de maître Pempius et de maître Tocqueville. S'ils ont été arrêtés, c'est parce que cette sorcière n'a pas tenu sa langue. Je parierais ma tête qu'elle a aussi donné la pierre à l'inquisiteur. C'est ce qu'elle cherchait. Il y a longtemps que j'avais prévenu Grimpow, mais il n'a pas voulu m'écouter.

Sofi savait que Kylian avait peut-être raison, mais elle ne pouvait se résoudre à abandonner.

— Nous n'avons rien à perdre en allant chez elle et en lui racontant ce qu'il est arrivé à Grimpow. Si c'est comme tu le dis, elle refusera de l'aider et nous n'aurons plus aucun doute.

— Par la barbe d'Aristote ! Tu veux finir dans une oubliette du Temple comme Grimpow, c'est ça ? Tu crois vraiment que ça lui serait utile ?

— Je n'en sais rien, Kylian. En tout cas, nous ne pouvons pas rester les bras croisés en attendant d'assister à son exécution sur le bûcher.

Quelques gouttes d'eau s'écrasèrent sur leurs têtes. La pluie n'allait pas tarder à recommencer.

— Je suis désolé, Sofi. Tu sais à quel point j'aimerais l'aider, mais je ne vois rien d'autre à faire que prier pour lui.

XII

Au grand galop

Dans une auberge perdue des forêts de Bourgogne, Weienell et Salietti déjeunaient d'une copieuse portion de bettes bouillies au lard fumé. La pluie battante les avait empêchés de bivouaquer dans les bois et ils s'étaient réfugiés dans cet endroit pour la nuit. L'aubergiste, un homme corpulent et très loquace, se rapprocha de la table et leur servit deux chopes de bière.

– Les mauvaises nouvelles courent le pays comme le vent, dit-il.

– De quelles mauvaises nouvelles parlez-vous ? demanda Salietti.

Ils s'étaient mis d'accord pour que Weienell ne révèle pas sa voix féminine.

– Un frère mendiant vient d'arriver à l'auberge. Pendant que je lui donnais un peu d'eau, il m'a appris que le roi Philippe était mort. Le duc Gauthier, son frère bâtard, s'est emparé de la couronne de France. Une véritable guerre pour la succession se déroule à Paris, et l'issue est aussi incertaine que les intrigues de la cour.

Salietti encouragea l'homme à continuer.

– Racontez-nous donc tout cela.

L'aubergiste se pencha encore plus sur la table et baissa la voix comme s'il craignait d'être entendu par quelqu'un d'autre.

– Apparemment, ils sont nombreux à penser que le roi a été assassiné. Certains croient que c'est l'œuvre des Templiers qui veulent venger la mort de leur grand maître sur le bûcher. Mais d'autres sont convaincus que c'est le duc Gauthier en personne qui l'a fait tuer pour lui voler la couronne. Il serait conseillé par le grand inquisiteur de France, un moine dominicain appelé...

– Boulvar de Goztell, continua Salietti, craignant que l'homme ne confirme ses déductions.

– Oui, il me semble bien avoir entendu le frère mendiant prononcer ce nom. D'après lui, Paris s'est transformé en champ de bataille. Même les étudiants de l'université se sont rebellés contre le nouveau monarque, car Boulvar de Goztell a jeté certains de leurs professeurs en prison.

Salietti regarda Weienell sans essayer de dissimuler son inquiétude. Si quelque chose arrivait à Grimpow, aucun des deux ne se le pardonnerait.

– À quand remonte la mort du roi Philippe ? voulut savoir le chevalier italien.

– Pas plus de quelques jours.

Salietti se leva et Weienell l'imita.

– J'ai dit quelque chose que je n'aurais pas dû ?

L'aubergiste était quelque peu désarçonné par la brusque réaction de ses clients.

– Rien que vous pourriez regretter.

Ils payèrent leur hôte et sellèrent leurs chevaux. La pluie tombait à seaux, noyant le paysage dans un nimbe gris aux nuances infinies. En allant au grand galop, ils atteindraient Paris dans la demi-journée.

– Pourvu que Grimpow soit sain et sauf, murmura Weienell, pendant qu'ils éperonnaient leurs montures.

Ils chevauchèrent sans trêve toute la matinée et leurs pensées s'emballaient sous leur crâne au rythme de leur cavalcade. Tous deux se doutaient que les maîtres arrêtés par le nouveau roi appartenaient à la société de l'Ourobore. Si Anatole Pempius était parmi eux, Grimpow et la pierre pouvaient aussi se trouver en danger.

Pendant qu'ils grimpaient un sentier vers le sommet d'une colline rocheuse, un souvenir revint brusquement à l'esprit de Salietti. Lors de leur premier voyage vers le Piémont italien, ils avaient fait halte dans une petite ville pour s'offrir un répit avant d'entamer la traversée des Alpes. Ils étaient descendus dans une hostellerie fréquentée par les pèlerins sur le chemin de Compostelle. Le lendemain matin, Salietti s'était levé tôt, sans réveiller Weienell qui méritait bien de se reposer. Un des chevaux avait besoin de nouveaux fers et il l'avait mené chez le maréchal-ferrant. En regagnant l'auberge, un peu plus tard, il avait trouvé Weienell dans l'écurie, un poignard à la lame ensanglantée dans son poing crispé. Un homme mort gisait à ses pieds. En voyant Salietti, elle se jeta dans ses bras, encore tremblante.

– Il a dit qu'il allait me tuer, murmura-t-elle.

Salietti tâcha de l'apaiser en affirmant qu'il s'agissait sans doute d'un bandit de grand chemin qui les avait suivis jusqu'à la ville pour les détrousser. Lorsque Weienell eut repris ses esprits, Salietti fouilla le mort, dans l'espoir de trouver quelque chose qui le renseignerait sur l'identité de l'agresseur, ou ce qui l'avait poussé à attaquer la jeune femme. Il ne découvrit qu'une petite bourse pleine de pièces d'or sous le justaucorps de l'inconnu.

— Il n'a pas l'air d'un voleur, fit observer Weienell.

Elle ne parvenait pas à comprendre pourquoi cet homme aurait voulu la tuer. C'est pourtant ce qu'il lui avait dit en ricanant. Elle en avait profité pour saisir discrètement le poignard accroché à la selle de sa monture. Ensuite, sans hésiter, elle avait planté la lame dans la poitrine de son assaillant lorsqu'il s'était avancé pour l'empoigner.

— Tu n'es probablement pas la première à qui il s'attaque. Il a dû dérober ces pièces à quelque riche marchand qui a eu le malheur de croiser son chemin.

À l'époque, Salietti s'était arrêté à cette explication anodine. Mais après avoir appris ce qui était arrivé aux maîtres de la Sorbonne, il soupçonnait maintenant ce mystérieux agresseur d'avoir été l'envoyé de Boulvar de Goztell. Et sa mission était de les assassiner. Cependant, il ne partagea pas le fruit de ses réflexions avec Weienell. Elle était déjà assez inquiète.

Sous une pluie persistante, une foule de paysans et de marchands s'attroupaient avec leurs charrettes devant les remparts de Paris. Toutes les portes de la ville étaient gardées par de forts détachements de soldats du duc, qui voulait par-dessus tout éviter l'arrivée de forces qui viendraient appuyer les rebelles s'opposant à son sacre. L'entrée de Paris était interdite à tous ceux qui portaient une épée. Weienell et Salietti rôdèrent aux alentours de la porte du sud-est, cherchant une faille qui leur permettrait de franchir l'enceinte en toute discrétion. Mais leurs recherches furent vaines. Les mauvaises nouvelles transmises par l'aubergiste se confirmaient : le chaos régnait dans Paris. Entrer ou sortir de la ville s'avérait compliqué, sinon impossible. Seuls quelques-uns y parvenaient après de longues heures d'attente devant les chaînes qui barraient le passage.

Salietti n'était pas disposé à continuer ainsi à errer sous la pluie, sans rien savoir du sort de ses amis, et se mit à observer de près les mouvements des hommes d'armes qui gardaient l'entrée.

– Au moindre relâchement d'attention des gardes, nous sauterons par-dessus les chaînes, dit-il d'un ton décidé.

Weienell hocha la tête, tout aussi déterminée que son compagnon. L'après-midi était déjà bien avancé et à la tombée du jour, les portes se fermeraient jusqu'à l'aube du lendemain. Ils se postèrent non loin de l'enceinte et attendirent, discutant de la meilleure tactique pour échapper aux flèches des archers placés près de l'entrée, une fois que leurs chevaux auraient franchi l'obstacle.

Un marchand que les hommes d'armes voulaient obliger à vider tous les tonneaux chargés sur sa charrette se mit à protester vivement, créant un esclandre. Salietti jugea l'occasion propice et donna le signal. Ils éperonnèrent leurs montures et sautèrent les chaînes à la grande stupéfaction des gardes. Tout aussi surpris, les archers n'eurent pas le temps d'ajuster leurs cibles.

– Rattrapez-les ! Rattrapez ces rebelles ! hurla le capitaine du détachement.

Un groupe de soldats bondit en selle, mais dans la confusion, nul n'avait vu quelle direction avaient prise les deux fugitifs.

XIII

Trop tard

Dans l'espoir de dépister leurs poursuivants, Weienell et Salietti empruntèrent un itinéraire compliqué à travers un enchevêtrement de ruelles et finirent par atteindre l'île de la Cité. Un important détachement de soldats encerclait les douves du Louvre, dont les tours arboraient l'étendard du duc Gauthier pour signifier son triomphe. Après les troubles, les orfèvres du pont avaient déjà rouvert leurs ateliers et les passants traversaient l'île d'un côté à l'autre, comme si rien n'était arrivé.

Dans le quartier Latin, le calme était moins évident, même si de nombreux étudiants continuaient à déambuler dans les rues simplement pour tuer le temps, puisque les cours étaient suspendus. Salietti s'approcha d'un petit groupe qui conversait à la porte d'une taverne et interrogea l'un des jeunes gens sur l'identité des maîtres qui avaient été emprisonnés.

— Et en quoi ça vous intéresse ? répliqua celui-ci avec insolence, sans se laisser impressionner par l'épée qui ornait la ceinture du chevalier.

— Je suis un ami qui veut les aider, lui répondit Salietti.

Les étudiants examinaient avec méfiance le compagnon de leur interlocuteur, intrigués par la capuche qui lui couvrait encore la tête malgré l'arrêt de la pluie. Puis celui qui semblait le moins sur la réserve lança :

– Il s'agit des maîtres Anatole Pempius et Edmond de Tocqueville.

Salietti et Weienell en eurent le cœur serré.

– Savez-vous où on les a emmenés ?

– Ils sont enfermés dans la tour du Temple. On les accuse d'hérésie et ils seront bientôt brûlés devant Notre-Dame, comme les derniers templiers, il y a un an. Nos protestations ont été vaines. Le roi bâtard déteste nos maîtres et l'université.

Weienell contint son trouble.

– Y a-t-il un nommé Grimpow parmi vos camarades ? demanda alors Salietti.

Les jeunes gens échangèrent des regards dubitatifs. Ils n'avaient jamais entendu ce nom.

– Grimpow ? Aucun étudiant ne s'appelle ainsi. Ou alors, nous ne le connaissons pas, répondit un autre, secouant ses cheveux bouclés.

Salietti prit congé et s'éloigna, pendant que les commentaires sur cette singulière rencontre allaient déjà bon train au sein du petit groupe.

– Attendez ! cria celui qui venait de parler.

Le chevalier piémontais fit demi-tour et revint près du jeune homme.

– Il y a un étudiant qui a réussi à échapper à l'inquisiteur la nuit où ils ont arrêté nos maîtres. Il s'appelle Kylian, Kylian Dulongval.

Encouragés par cette bonne nouvelle, Weienell et Salietti continuèrent leur chemin vers l'université. Là-bas, ils pourraient en apprendre plus sur ce fameux Kylian Dulongval.

— Tu crois que nous trouverons Grimpow ? Personne ne semble avoir entendu parler de lui.

— Il est possible qu'il ait changé de nom en arrivant à Paris. Personne ne doit connaître sa véritable identité. Encore un peu de patience, nous saurons bientôt de quoi il retourne.

Ils attachèrent les chevaux devant l'hostellerie. De nombreux jeunes gens d'âges divers entraient et sortaient de l'édifice, emmitouflés dans leurs capes. Salietti s'adressa à un étudiant qui s'était attardé à les observer et celui-ci lui dit immédiatement qu'il venait de voir Kylian Dulongval pénétrer dans l'hostellerie.

— Si vous voulez, j'irai le chercher moi-même, ajouta-t-il, content de rendre service aux deux chevaliers.

Le soir s'annonçait, le ciel était toujours encombré de nuages gris, qui laissaient cependant apparaître de larges plages rosées au sud-ouest. Weienell et Salietti attendaient avec impatience devant la porte. Leur plus cher désir était de revoir Grimpow. Mais le garçon qui sortit à leur rencontre était un autre.

— Tu es Kylian Dulongval ? s'enquit Weienell, qui avait baissé sa capuche.

Kylian hocha la tête. Il était certain que cette dame aux cheveux courts et le chevalier qui l'accompagnait étaient Weienell Labox et Salietti d'Estaglia, dont Grimpow lui avait tant parlé.

— Vous êtes arrivés trop tard, dit-il, avant qu'ils aient eu le temps de lui demander s'il connaissait leur ami.

Weienell enfouit son visage dans ses mains.

— Oh, non ! Pauvre Grimpow ! dit-elle, secouée par les sanglots.

Kylian leur raconta tout ce qui s'était passé depuis qu'il avait fait la connaissance de ce nouvel étudiant qui devait partager sa chambre. Il leur parla de la rencontre avec Sofi, de la bibliothèque souterraine et du cadavre de la femme morte depuis des milliers d'années, du pentagone magique, du livre codé sur l'étoile Ouro qu'ils avaient trouvé dans la maison du père de Weienell, de la sorcière de la Lignée qui y vivait maintenant, des cinq sphères qui ouvraient la porte du secret des sages, de sa crainte qu'Agnès leur ait jeté un sort pour s'emparer de la pierre, de la fuite de Grimpow qui s'était caché chez Sofi, et enfin de la trahison de dame Lascour et de Richard.

– Ils l'ont emmené à la tour du Temple, conclut-il.

– Tu prétends que Grimpow a remis la pierre à la sorcière de la Lignée ?

Weienell ne parvenait pas à croire que le garçon se soit volontairement séparé de l'objet qu'ils avaient protégé au prix de tant de sacrifices.

– Il était persuadé que la pierre devait lui revenir, car elle avait appartenu à sa mère, qui est morte depuis vingt ans.

Salietti avait écouté le récit de Kylian avec attention. Ils s'occuperaient de la pierre et de cette mystérieuse sorcière plus tard. Pour l'instant, il fallait tirer Grimpow des griffes de l'inquisiteur.

– Tu peux nous conduire chez Sofi ? demanda-t-il.

– Bien sûr, ce n'est pas très loin d'ici.

À peine avait-il fini de prononcer ces paroles qu'une patrouille déboucha d'une rue voisine. Kylian s'écarta d'un bond, Weienell et Salietti dégainèrent leurs armes, prêts à se défendre. Confiants en leur avantage – ils étaient quatre et à cheval – les soldats donnèrent l'assaut à plusieurs reprises. Le jeune Piémontais bataillait avec fougue et parvint à désarçonner deux des hommes, qu'il transperça aussitôt, pendant que Weienell faisait face aux deux autres en un combat inégal avec une dextérité inouïe chez une dame. Après les leçons que Salietti lui avait dispensées pendant le voyage, son adresse à l'épée n'avait rien à envier à celle d'un chevalier. D'un coup d'estoc précis, elle se débarrassa de l'un de ses adversaires. Le dernier préféra prendre la fuite plutôt que d'affronter la lame de Salietti. Bouche bée, Kylian avait suivi tout le combat avec admiration.

Weienell désigna le cavalier qui disparaissait au bout de la rue.

— Il ne tardera pas à revenir avec du renfort.

Salietti sauta en selle, rapprocha sa monture de Kylian et lui tendit la main.

— Grimpe en croupe ! Dépêche-toi, nous n'avons pas beaucoup de temps.

XIV

Où est Sofi ?

Goebel Lascour éprouva une agréable surprise en découvrant Weienell et Salietti devant sa maison, accompagnés d'un jeune homme inconnu vêtu d'une cape d'étudiant. Il ouvrit les écuries et leur fit signe de rentrer leurs montures, puis les emmena dans la cuisine. Assise près du foyer, dame Lascour préparait quelques légumes, avec l'aide de Sofi. En voyant entrer les visiteurs, l'épouse de Goebel se leva et s'en alla dans la cour de derrière, sans prononcer une parole. En revanche, Sofi courut saluer Weienell et Salietti avec allégresse. Puis elle serra la main de Kylian, échangeant avec lui des sourires ravis : ils n'étaient plus seuls pour secourir leur ami.

Goebel les invita à prendre place autour de la table et servit du vin.

– Je suis désolé de ce qui est arrivé à Grimpow. Ma femme et mon neveu n'avaient pas l'intention de lui nuire. Ils ne songeaient qu'à protéger la famille et à éviter un nouveau malheur, comme la mort de Baunach. Je vous demande pardon en leur nom.

– Nous ne sommes pas ici pour vous reprocher quoi que ce soit, assura Salietti.

— Les Lascour n'ont jamais trahi un bon ami...

— Je vous comprends, Goebel. En fait, nous comptons sur vous pour nous procurer quelques cordes et des grappins pour franchir l'enceinte de la tour du Temple, expliqua Weienell.

— Vous avez l'intention de pénétrer dans la forteresse ?

— Nous ne pouvons pas abandonner Grimpow entre les mains de l'inquisiteur. Nous avons notre part de responsabilité dans les derniers événements. Pour commencer, nous n'aurions jamais dû le laisser seul à Paris, confia Salietti.

Sofi et Kylian se regardèrent, satisfaits. Goebel prit une gorgée de vin et s'essuya les lèvres d'un revers de manche.

— Vous aurez besoin d'aide pour entrer dans cette maudite prison. La tour est solidement gardée par les soldats du nouveau roi. Mes frères et moi pouvons vous accompagner, si vous le désirez. Weienell peut rester ici avec Sofi.

— Merci, Goebel, mais mon épée secondera celle de Salietti pour libérer Grimpow.

— D'ailleurs, nous ne voulons pas mettre en danger votre vie et celles de vos frères, continua le jeune Piémontais. Vous nous avez déjà prêté main-forte une fois, et vous n'avez aucune raison de recommencer aujourd'hui. Sauver Grimpow sera une opération dangereuse, si tant est que nous réussissions.

— Laissez-nous décider de ça. J'en discuterai en famille.

La conversation porta ensuite sur la meilleure manière d'entrer dans la tour du Temple. Le comédien et ses frères escaladeraient la muraille et n'auraient aucune difficulté à grimper sans être vus. Une fois en haut, ils aideraient Weienell et Salietti à monter par la même corde.

Puis les deux voyageurs racontèrent à Goebel leur expédition inutile dans les terres du Piémont. Ils y avaient découvert que le chevalier avait été dépossédé de son duché d'Estaglia par un de ses voisins. Ce noble sans scrupule avait profité de la longue absence de Salietti pour s'approprier le petit palais hérité de son grand-père. Ils avaient rebroussé chemin vers Paris, sans savoir ce qui était arrivé à Grimpow et aux deux maîtres d'astronomie. En réalité, Salietti avait l'intention de solliciter leur aide pour mener bataille dans le Piémont et récupérer son patrimoine.

Kylian écoutait le chevalier avec ébahissement. Il voulut partager son étonnement avec Sofi et se rendit compte qu'elle n'était plus près de lui. *Où est Sofi ?* se demanda-t-il en silence. Mais il n'avait aucune idée de la réponse.

XV

Vaincre la peur

Sofi courut de toutes ses forces vers la maison de la sorcière de la Lignée. La nuit était tombée, les rues sombres étaient vides. Elle ne pensait qu'à une chose : solliciter l'aide d'Agnès pour sauver Grimpow. Celle-ci savait comment pénétrer dans la tour du Temple sans prendre de risque. Et malgré la méfiance de Kylian à l'égard de la jeune femme, Sofi était convaincue qu'elle ignorait les derniers événements.

Elle actionna plusieurs fois le marteau et attendit que la dame vienne lui ouvrir. Mais elle n'obtint pas de réponse. Aucune lueur ne filtrait par les fenêtres, elle n'entendait même pas le chat miauler. Elle frappa de nouveau sans plus de succès. Visiblement, la sorcière de la Lignée n'était pas chez elle. Déterminée à la retrouver, Sofi fit demi-tour et repartit à toute allure vers l'île de la Cité. Elle traversa le pont et ne s'arrêta de courir qu'en entrant dans le quartier des pêcheurs, non loin du port. Une odeur d'humidité et de pourriture envahissait ses narines à chaque inspiration. La lune jouait à cache-cache derrière les nuages qui dérivaient dans le ciel nocturne, éclairant de temps à autre la pénombre. En arrivant à la maison de la sorcière Malen, elle reprit son souffle quelques instants, puis frappa à la porte du plat de la main. Peu après,

Agnès ouvrit et la fixa avec indifférence. Le chat noir ronronna, quêtant les caresses de Sofi.

– Comment m'as-tu retrouvée ?

– Je savais que vous veniez ici apporter à manger à la vieille Malen.

– Il vaudrait mieux que tu entres, il fait plutôt froid dehors, proposa alors la jeune femme.

Sofi s'accroupit et prit le petit animal dans ses bras, avant de franchir le seuil en ayant l'impression de profaner une enceinte sacrée et interdite. Mais il n'y avait rien d'extraordinaire dans cette cabane exiguë, qui était pourtant une demeure de sorcières. L'âtre était vide, mais l'atmosphère de la pièce était tiède et paisible.

– Je vis ici, maintenant. La pauvre Malen est morte, il y a quelques jours. Que veux-tu, ma petite ? Il est bien tard pour qu'une jeune fille comme toi se promène seule dans les rues.

Sofi hésita, ne sachant par où commencer. Elle s'installa sur une chaise, le chat noir sur les genoux, puis finit par se lancer.

– L'inquisiteur Boulvar de Goztell a fait enfermer Grimpow dans la tour du Temple.

– Je sais. C'est moi qui lui ai révélé où se trouvait ton ami.

– Vous ?

Sofi découvrait avec horreur que les soupçons de Kylian étaient fondés.

– Désolée de t'avoir déçue, mais je n'ai pas eu d'autre choix.

– Mais pourquoi ? Grimpow avait confiance en vous, il vous a même donné la pierre, il disait qu'elle vous revenait..

– C'était lui ou moi.

– Vous êtes une sorcière de la Lignée, vous auriez pu le sauver !

— Les choses ne sont pas aussi simples que tu le penses. Les sorcières de la Lignée sont aussi vulnérables à la peur que tout le monde. Tu es encore trop jeune pour savoir ce que c'est.

— Si je crains quelque chose, c'est ce que l'inquisiteur pourrait faire à Grimpow. Si nous ne tentons rien, il finira sur le bûcher.

— Même si je le voulais, je ne pourrais pas le tirer de la tour. Personne ne sort vivant de cet enfer.

— Weienell et Salietti, les amis de Grimpow, sont revenus. Mon père et ses frères sont prêts à escalader l'enceinte pour pénétrer dans la forteresse.

— Alors, tu n'as pas besoin de moi, j'ignore comment manier l'épée.

— Vous avez dit que vous saviez comment entrer dans la tour sans danger.

— Boulvar de Goztell me tuera si je le trahis.

— Grimpow croyait en vous, vous ne pouvez pas l'abandonner maintenant, supplia Sofi.

Agnès Lebuy contempla Sofi en silence, d'un air pensif, hésitant entre sévérité et tendresse. D'où sortait cette jeune fille au regard clair pour perturber ses émotions et décider de sa conduite ? Si elle avait pris le parti de livrer Grimpow à l'inquisiteur, ce n'était pas de sa propre volonté, mais poussée par cette crainte de la mort qui la rongeait de l'intérieur, la laissant comme une écorce vide. Aucun sentiment ne pouvait survivre au ténébreux festin de l'effroi. Sa mère aussi avait cédé devant l'horrible perspective de périr sur le bûcher, comme tant d'autres femmes avant elle. Malgré l'étendue de leur savoir, les sorcières de la Lignée n'étaient pas à l'abri de la peur. Tôt ou tard, leur dernière heure arriverait.

Si elle était encore vivante, c'était une fois de plus grâce à la miséricorde de l'inquisiteur Boulvar de Goztell. « Va-t'en dans un endroit où personne ne pourra te retrouver ou je devrai te tuer », lui avait-il dit, alors qu'elle venait de lui révéler que Grimpow se cachait à la Sorbonne. Maintenant, le Mal avait vaincu le Bien et elle ne pouvait rien y faire. Toute la sagesse des sorcières de la Lignée se perdrait pour toujours et la vie de Grimpow serait sacrifiée au nom d'un dieu qui lui était inconnu.

Sofi reposa le chat à terre et se leva.

— Je dois partir avant que mes parents s'inquiètent et se mettent à ma recherche, dit-elle.

Agnès se leva également, mais au lieu de la voix fraîche de la jeune fille, elle crut entendre celle de la vieille Malen, lui murmurant de ne jamais oublier qui elle était. Oui, elle était une sorcière de la Lignée, pas une fille du diable, elle avait tenu la pierre entre ses mains et Grimpow lui avait fait entièrement confiance. Impossible de rester soumise à cette peur paralysante. Elle le devait à sa mère et à toutes les sorcières de la Lignée.

— Attends, Sofi, je t'accompagne.

XVI

Un plan incertain

Chez les Lascour, tous étaient prêts à partir pour la tour, lorsque à la stupeur générale, Sofi entra, suivie d'Agnès. En dehors de Kylian, qui avait tenu sa langue, nul n'avait remarqué son étrange absence. Il avait d'ailleurs du mal à croire que Sofi s'était lancée seule à la recherche de la mystérieuse jeune femme pour lui demander de l'aide. Malgré tout, il se réjouit de son retour. Quant à Goebel, il était interloqué par ce nouveau coup de théâtre.

— Qui est cette dame ? s'enquit-il.

— C'est Agnès Lebuy, une sorcière de la Lignée. Elle est venue nous aider à entrer dans la tour du Temple, expliqua Sofi.

Weienell et Salietti échangèrent un bref regard stupéfait. Cependant, en dépit de leur perplexité, ils avaient conscience que le moment était mal choisi pour chercher des réponses.

— Nous avons déjà un plan pour franchir les murailles, nous n'avons nul besoin de votre aide, dit Salietti avec dédain.

Agnès ne se laissa pas intimider. Il lui semblait maintenant qu'elle n'aurait plus jamais peur. Elle avança vers le chevalier et le fixa d'un regard glacial.

— Même si vous arrivez à l'intérieur de l'enceinte, vous ne parviendrez jamais à pénétrer dans les souterrains de la tour.

Le geôlier vous refusera le passage et il n'y a aucun moyen d'ouvrir la porte de l'extérieur.

Goebel et ses frères réfléchirent en silence à ces nouvelles informations.

– Comment pouvez-vous être aussi sûre de ce que vous avancez ? lança Weienell.

– Parce que je connais bien cet endroit.

Goebel rajusta la grosse corde munie d'un grappin qu'il portait enroulée sur son épaule.

– Dans ce cas, que proposez-vous ? demanda-t-il.

– J'entrerai dans la forteresse et vous me suivrez. Vous pourrez vous débarrasser des gardes de la porte en les prenant par surprise. Ils ne sont pas très nombreux et certains seront sans doute ivres. Ensuite, je me charge de persuader le geôlier de vous laisser pénétrer dans les cachots. Une fois à l'intérieur, il vous suffira de libérer Grimpow. S'il est encore vivant.

La possibilité de la mort de leur ami glaça tous les membres du petit groupe. Salietti rompit le silence.

– Il est temps de partir. Nous verrons sur place si ce plan incertain est réalisable.

– Et priez le ciel pour que Grimpow soit toujours en vie, ajouta Weienell, d'un ton glacial.

Agnès accueillit la menace avec indifférence. Elle comprenait la méfiance de cette femme aux cheveux courts, vêtue en cavalier et qui portait une épée à la ceinture. En fin de compte, aux yeux de Weienell, elle n'était qu'une étrangère qui s'était approprié sa maison et avait trahi Grimpow.

Goebel prépara une monture pour la sorcière de la Lignée, comme sa fille appelait cette mystérieuse belle inconnue. Sa présence augmentait peut-être leurs chances de réussite.

Le petit groupe de cavaliers s'éloigna dans la nuit, sous le regard attentif de Kylian et de Sofi.

— Pourquoi ne m'as-tu pas prévenu que tu allais chercher la dame ? demanda l'apprenti médecin.

— Je te rappelle que tu n'avais pas confiance en elle.

— Et qu'allons-nous faire maintenant qu'ils sont partis ?

— Les suivre, évidemment. Viens, nous prendrons le cheval de Richard, dit Sofi.

XVII

Les entrailles de la Terre

Le bourreau entra dans la cellule, brandissant une torche. La lumière intense aveugla Grimpow, qui parvenait à peine à garder les yeux ouverts après avoir passé plusieurs jours dans la plus parfaite obscurité. Une grosse main poilue l'empoigna par son justaucorps et le souleva du sol comme un pantin de chiffon.

– Allons-y, l'inquisiteur veut te voir ! cria une voix rauque.

Désorienté, Grimpow avança de quelques pas en titubant, sans cesser de se demander où on l'emmenait et ce qui l'attendait. Il ne pouvait maîtriser le tremblement de ses jambes tant l'idée d'être torturé l'horrifiait. D'une bourrade, le geôlier le poussa en avant. Ils parcoururent ainsi un couloir tortueux, puis une lumière chaude et diffuse dissipa peu à peu la pénombre.

Plusieurs torches fixées au mur éclairaient une galerie circulaire percée de portes bardées de fer. Au centre de la salle, Grimpow reconnut Boulvar de Goztell, entouré par douze chevaliers armés de leurs épées, au visage masqué par un heaume, comme les hommes qui l'avaient capturé chez Sofi. Près d'eux, mains liées et tête basse, se tenaient Anatole Pempius et Edmond de Tocqueville. Grimpow voulut les rejoindre, mais le bourreau le retint en le saisissant rudement par le bras

— Nous nous retrouvons enfin, fit l'inquisiteur.

Il avança vers son prisonnier, se frayant un passage entre les conjurés.

— Laissez ce garçon tranquille, ce n'est qu'un étudiant de l'université. Vous nous avez déjà, murmura Anatole d'une voix éteinte, comme si toutes ses forces s'étaient consumées en cet instant.

— Le diable se cache dans l'esprit de ce gamin. C'est lui qui m'intéresse pour le moment. Mais n'ayez crainte, dans peu de temps les fers du bourreau et le feu du bûcher libéreront son âme de tout péché... Et aussi la vôtre.

Le moine s'approcha de Grimpow avec calme, lui prit le menton entre deux doigts et l'obligea à incliner la tête en arrière pour le regarder dans les yeux.

— Dis-moi, que comptais-tu faire avec ces sphères ?

— Ce sont les cinq planètes de l'étoile Ouro.

— Tu voulais ouvrir les portes du secret des sages, n'est-ce pas ? insista l'inquisiteur, d'un ton aimable.

Grimpow acquiesça, puis jeta un regard honteux à Anatole Pempius.

Boulvar de Goztell désigna d'un signe de tête les deux astronomes, dont les vêtements étaient tachés de sang.

— Ces deux hommes t'ont demandé de faire cela ?

— Mes maîtres ne savaient rien de ces sphères. Je les ai découvertes dans la bibliothèque souterraine de l'université.

— Qu'as-tu trouvé d'autre ?

— Il n'y a que des livres et de vieux manuscrits.

— Si tu me mens, le bourreau te fera hurler ce que tu refuses de dire maintenant. C'est cela que tu veux ?

— Non.

Pétrifié, Grimpow ne parvint pas à extirper un autre son de sa gorge serrée.

– Nous reparlerons de cela plus tard. Pour l'instant, nous devons ouvrir les portes du secret des sages.

L'inquisiteur posa le bras sur les épaules du garçon et l'entraîna vers le couloir aux têtes de mort.

XVIII

Tuez-les tous !

D'après leur plan, Goebel et ses frères devaient escalader le grossier mur de pierre et se poster dans la cour d'armes, en face de la grande porte de l'enceinte. Ainsi, ils pourraient prendre les gardes à revers si c'était nécessaire. Une fois que ce premier groupe serait en place, les autres entendraient le ululement d'une chouette. Goebel savait imiter les cris de tous les animaux.

Au signal convenu, Agnès frappa au portail. Un court poignard en main, Weienell et Salietti l'encadraient, tout en restant hors de vue de celui qui regarderait par la petite ouverture placée à hauteur d'homme. Le soldat qui ouvrit le judas ne vit qu'une dame voilée qui attendait à l'extérieur.

– Je désire voir messire Boulvar de Goztell. Je dois lui parler sur-le-champ, dit la jeune femme d'une voix ferme.

Le garde la reconnut et s'empressa de manœuvrer les verrous. Il ne tenait pas à attirer le mauvais œil de cette sorcière, amie du sinistre inquisiteur.

– Entrez. Vous le trouverez dans les cachots, il vient d'y descendre avec quelques chevaliers.

Agnès franchit le seuil, et avant que le soldat comprenne ce qui arrivait, Salietti surgit de l'ombre et lui planta son poignard dans la poitrine. L'autre ouvrit de grands yeux et s'écroula avec un cri étranglé. Non loin de là, deux autres sentinelles jouaient aux dés en buvant de la bière sous un appentis au toit de paille. L'un d'eux regarda vers la porte et vit l'homme allongé sur le sol, près de quelques étrangers.

– On nous attaque ! cria-t-il à son compagnon.

Il se leva d'un bond et dégaina son épée. Les deux joueurs se précipitèrent vers les intrus, mais Goebel et ses frères se trouvaient sur leur passage. Deux flèches traversèrent l'air en sifflant et les soldats s'effondrèrent en silence sur la terre de la cour d'armes. Dans un premier temps, personne d'autre ne sembla avoir entendu le cri d'alarme, mais soudain un bruit de course attira l'attention de Salietti. Il jeta un regard inquiet derrière lui. Kylian et Sofi franchissaient la porte à leur tour.

– Déguerpissez immédiatement ! gronda Salietti lorsque les deux jeunes gens arrivèrent à sa hauteur. Vous ne pouvez pas rester ici, ce n'est pas un jeu d'enfant.

Goebel traversa la cour d'un pas vif et s'approcha de Sofi.

– Au nom du ciel ! Est-ce que tu m'obéiras un jour ? grommela-t-il entre ses dents serrées.

– Nous avons promis à Grimpow d'entrer avec lui dans la tour du Temple, répondit Sofi.

Voyant que la jeune fille et son acolyte ne manifestaient aucune intention de quitter les lieux, Weienell essaya de les décourager.

– Vous ne pouvez pas nous suivre dans les souterrains, ça peut devenir dangereux. Nous pourrions même ne jamais en sortir.

– Si c'est le sort de Grimpow, ce sera aussi le nôtre, affirma Kylian, sans hésiter.

— Les cimetières sont pleins de héros morts ! dit Goebel avec emportement.

L'entêtement de ce freluquet commençait à lasser sa patience. Mais Agnès passa le bras autour des épaules de Kylian.

— Nous avons déjà perdu assez de temps, je m'occuperai d'eux.

Goebel finit par s'avouer vaincu, mais leva un index menaçant vers sa fille.

— Nous n'avons pas terminé tous les deux, jeune personne. Nous en reparlerons plus tard.

— D'accord. Mais au moins, gardez-les loin des épées, ajouta Salietti.

L'entrée des souterrains se trouvait à l'opposé. Trop haute pour être escaladée, cette partie des remparts n'était pas surveillée. Au fond de la cour, une grande grille de fer leur barra le passage. De l'autre côté des barreaux, un geôlier dormait, affalé sur un banc de bois. Agnès l'appela plusieurs fois par son nom et sa voix mélodieuse le réveilla.

— Par tous les diables, que fais-tu ici ! Tu as encore le courage d'approcher de ces souterrains ?

— Je dois parler à Boulvar de Goztell. Le garde de la porte m'a dit qu'il était en bas.

Le geôlier, un bonhomme grassouillet, au nez rond, fronça ses sourcils broussailleux. Il s'avança vers la grille en se frottant les yeux. Il n'avait aucune conscience de la présence des compagnons d'Agnès, tapis contre les murs de la tour, hors de son champ de vision.

— L'inquisiteur en personne m'a donné ses ordres. Personne ne doit entrer. Si je désobéis, il me dépècera et jettera les morceaux aux chiens.

Agnès fronça les sourcils et prit un air sévère.

– Ton châtiment sera encore plus cruel quand il saura que tu as refusé de me laisser passer. J'apporte des nouvelles urgentes pour le nouveau roi.

– Très bien, très bien... bredouilla l'homme.

Le reste de sa phrase se perdit en malédictions à peine audibles. Lorsqu'il ouvrit la grande grille, Goebel et ses frères bondirent et n'eurent aucune difficulté à maîtriser le vieillard, figé par la surprise et l'effroi.

– Ne lui faites pas de mal ! dit Agnès. Il suffit de le bâillonner et de le garrotter avec ses propres fers.

Le geôlier n'opposa aucune résistance, surtout soucieux de ne pas donner aux inconnus qui accompagnaient la jeune femme une raison de le tuer.

– Maudite sorcière ! Tu ne sortiras jamais de ces souterrains vivante...

Il n'eut pas le temps de finir sa phrase, muselé par le chiffon que lui attacha Goebel derrière la nuque. Le reste de la troupe franchit la porte, et tous attendirent en silence que le gardien soit mis hors d'état de nuire.

L'un après l'autre, ils s'engagèrent dans l'étroit escalier en colimaçon qui s'ouvrait devant eux. Salietti marchait devant, suivi d'Agnès et de Weienell. Derrière venaient Kylian et Sofi, que son père et ses oncles protégeaient comme un trésor fragile dont personne ne pouvait s'approcher. En bas, plusieurs torches illuminaient des couloirs qui partaient dans plusieurs directions. Le silence régnait. Quelques rats effrayés détalèrent et se perdirent dans les fissures du sol.

– C'est par ici, dit Agnès, la gorge serrée.

Le souvenir du lieu où elle avait été enfermée pendant un an était encore trop vif à son goût.

Le passage débouchait dans une zone où les parois avaient été taillées dans la roche vive. Le plafond était plus élevé et plusieurs portes se succédaient sur le périmètre de l'espace circulaire. Soudain un homme musculeux au crâne chauve surgit devant eux ; il brandissait une gigantesque hache à double tranchant. Tous s'arrêtèrent, saisis par cette apparition. Salietti affermit sa prise sur le pommeau de son épée, prêt à affronter le géant, mais Agnès avança de quelques pas vers leur assaillant et baissa sa capuche.

– C'est moi, Agnès ! La sorcière de Montmartre ! cria-t-elle au moment où il s'apprêtait à abattre son arme.

La hache du bourreau se figea dans l'air, mais il était trop tard. Lancré, le plus jeune frère de Goebel, avait déjà armé et tiré une flèche qui frôla l'épaule de sa cible comme un dard empoisonné. La hache heurta le sol avec un claquement métallique. Un flot de sang abondant sortait de la plaie. Agnès s'approcha du blessé et l'examina.

– Je suis navrée, vraiment navrée... Nous ne voulions pas te faire de mal. Mais ça va aller, je te le promets. Je te soignerai moi-même.

– Ce n'est qu'une égratignure. Inutile de t'inquiéter pour moi.

Ce ne serait pas la première fois qu'Agnès traiterait cet homme. Agenouillée près de lui, elle voyait défiler dans son esprit les souvenirs de l'année passée dans les oubliettes. Il s'était toujours bien comporté avec elle. C'était la seule personne avec qui elle avait pu parler pendant sa détention. C'était encore lui qui lui apportait de la nourriture en cachette. Sans lui, elle serait morte de faim ou devenue folle. Lorsqu'il avait contracté une grave maladie, elle lui avait recommandé quelques herbes médicinales que lui avait préparées la vieille Malen et qui l'avaient guéri.

– Que fais-tu ici ? Que cherches-tu ? balbutia-t-il, la main pressée sur sa blessure pour contenir l'hémorragie.

– Où sont l'étudiant et les maîtres de l'université ? demanda Agnès sans tergiverser.

– L'inquisiteur les a emmenés dans la salle des Templiers... Douze chevaliers l'escortent, ce sont les plus fines lames de Paris. Ils te tueront, Agnès. Ils vous tueront tous.

La jeune femme se tourna lentement vers une porte qui, pour une raison inconnue, l'attirait irrésistiblement.

– C'est par là ?

L'homme acquiesça, pressé par l'impatience silencieuse des autres.

Salietti et Weienell s'engouffrèrent dans le couloir, Stepper et Lancré sur leurs talons. Kylian et Sofi couraient derrière eux. Agnès et Goebel formaient l'arrière-garde.

Dans la galerie aux parois tapissées de têtes de mort, Sofi ferma les yeux. Elle ne supportait pas la vision de ces crânes qui semblaient la fixer de leurs orbites vides, tels de ténébreux spectres. Au bout du passage, la lumière se fit plus intense, des voix provenant de la salle toute proche parvenaient jusqu'à eux. Celle du grand inquisiteur était parfaitement reconnaissable.

– Maudits hérétiques, fils du démon ! Ouvrez cette porte, ou je vous trancherai la gorge comme à votre maudit compagnon !

En entrant, Salietti et Weienell furent saisis par la colère et la douleur en découvrant ce qui les attendait. Boulvar de Goztell menaçait de sa dague Edmond de Tocqueville, sous le regard atterré de Grimpow. Le corps d'Anatole Pempius gisait au milieu d'une mare de sang. Une profonde entaille béait sur son cou. Agnès devança Weienell et Salietti, muets de douleur devant le cadavre de leur noble et sage ami :

– Vous ne parviendrez jamais à ouvrir cette porte ! cria-t-elle d'une voix pleine de défi. La pierre que je vous ai donnée est aussi fausse que vos croyances !

Désarçonnés par l'arrivée des intrus, le moine et les chevaliers se tournèrent vers l'entrée de la salle avec incrédulité. Avant que Boulvar de Goztell puisse esquisser un geste, Goebel et ses frères lâchèrent trois traits qui atteignirent mortellement trois des conjurés. L'espoir illumina fugacement le visage de Grimpow. *Tout n'est pas perdu*, songea-t-il en voyant ses amis.

– Tuez-les ! Tuez-les tous ! cria l'inquisiteur.

En même temps, il empoigna brutalement Grimpow et posa la pointe de sa dague contre la gorge du garçon.

L'épée à la main, le duc Gauthier se plaça près du dominicain, pendant que les autres chevaliers se lançaient à l'assaut des intrus, poussant leurs cris de guerre.

Salietti avança aussi à leur rencontre, suivi de Weienell et des acrobates. Les armes se heurtèrent en un retentissant fracas, de minuscules éclats métalliques fusaient des lames entrechoquées. Les forces s'équilibrèrent rapidement, grâce à Goebel et à Salietti qui ne tardèrent pas à se défaire de leurs adversaires respectifs. Maintenant à cinq contre cinq, les combattants entamèrent une bataille acharnée sans s'accorder le moindre répit. Les chevaliers étaient habiles au maniement de l'épée, mais se déplaçaient avec lenteur, engoncés dans leurs pesantes armures. Cependant, pour celui qui affrontait

Weienell, ce handicap se transformait en avantage, le poids augmentant la puissance de ses coups. Pour parer les attaques, elle devait donc déployer un surcroît d'énergie et son bras réagissait de plus en plus faiblement. Elle poussa un cri en repoussant une nouvelle botte du chevalier avec ses dernières forces, mais son épée lui sauta des mains et retomba hors de portée. Kylian et Sofi fermèrent les yeux. Grimpow laissa échapper un cri d'effroi en voyant l'homme lever son arme au-dessus de la tête de Weienell. Agnès détourna le regard pour ne pas assister à un autre meurtre atroce. Mais la lame de Salietti s'interposa comme un éclair surgi du néant et arrêta le coup mortel. Weienell s'effondra, épuisée par l'effort, pendant que Salietti et les acrobates continuaient à mener le combat. L'affrontement forcené parut interminable.

Soudain, un silence surnaturel remplaça le vacarme des armes. Hors d'haleine, Goebel essayait de reprendre son souffle ; il vérifia d'un coup d'œil que ses frères étaient toujours en vie. Stepper avait une profonde entaille au bras et Lancré déchira un pan de sa chemise pour lui poser un tourniquet.

Salietti avança lentement vers l'inquisiteur et le chevalier inconnu qui le protégeait encore. Grimpow sanglotait, le visage défait par la peur. La dague effilée du moine, celle qui avait mis fin à l'existence d'Anatole Pempius quelques instants plus tôt, était maintenant appliquée contre sa gorge. Edmond de Tocqueville observait la scène d'un air impavide.

— Lâchez Grimpow et vous aurez la vie sauve ! cria Salietti, le regard flamboyant de rage.

Weienell ramassa son épée et se plaça près de lui. Quelques pas derrière eux, Goebel et ses deux frères attendaient, prêts à intervenir. Kylian et Sofi se serraient contre Agnès, refusant de regarder la suite des événements. D'une légère pression de la main, l'inquisiteur pouvait tuer leur ami Grimpow.

— Ce n'est pas à vous de poser vos conditions, à moins que vous ne vouliez la mort de ce garçon. Je me suis déjà laissé tromper une fois par cette maudite sorcière qui vous a conduits jusqu'ici et je ne connaîtrai pas le repos avant de l'avoir vue au milieu des flammes d'un bûcher. Livrez-moi la sorcière et partez, je vous jure sur mon honneur que je ne ferai aucun mal à Grimpow, ni à maître Tocqueville. Demain, ils seront libres tous les deux et pourront regagner l'université.

— Votre honneur n'a pas plus de valeur que la fausse pierre que vous possédez.

À peine Salietti avait-il prononcé ces paroles que Goebel porta discrètement la main à sa ceinture, saisit un de ses poignards et le projeta vers l'inquisiteur. Son geste fut si rapide que personne ne put voir le couteau fendre l'air. Grimpow glissa un regard de côté en entendant la lame s'enfoncer dans la poitrine du moine. Près de sa tête, une poignée de cuir semblait plantée au centre d'une abondante fontaine de sang. Au même instant, l'étreinte brutale de Boulvar de Goztell se relâcha et la dague heurta le sol avec fracas, près de son corps inerte. Goebel venait de payer une vieille dette à l'ami de sa fille.

Grimpow courut se réfugier dans les bras de Weienell qui l'embrassa comme s'il était son propre fils. Kylian et Sofi s'unirent à eux, pleurant de joie. Agnès sortit la pierre qui s'illumina entre ses doigts. Mais Salietti et Goebel n'en avaient pas fini. Le dernier chevalier était toujours là, les fixant d'un regard luisant sous son heaume. Salietti tendit la main vers l'inconnu.

— Remettez-moi votre épée, dit-il.

L'homme obtempéra, puis enleva son heaume. Son visage apparut, masqué en partie par un bandeau noir qui lui couvrait un œil.

– Le duc Gauthier ! s'exclama Goebel. Le nouveau roi !

Tous les regards se tournèrent vers le souverain. Agnès le contempla avec mépris. Elle découvrait enfin l'homme qui avait épousé sa mère de force et assassiné son père. Mais elle ne ressentait ni haine ni colère, seulement un vide glacial qui semblait avoir figé tous ses sentiments.

– Ralliez-vous à moi et je vous couvrirai de richesses, dit Gauthier avec arrogance.

Salietti esquissa un sourire narquois.

– Vous plaisantez, monseigneur ! À partir de maintenant, ces souterrains seront votre unique royaume.

Sur un geste de Salietti, Goebel entraîna le duc dans un coin de la salle des Templiers, lui lia les mains et le laissa sous la surveillance de ses frères. Salietti se joignit aux embrassades de Grimpow et de Weienell. Ils étaient enfin de nouveau réunis.

XIX

Le secret des sages

Agnès rejoignit Grimpow et les autres, évitant les cadavres allongés çà et là sur le sol de la salle des Templiers. Malgré le chagrin qu'ils éprouvaient devant la mort d'Anatole Pempius, tous paraissaient heureux d'avoir retrouvé les prisonniers. Mais un halo de tristesse embrumait le regard de la sorcière de la Lignée.

— Ma mission est terminée. Tiens, voici la pierre. Je ne saurai qu'en faire.

Agnès tendit la main vers Grimpow en le regardant avec tendresse.

— Je croyais que vous l'aviez donnée à l'inquisiteur.

— Je lui en ai remis une autre, achetée au marché. Malen m'a appris quelques tours d'escamotage, qui me permettent de faire apparaître et disparaître de petits objets. Je lui ai montré la lumière de la vraie pierre, mais je lui ai glissé la fausse.

Lorsque Agnès avait accompli son tour de passe-passe, elle avait l'intention de fuir en un lieu lointain, d'user du pouvoir de l'Essence du Mystère pour son bénéfice personnel et d'acquérir une grande fortune. En cet instant, elle mesurait l'absurdité de son projet. La pierre avait un autre usage, bien éloigné de celui de satisfaire ambition et soif de richesses.

Grimpow prit la main d'Agnès entre les siennes et lui referma les doigts autour de la pierre.

– Détrompez-vous, Agnès. C'est à vous de la porter, maintenant, comme votre mère l'a fait autrefois.

Weienell et Salietti virent avec étonnement la prodigieuse lumière bleue briller entre les mains de cette belle femme, qu'ils venaient de rencontrer, même si Kylian leur avait parlé d'elle et de l'histoire des sorcières de la Lignée. De son côté, Goebel ne comprenait rien à ce qui se passait.

– Sans votre aide, nous n'aurions pas pu sauver Grimpow, renchérit Sofi. Et nous n'aurions pas découvert les cinq sphères du pentagone magique.

Le maître Edmond de Tocqueville se rapprocha du petit groupe. Il avait toujours les poignets liés et tenait à peine debout.

– Si vous me permettez de dire quelque chose, Agnès, je crois qu'après de nombreuses années, la pierre philosophale est revenue à sa véritable origine. Le cercle du serpent qui se mord la queue s'est refermé, puisque l'Essence du Mystère est de nouveau en possession d'une sorcière de la Lignée, comme au temps de votre mère. Malgré vos malheurs et vos craintes, vous ne devez pas fuir votre destinée...

Edmond de Tocqueville se tut quelques instants, observant les cadavres ensanglantés. Puis il continua d'une voix plus solennelle :

– La peur et la mort ont toujours fait partie de l'histoire de la pierre, à cause de la cupidité des puissants. Mais un jour viendra où tout sera différent. La mort et la peur disparaîtront de la vie humaine.

Agnès contempla les figures amicales qui l'entouraient. Elle n'y lut aucun reproche, aucun ressentiment. Soudain, elle fut prise d'une sensation inconnue, une étrange agitation intérieure s'emparait d'elle : un flot frémissant d'émotions et de souvenirs provenant du passé de cette mère qu'elle n'avait jamais connue traversa son esprit. Le visage de la première Agnès Lebuy lui apparut, murmurant de ne jamais oublier sa véritable nature, tout comme lui avait dit la vieille Malen avant de mourir. « Tu es la dernière sorcière de la Lignée », entendit-elle à plusieurs reprises.

La voix de Grimpow la ramena à l'instant présent.

— Il est temps d'ouvrir la porte du secret des sages. Agnès, c'est à vous qu'il revient de placer les sphères et de les faire tourner avec la lumière de l'étoile.

Il la prit par la main et tous deux se dirigèrent vers l'imposant portail de la salle des Templiers. Les autres se rangèrent en demi-cercle derrière eux, conscients qu'ils étaient sur le point de découvrir un incroyable prodige.

Weienell et Salietti n'avaient jamais vu un pentagone pareil. Goebel observait toute la scène, bouche bée, toujours persuadé d'assister à un merveilleux truc de mages, qu'il n'arriverait jamais à comprendre.

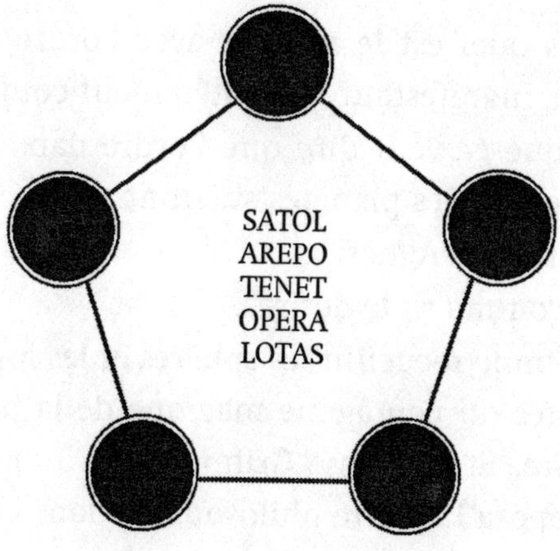

Les sphères étaient déjà logées dans les cavités qui représentaient les cinq planètes du pentagone magique. Boulvar de Goztell avait tenté de l'ouvrir, mais avait échoué car il était en possession de la fausse pierre. Même si maintenant toutes les chances étaient de leur côté, aucun n'était réellement convaincu que cette porte énigmatique s'ouvrirait après être restée close pendant deux cents ans.

Grimpow ôta les cinq sphères placées par l'inquisiteur et les laissa flotter dans l'air. Kylian et Sofi avaient déjà vu les globes en suspension, mais les autres avaient du mal à en croire leurs yeux.

– Comment peux-tu savoir quelle sphère correspond à une planète donnée ? demanda Kylian, qui entrevoyait des possibilités de combinaisons à l'infini.

Grimpow regarda son ami.

– Les noms des cinq planètes du pentagone magique peuvent se lire dans tous les sens. De bas en haut, de haut en bas, de droite à gauche et de gauche à droite. Tu t'en souviens ?

– Oui. Mais quel est le rapport avec l'ordre des sphères ? insista Kylian, manifestant son entêtement coutumier.

– Je crois que ça veut dire que l'ordre dans lequel on les place importe peu, les planètes suivront.

Puis il s'adressa à Agnès.

– Pose-les comme tu le désires.

La jeune femme recueillit les sphères et les logea une à une dans les cavités du pentagone magique de la porte selon un ordre aléatoire. Et sans que Grimpow ait à ajouter quelque chose, elle déposa la pierre philosophale dans la petite ouverture qui marquait le centre du pentagone, sur l'emplacement de la lettre N.

Le morceau de minéral émit une intense lueur bleue, comme s'il s'agissait d'une véritable étoile, et les planètes commencèrent à tourner autour de lui, dans un vrombissement sourd qui faisait trembler le sol. Le gigantesque panneau s'ouvrit en deux par le milieu et les deux battants s'écartèrent avec lenteur, pendant que les sphères et la pierre restaient en suspension au-dessus de la tête d'Agnès, comme une majestueuse couronne lumineuse. Peu à peu, on vit apparaître l'intérieur d'une vaste coupole, sous laquelle reposait un insolite engin de métal, semblable à un grand sarcophage qui brillait comme le mercure argenté des alchimistes, et dont les reflets chatoyants prenaient des nuances infinies dans la lumière des torches.

– L'Arche d'alliance ! s'exclama Salietti, se faisant l'écho des légendes sur le trésor que les Templiers avaient trouvé à Jérusalem.

– Oui, c'est l'Arche de l'alliance entre les sorcières de la Lignée et l'humanité, confirma Edmond de Tocqueville. Elles ont enseigné à l'homme les secrets de la sagesse que renfermait cet objet, un objet de savoir dont certains pensaient naïvement qu'il leur assurerait le pouvoir sur le monde, comme le prétendaient les légendes. Mais ils se trompaient.

Les autres gardaient le silence, absorbés dans la contemplation de cet artefact dont les formes étranges leur étaient complètement inconnues. Fascinés, Kylian et Sofi devinèrent que le cadavre de la première sorcière de la Lignée, qui reposait maintenant dans la bibliothèque souterraine de l'université, avait été conservé dans ce sarcophage pendant des milliers d'années. Quant à Weienell et à Salietti, ils ne savaient que penser.

– Qu'est-ce que cela signifie ? demanda Weienell déconcertée.

Elle ne parvenait pas à comprendre pourquoi son père et tant d'autres savants comme lui avaient sacrifié leur vie pour protéger et découvrir ce secret.

Edmond de Tocqueville était près d'elle, satisfait de cet heureux dénouement, malgré les souffrances subies dans les souterrains. Il regarda Weienell.

– L'origine de la sagesse se trouve dans ce mystérieux engin que notre esprit est incapable de saisir. Ce que vous voyez ici est une création de l'intelligence, une machine de l'avenir. C'est ce qu'a découvert la première sorcière de la Lignée. Ceux qui n'ont pas possédé la pierre philosophale ne pourront jamais le comprendre. C'est quelque chose d'inexplicable, de magique, où se confondent le temps et l'univers, le passé et l'avenir, la matière et le néant, la mort et l'immortalité.

Le sens des paroles du vieux maître échappa à Weienell et à Salietti, mais Grimpow et Agnès surent que le prodigieux engin était une petite partie de la grande boule de feu tombée du ciel des milliers d'années auparavant, venant d'une lointaine étoile appelée Ouro. La pierre philosophale et Agnès avaient retrouvé leur véritable origine.

– Je crois que c'est mon père qui a transporté le corps de la sorcière de la Lignée dans la chambre secrète de la bibliothèque, pour le soustraire à l'inquisiteur et au roi Philippe, au cas où ils parviendraient à ouvrir la porte. Mon père s'appelait Noël Dubec.

– Il y a près de vingt ans qu'il a disparu ! s'exclama maître Edmond. Nous n'avons jamais su ce qui lui était arrivé.

— D'après Boulvar de Goztell, le duc Gauthier l'a assassiné peu après la mort de ma mère. Ils l'ont torturé jusqu'à ce qu'il leur avoue l'existence de la pierre. Depuis, le duc et l'inquisiteur se sont lancés à sa recherche.

— Je comprends mieux, dit Edmond de Tocqueville d'un ton pensif.

Grimpow regarda Agnès et constata avec un léger sourire que la tristesse qui assombrissait son regard avait disparu.

— Savez-vous maintenant qui vous êtes réellement ?

— La dernière sorcière de la Lignée, répondit la jeune femme avec fierté.

XX

Les adieux

La porte qui dissimulait le secret des sages de la tour du Temple se referma pour toujours. Agnès et Edmond de Tocqueville reposèrent les cinq sphères dans la bibliothèque souterraine de l'université et elle conserva la pierre, comme l'avait décidé Grimpow. Il n'en avait plus besoin pour terminer son œuvre, *Le Manuscrit des prodiges cosmiques*.

– Il vous reste encore à découvrir de nombreux mystères de l'univers, maître Edmond vous aidera à les comprendre, avait-il dit à la jeune femme avant de quitter la tour du Temple.

Plus tard dans la nuit, Salietti et Goebel remirent le duc Gauthier aux partisans de l'héritier du monarque assassiné. Le duc confessa ses crimes, puis fut torturé et accusé de haute trahison envers la couronne.

Le lendemain, pendant qu'au Louvre on proclamait roi un enfant âgé d'à peine six ans, Grimpow, Weienell et Salietti prenaient congé de leurs amis devant l'hostellerie de l'université.

– Nous ne pouvons pas nous attarder. Mon palais et mes terres attendent aussi d'être libérés de la rapacité de mon voisin, dit Salietti en souriant à Edmond et à Goebel.

Weienell s'avança et prit Agnès dans ses bras.

– Je suis heureuse que vous viviez dans notre maison. Mon

défunt père vous protégera où que vous soyez, j'en suis certaine, murmura-t-elle avec émotion.

Agnès hocha la tête en silence. Les mots ne lui venaient pas. Et lorsque Grimpow s'approcha à son tour pour lui faire ses adieux, les larmes lui perlèrent aux yeux.

— Je prendrai soin de la pierre comme de ma propre existence.

— Laissez-la vous guider et préparez-vous à l'impossible, alors vous trouverez la véritable sagesse, lui conseilla le garçon en la serrant dans ses bras.

Edmond exprima sa gratitude avec effusion, les remerciant encore une fois de lui avoir sauvé la vie, et promit de leur rendre visite à Florence, quand il irait en Italie.

Kylian et Sofi attendirent que Grimpow soit prêt à se mettre en selle. Les yeux humides, l'apprenti médecin lui donna une tape amicale sur l'épaule.

— Par la barbe d'Aristote ! Je pensais que les bons amis ne se séparaient jamais...

— Mon cher Kylian, tu me manqueras beaucoup. Je n'ai jamais eu un ami tel que toi... Tu le sais, n'est-ce pas ?

Kylian sourit et plissa les yeux.

— Bien sûr que je le sais, je ne suis pas stupide.

— Prends bien soin de Sofi, d'accord ? ajouta Grimpow avec émotion.

La jeune fille ne pleurait pas, mais son regard voilé par la mélancolie n'avait jamais été plus beau. Sans un mot, elle sourit à Grimpow avec douceur.

— Adieu, Sofi. Je ne sais que dire... Une fois, Weienell m'a dit que si l'on explique les sentiments, ils perdent leur magie.

Sofi se pencha vers Grimpow et l'embrassa légèrement sur les lèvres.

— Voici mon adieu, dit-elle en détournant la tête pour cacher ses larmes.

Weienell et Salietti attendaient, déjà en selle. Grimpow posa un pied sur l'étrier et grimpa d'un bond sur son cheval. Il n'y avait rien à ajouter. Son cœur restait à Paris, près de Kylian et de Sofi. Mais il devait continuer à parcourir le chemin invisible de sa vie, aux côtés de Weienell et de Salietti, comme il l'avait toujours souhaité. À cet instant, Grimpow ne pouvait pas savoir que Richard, tapi au coin d'une rue donnant sur la place, le guettait dans l'intention de le tuer.

Les cavaliers se mirent lentement en marche. Kylian et Sofi agitèrent le bras d'un geste résigné pour un ultime adieu. Florence était très loin de Paris, il y avait peu de chances qu'ils revoient un jour leur ami.

La pointe d'une flèche s'avança légèrement le long de l'arête d'un mur voisin, menaçante comme un dard empoisonné. Richard banda lentement son arc. Une haine incontrôlable palpitait dans son esprit. Il plissa l'œil gauche et attendit que Grimpow apparaisse nettement dans sa ligne de mire. Mais au moment voulu, il ne parvint pas à lâcher le trait qui visait le cœur du garçon. Quelque chose de plus fort que lui l'en empêcha.

— Maudits hérétiques ! Que le diable vous fasse brûler en enfer pour l'éternité ! marmonna-t-il, les mâchoires serrées.

La sorcière de la Lignée s'approcha de Sofi et lui caressa les cheveux. Toutes deux regardaient Grimpow s'éloigner sur sa monture. Cette fois, Sofi ne se soucia pas de contenir ses larmes.

Table des matières

Première partie

LA SORCIÈRE DE LA LIGNÉE

Deuxième partie

LE PENTAGONE MAGIQUE

Troisième partie

LA TOUR DU TEMPLE

D'autres livres

wiz
Albin Michel

Clive BARKER, *Abarat, tome 1*
Clive BARKER, *Abarat, tome 2 Jours de lumière, nuits de guerre*
Fabrice COLIN, *La Malédiction d'Old Haven*
Fabrice COLIN, *Le Maître des dragons*
Hervé JUBERT, *Le Palais des Mirages*
Hervé JUBERT, *Blanche ou la triple contrainte de l'Enfer*
Hervé JUBERT, *Blanche et l'Œil du grand khan*
Hervé JUBERT, *Blanche et le Vampire de Paris*
Silvana DE MARI, *Le Dernier Elfe*
Silvana DE MARI, *Le Dernier Orc*
Rick RIORDAN, *Percy Jackson, Le Voleur de foudre*
Rick RIORDAN, *Percy Jackson, La Mer des Monstres*
Rick RIORDAN, *Percy Jackson, Le Sort du Titan*
Angie SAGE, *Magyk, Livre Un*
Angie SAGE, *Magyk, Livre Deux : Le Grand Vol*
Angie SAGE, *Magyk, Livre Trois : La Reine maudite*
Angie SAGE, *Magyk, Livre Quatre : La Quête*
Jonathan STROUD, *La Trilogie de Bartiméus I. L'Amulette de Samarcande*
Jonathan STROUD, *La Trilogie de Bartiméus II. L'Œil du golem*
Jonathan STROUD, *La Trilogie de Bartiméus III. La Porte de Ptolémée*
Jonathan STROUD, *Les Héros de la Vallée*

www.wiz.fr
Logo Wiz : Cédric Gatillon

Composition Nord Compo
Impression CPI Bussière en septembre 2009
à Saint-Amand-Montrond (Cher)
Éditions Albin Michel
22, rue Huyghens, 75014 Paris

ISBN-13 : 978-2-226-19350-6
ISSN : 1637-0236
N° d'édition : 18746. – N° d'impression : 092441/4.
Dépôt légal : octobre 2009.
Loi n° 49-956 du 16 juillet 1949 sur les publications destinées à la jeunesse.
Imprimé en France.